गौरा पन्त 'शिवानी'

गौरा पंत 'शिवानी' का जन्म 17 अक्तूबर, 1923 को विजयादशमी के दिन राजकोट, गुजरात में हुआ।

आधुनिक अग्रगामी विचारों के समर्थक पिता श्री अश्विनीकुमार पांडे राजकोट स्थित राजकुमार कॉलेज के प्रिंसिपल थे, जो कालान्तर में माणबदर और रामपुर की रियासतों में दीवान भी रहे। माता और पिता दोनों ही विद्वान्, संगीत-प्रेमी और कई भाषाओं के ज्ञाता थे। साहित्य और संगीत के प्रति एक गहरा रुझान शिवानी को उनसे ही मिला। शिवानी जी के पितामह संस्कृत के प्रकांड विद्वान् पं. हरिराम पांडे, जो बनारस हिन्दू विश्वविद्यालय में धर्मोदेशक थे, परम्परानिष्ठ और कट्टर सनातनी थे। महामना मदनमोहन मालवीय से उनकी गहन मैत्री थी। वे प्राय: अल्मोड़ा तथा बनारस में रहते थे, अत: अपनी बड़ी बहन तथा भाई के साथ शिवानी जी का बचपन भी दादाजी की छत्रछाया में उक्त स्थानों पर बीता, उनकी किशोरावस्था शान्तिनिकेतन में और युवावस्था अपने शिक्षाविद् पति के साथ उत्तर प्रदेश के विभिन्न भागों में। पति के असामयिक निधन के बाद वे लम्बे समय तक लखनऊ में रहीं और अन्तिम समय में दिल्ली में अपनी बेटियों तथा अमरीका में बसे पुत्र के परिवार के बीच अधिक समय बिताया। उनके लेखन तथा व्यक्तित्व में उदारवादिता और परम्परानिष्ठता का जो अद्भुत मेल है, उसकी जड़ें इसी विविधमयतापूर्ण जीवन में थीं।

शिवानी की पहली रचना अल्मोड़ा से निकलनेवाली 'नटखट' नामक एक बाल पत्रिका में छपी थी। तब वे मात्र बारह वर्ष की थीं। इसके बाद वे मालवीय जी की सलाह पर पढ़ने के लिए अपनी बड़ी बहन जयंती तथा भाई त्रिभुवन के साथ शान्तिनिकेतन भेजी गईं, जहाँ स्कूल तथा कॉलेज की पत्रिकाओं में बांग्ला में उनकी रचनाएँ नियमित रूप से छपती रहीं। गुरुदेव रवीन्द्रनाथ टैगोर उन्हें 'गौरा' पुकारते थे। उनकी ही सलाह पर कि हर लेखक को मातृभाषा में ही लेखन करना चाहिए, शिरोधार्य कर उन्होंने हिन्दी में लिखना प्रारम्भ किया। शिवानी की पहली लघु रचना मैं मुर्गा हूँ, 1951 में 'धर्मयुग' में छपी थी। इसके बाद आई उनकी कहानी लाल हवेली और तब से जो लेखन-क्रम शुरू हुआ, उनके जीवन के अन्तिम दिनों तक अनवरत चलता रहा। उनकी अन्तिम दो रचनाएँ सुनहु तात यह अकथ कहानी तथा सोने दे उनके विलक्षण जीवन पर आधारित आत्मवृत्तात्मक आख्यान हैं।

1979 में शिवानी जी को 'पद्मश्री' से अलंकृत किया गया। उपन्यास, कहानी, व्यक्तिचित्र, बाल उपन्यास और संस्मरणों के अतिरिक्त, लखनऊ से निकलनेवाले पत्र 'स्वतंत्र भारत' के लिए शिवानी ने वर्षों तक एक चर्चित स्तम्भ वातायन भी लिखा। उनके लखनऊ स्थित आवास-66, गुलिस्ताँ कालोनी के द्वार लेखकों, कलाकारों, साहित्य-प्रेमियों के साथ समाज के हर वर्ग से जुड़े उनके पाठकों के लिए सदैव खुले रहे।

निधन : 79 वर्ष की आयु में, 21 मार्च, 2003, दिल्ली में।

मायापुरी

शिवानी

राधाकृष्ण पेपरबैक्स

राधाकृष्ण पेपरबैक्स में
पहला संस्करण : 2006
नौवाँ संस्करण : 2019

राधाकृष्ण पेपरबैक्स : उत्कृष्ट साहित्य के जनसुलभ संस्करण

राधाकृष्ण प्रकाशन प्राइवेट लिमिटेड
जी-17, जगतपुरी, दिल्ली-110 051
द्वारा प्रकाशित

शाखाएँ : अशोक राजपथ, साइंस कॉलेज के सामने, पटना-800 006
पहली मंजिल, दरबारी बिल्डिंग, महात्मा गांधी मार्ग, इलाहाबाद-211 001
36 ए, शेक्सपियर सरणी, कोलकाता-700 017

वेबसाइट : www.radhakrishnaprakashan.com
ई-मेल : info@radhakrishnaprakashan.com

बी.के. ऑफसेट
नवीन शाहदरा, दिल्ली-110 032
द्वारा मुद्रित

मूल्य : ₹175

MAYAPURI
Novel by Shivani

ISBN : 978-81-8361-071-1

मायापुरी

श्रावण की वर्षा से पहाड़ के मकानों की छतें धुलकर चमक रही थीं। पेड़ों के बीच से झाँकती गोल-गोलाकर सर्पिणी-सी पगडंडियाँ लोगों के चलने से मुखर हो उठीं। ग्राम के बालक हाथ में लकड़ी की पाटियाँ और दावात में सफेद घोली खड़िया लेकर स्कूल जाने की तैयारी कर रहे थे। देवीदत्त का प्रांगण भी बाल-कल-कंठ से मुखरित हो उठा : 'दीदी, मेरी चोटी बाँध दो', 'दीदी, बासी रोटियों का कटोरदान निकालो ना जल्दी से', 'मेरी टोपी कहाँ है?—हाय, अब मैं नंगे सिर स्कूल कैसे जाऊँगा?' पहाड़ के स्कूलों में नंगे सिर जाने का अर्थ ही होता अध्यापक द्वारा कठोर चपेटाघात और कर्णमर्दन। तीनों भाइयों से अकेली निबटती शान्त शोभा भी धैर्य खो बैठती : 'मर क्यों नहीं जाते तीनों छोकरे, देखते नहीं हो चाय बना रही हूँ!' वह झुँझलाकर कहती। दीदी की एक डाँट से तीनों थोड़ी देर के लिए सहमकर चुप हो जाते और अपने हिस्से की चाय कलई के गिलास में घुटकने लगते। शोभा ने कटोरदान से रोटियाँ निकाल गुड़ की डली रख भाइयों को दे दी; फिर कपड़ों की गठरी लेकर आँगन में धोने चली गई। तीनों भाई कोट की बाँहों से मुँह पोंछते हुए स्कूल को चले गए और क्षण-भर पहले का कोलाहल एकाएक शान्त हो गया।

शोभा ने माँ की मोटी धोती धोकर धूप में डाल दी। आज माँ खेत से देर में आएगी और फिर तभी उसे स्मरण हो आया, आज माँ का एकादशी का व्रत भी तो है। तीन-चार दाने आलू के उसने छिपी आग में भूँजने को डाल दिए और उधड़े ऊन का मोजा बुनने बैठ गई।

शोभा के पिता की मृत्यु को डेढ़ वर्ष बीत चुका था। वे लखनऊ सेक्रेटेरियट में क्लर्क थे और वर्षों से वहीं एक किराए के छोटे-से मकान में परिवार सहित रहते थे। कई वर्षों के प्रवास से बच्चे अपनी भाषा प्रायः भूल चुके थे। शोभा बी.ए. कर चुकी थी, दो पुत्र स्कूल जाते थे। गृहस्थी की

गाड़ी मन्द-मंथर गति से चल रही थी। एक दिन जब लखनऊ आग उगल रहा था, ऑफिस से साइकिल पर घर लौटते क्षीणकाय देवीदत्त लू की लपेट में आ गए और कुछ ही क्षणों में विधवा पत्नी और चार बच्चों को बिलखता छोड़कर चल बसे। बार-बार विलाप करती, पिता के मृत शरीर पर पछाड़ें खाती माता को और तीन बिलबिलाते अबोध भाइयों को देखकर शोभा की आँखों के आँसू आँखों ही में सूख गए। पास-पड़ोस के पर्वतीय समाज ने किसी तरह चन्दा करके संतप्त परिवार को पहाड़ भेज दिया। विधवा का कोई अवलम्ब न होने पर भी गाँव में अपनी ज़मीन थी, बाप-दादों का बनाया छोटा-सा एक घर भी था। पहाड़ी गाँव के लोगों ने बड़े प्रेम से प्रवासी परिवार को अपना लिया।

शोभा की माँ अत्यन्त निरीह स्वभाव की है। धीरे-धीरे उसने गहने बेचकर एक जोड़ी बैल खरीद लिए और वर्षों से बंजर ज़मीन को जोतकर ठीक बना लिया। तीनों लड़के स्कूल जाने लगे किन्तु विवाह योग्य शोभा उसके हृदय में शूल समान पीड़ा देती, उसके कोमल कुम्हलाए मुख को देखकर उसे बड़ा दुख होता। एकमात्र कन्या को देवीदत्त ने सर्वदा अच्छी संस्थाओं में पढ़ाया था। कुशाग्र बुद्धि की शोभा ने जब अठारह वर्ष में ही बी.ए. कर लिया तो वे बोले, "देखना दुर्गा, किसी दिन यह मेरा ही नहीं, पूरे कुल का नाम रौशन करेगी।" दुर्गा ने कई बार कहा कि अब तो आप उसके लिए कोई लड़का देखिए पर वे कहते, "शोभा एम.ए. करेगी, अभी क्या शादी, अभी तो बच्ची है।" इसी तरह विवाह योग्य बच्ची को स्वयंवरा रूप में ही विधवा पत्नी पर छोड़ वे जब चल बसे तो दुर्गा पागल-सी हो गई। वह जानती थी कि एम.ए. न करने से पुत्री के हृदय में मन ही मन एक संघर्ष चल रहा है। वह दिन-रात खेत के काम में जुटी रहती, ग्राम की बड़ी-बूढ़ियाँ तक कभी-कभी कहतीं, "दुलहिन, अब इसके हाथ पीले कर दो, इतना पढ़ा-लिखाकर क्या लड़की से हल भी जुतवाओगी?"

शोभा के रूप और गुणों की प्रशंसा सुनकर आसपास के ग्रामों से कई सम्बन्ध भी आए। एक हवलदार था, खूब ज़मीन थी, पक्का मकान और एक दुकान भी थी, किन्तु मिडिल पास था। एक उन्हीं के गाँव से सम्बन्ध आया, लड़का दुहेलू था पर पढ़ा-लिखा था और ग्राम की पाठशाला में अध्यापक भी। पहली पत्नी एक ही वर्ष पूर्व मर चुकी थी, एक दो वर्ष का लड़का था। शोभा की माँ को गाँव की औरतों ने बहुत समझाया, "ऐसा पढ़ा-लिखा लड़का

अब और नहीं मिलेगा, वह तीस ही वर्ष का तो है।'' ''नहीं बहिन।'' शोभा की माँ कहती, ''सौतेली सन्तान पालना और हथेली का मांस खाना बराबर है। आँखों पर पट्टी बाँधकर कैसे लड़की कुएँ में धकेल दूँ? प्राण देकर भी वह लड़का पालेगी तो भी सौतेली माँ ही कहलाएगी। न-न, मुझसे नहीं होगा यह, मेरी शोभा को उसके बाप पढ़ा गए हैं, कहीं न कहीं पेट भर ही लेगी।'' इसके बाद शोभा के विवाह का प्रसंग एक प्रकार से दब ही-सा गया।

एक दिन शोभा और माँ खेत से धान देखकर लौटीं तो देखा, आँगन में एक नीला लिफाफा पड़ा है। शोभा ने बड़ी उत्सुकता से लपककर लिफाफ़ा उठा लिया, क्या जाने उसकी सहेली सरला का हो या उसकी अध्यापिका मिस देव का। किन्तु लिफाफा खोलते ही उसे बड़ी निराशा हुई। पत्र गोदावरी मौसी का था। गोदावरी उसकी माँ की बचपन की सहेली है। दोनों का मायका एक ही ग्राम में है। गोदावरी का विवाह एक सम्भ्रान्त परिवार में हुआ, उसके पति इंजीनियर हैं; दुर्गा का भी विवाह एक उच्च कुलोत्पन्न ब्राह्मण-पुत्र से ही हुआ, पर पति क्लर्क थे। वर्षों से दोनों सखियाँ मिल भी न पाई थीं पर जब दुर्गा पर पति की मृत्यु का वज्रपात हुआ तब उससे पहले गोदावरी ने ही सखी की सुध ली थी। आज भी उसने यही लिखा है कि शोभा ने लखनऊ से बी.ए. किया था और अब वे लोग भी अपने लखनऊ के नए मकान में रहने आ गए हैं, शोभा यदि उनके पास ही रहकर पढ़ ले तो उन्हें बड़ा सन्तोष होगा। गोदावरी के स्नेहमय निमन्त्रण को पाकर दुर्गा गद्गद हो गई, बोली, ''शोभा बेटी, तू आज ही एक कार्ड मँगवाकर लिख दे कि तू शीघ्र ही पहुँच रही है। आहा, बेचारी तुझे पलकों में बिठाकर रखेगी, जैसा ही धन दिया है ईश्वर ने, वैसा ही दिल भी दिया है!''

गोदावरी के पति इंजीनियर थे, पर ईमान के पक्के। कभी हराम का पैसा नहीं छुआ। उनके नीचे के ओवरसियर कार में घूमते; वे अपनी बग्घी में ही सन्तुष्ट थे। सीधा-सादा वेश, कभी जूते में फीता है, कभी नहीं; घंटों संध्या-पूजन में डूबे रहते। दो बच्चे हैं—एक लड़का सतीश और लड़की मंजरी। लड़के की सगाई होने के पश्चात् सीधे-सादे जनार्दन न जाने कब एकाएक महिमामय हो उठे। वे बाज़ार से होकर जाते तो अँगुलियाँ उठने लगतीं : 'यही हैं तिवारीजी के समधी। सुना है, तिवारीजी ने भावी जामाता को अपने ही खर्च से विलायत भेजा है और फैजाबाद रोड पर आलीशान हवेली खड़ी करवा दी है।'' बात कहाँ तक सत्य थी, कहना कठिन था; किन्तु हवेली

वास्तव में आलीशान है और सतीश डॉक्टरी पढ़ने के पश्चात् एडिनबरा में एम.डी. कर रहा है।

गोदावरी ने शोभा के मार्ग के खर्चे के लिए रुपए भी भेज दिए थे पर शोभा मन ही मन उदास हो उठी। वह सोचने लगी, वह जाएगी भी तो क्या लेकर? एक काली मराठी साड़ी, वह भी चार वर्ष पूर्व पिता ने ले दी थी; उसका रंग अब काले से उतरकर फीका नीला हो चला है। एक सरला की दी हुई नारंगी चँदेरी, जिसे बड़े यत्न से उसने दो नेफ्थिलीन की गोलियों से सुवासित कर, टीन के बक्स में रख छोड़ा है। एक-दो अति साधारण इकलाई धोतियाँ। मौसी के यहाँ वह एक बार बहुत पहले जा चुकी थी। मौसी की लड़की मंजरी अंग्रेजी स्कूल में पढ़ती थी। उसने उसे अपने ढेर से खिलौने खेलने को दिए। मौसी ने कई नई फ्राकें सिलवा दीं और उसके घुँघराले बालों को रीठे से धोकर उसमें चोटी बना काला रेशमी फीता भी बाँध दिया पर वह एक ही दिन में घर आने को व्याकुल हो उठी। मौसी के वैभव में उसे अपना दारिद्र्य शत-सहस्र डंक-सा दे उठा था और वह तीसरे ही दिन लौट आई थी।

किन्तु अब माँ के बार-बार कहने से उसने अपने जाने का निश्चय स्थिर कर लिया। माँ ठीक ही तो कह रही हैं, मौसी के पास रहकर वह अपनी शिक्षा का अधूरा स्वप्न पूरा कर सकेगी, उनकी दिन-रात सेवा करके वह मूल्य चुका देगी। एक छोटे-से बक्स में उसने अपनी तीन-चार धोतियाँ रख लीं, एक गद्दा, एक पहाड़ी थुल्मा और घर की एकमात्र चादर धोकर उसके बिस्तरबन्द में बाँध दी गई। तीनों भाइयों ने मिलकर बक्स उठा लिया और रमिया दुकानदार बिस्तर उठाकर साथ में चला।

मोटर स्टैंड पर तीनों भाइयों के साथ खड़ी माँ का उदास मुँह देखकर शोभा की आँखें भर आईं, वह बोली, ''अम्माँ, न जाने क्यों मेरा मन कह रहा है, उतर जा। तुम अकेली क्या कर लोगी?''

दुर्गा बोली, ''देख तो, रमिया, इसका पागलपन! इतनी बड़ी हो गई है और अभी भी मुझे छोड़कर कहीं जाने में यह हाल है! अरे पगली, मन न लगे लौट आना। पर शहर में रहने वाली, स्कूल-कॉलेज में पढ़ने वाली लड़की का इस गाँव में क्या हमेशा मन लग सकता है? फिर इतने प्रेम से बुलाया है, कोई तू बिना बुलाए थोड़े ही जा रही है।''

रमिया दुकानदार शोभा के पिता का सहपाठी रह चुका था, शोभा से

बोला, "ठीक ही तो कह रही हैं भाभी। शोभा, तू पढ़ी-लिखी है, और पढ़ लेगी तो भाइयों को सँभाल लेगी, इस गाँव में क्या खाक-पत्थर पढ़ाएँगी भाभी।" शोभा चुप हो गई।

तीनों भाई बस चलने की बड़ी उत्सुकता से प्रतीक्षा कर रहे थे; उसी सुखद प्रतीक्षा में वे बहिन के जाने का दुख भूल-सा गए। केवल सबसे छोटा मिट्‌ठू गोल-गोल आँखों से दीदी को देख रहा था। अब कौन उसकी चोटी करेगी, दोनों बड़े भाई तो अपने हाथों से भी चोटी कर लेते हैं। अम्माँ कंघा खींच-खींचकर बड़ा दर्द करती है। दीदी मुलायम हाथों से कहानी कहते-कहते उसका एक-एक बाल सुलझा देती है, जनेऊ होने तक वह बाल कटवा भी तो नहीं सकता और दीदी के लौट आने तक क्या जनेऊ हो जाएगा?

मोटर में घर्र-घर्र आरम्भ हुई। मिट्‌ठू को दोनों भाइयों का उछलना-कूदना ज़रा-सा भी अच्छा नहीं लग रहा था, उसके पेट में अजब घुटन-सी हो रही है और गले में कुछ अटक-सा रहा है। इतने ही में दीदी बोली, "अम्माँ का कहना मानना, हाँ मिट्‌ठू!" तो मिट्‌ठू अपने को रोक न सका, "दीदी री, ओ दीदी, मैं भी चलूँगा", कहके चलती बस के पीछे दौड़ने लगा। बस पेट्रोल का बादल उड़ाती चली गई, रमिया ने दौड़कर मिट्‌ठू को पकड़ लिया, दुर्गा ने आँखें पोंछकर उसे गोदी में उठा लिया, बोली, "बेटा, दीदी लखनऊ गई है, तेरे लिए अच्छा-सा बस्ता लाएगी, अच्छी-अच्छी चीज़ें लाएगी।"

आँखों के आँसू आँखों में ही पीकर मिट्‌ठू बोला, "तो मेरे बाल कटवा दो।" दीदी के जाने के साथ बाल कटवाने का क्या सम्बन्ध है, माँ समझ न पाई, बोली, "छिः-छिः! जो जनेऊ के पहले बाल कटवाता है, वह अगले जन्म में लड़की बनता है!" लड़की बनने के भय से सहमकर मिट्‌ठू ने माँ के कन्धे में मुँह छिपा लिया।

बस के पीछे भागते रोते हुए भाई का चेहरा शोभा भूल नहीं पा रही। पर वह एक ही आशा हृदय में लेकर जा रही है। पढ़कर वह कहीं तो नौकरी पा ही जाएगी, क्या पता उसका यह प्रवास सफल हो? मौसी के भावी समधी बड़े नेता थे। हो सकता है उन्हीं से कह-सुनकर मौसी उसके लिए कोई नौकरी का प्रबन्ध कर दे। मोटर गोल घूमती, चक्कर खाती चली जा रही है। रानीखेत, गरम पानी, भवाली और प्रत्येक मोड़ पर उसकी कल्पना सजीव होकर उसे ढाढ़स बँधा रही है। वह आँखें बन्द कर मन ही मन स्वप्न-सा देखने लगी—वह एम.ए. पास कर किसी स्कूल में अध्यापिका हो गई है। माँ को मनीऑर्डर

भेज रही है। भाइयों के पास साफ-सुथरे कपड़े हैं, चमकीले जूते हैं। अम्माँ ने बर्तन मलने के लिए एक छोटा-सा छोकरा रख लिया है। हाथों में जो बर्तन मलने से काली-काली दरारें पड़ गई थीं, वे फिर भर गई हैं। खचाक से एक धक्के के साथ मोटर रुकी और उसका स्वप्न भंग हो गया।

काठगोदाम आ गया था। वह सामान उतरवाकर टिकट लेने चली, तो एक बार जी में आया, न लें टिकट, चुपचाप दूसरी बस से फिर गाँव चली जाए। पर किसी का स्वर सुनकर उसने पलटकर देखा, पिता के मित्र देवीलाल साहजी थे, "क्यों बेटी, अच्छी तो है, कहाँ जा रही है?"

शोभा बोली, "मैं लखनऊ जा रही हूँ चाचाजी, चलिए अच्छा हुआ आप मिल गए।" टिकट लेकर वह उन्हीं के साथ बैठ गई।

देवीलाल ने उसके पिता की मृत्यु के समय उनके परिवार की जो सहायता की थी वह शोभा भूली नहीं है। उनसे अचानक मिलकर उसके लखनऊ जाने का भय एकाएक दूर हो गया। सुबह आँख खुलते ही लखनऊ का स्टेशन दीखा। वह उतरी, तो देवीलालजी बोले, "चल बेटी, पहले मेरे यहाँ ही चल, फिर मौसी के यहाँ चली जाना।" पर शोभा ने कहा, "नहीं चाचाजी, पहले वहीं जाती हूँ, फिर आपसे मिलने आऊँगी।"

वह लखनऊ की गली-गली से परिचित थी। नया गाँव से होकर जब रिक्शा गुज़रा तो उसने मुड़कर अपना लाल ईंटों वाला पुराना मकान देख लिया। वही अमरूद का पेड़ था, वही सहस्र स्मृतियों से लिपटा बरामदा। रिक्शा सर्राटे से चला जा रहा था कि शोभा का हृदय फिर अज्ञात भयाकुल होकर काँप उठा। मौसी का घर अब दूर नहीं था। उसने जल्दी से एक दृष्टि अपने कपड़ों पर डाली, चँदेरी की नारंगी साड़ी और खद्दर का ब्लाउज़, बुरा वेश तो नहीं है, पर चप्पलें? स्थान-स्थान पर मोची के कला-कौशल से शोभित, उस पर भी एक फीता स्टेशन पर ही टूट गया था। उसने साड़ी से पैर ढँक लिए। मौसाजी के नाम लिखे संगमरमर के टुकड़े को देखकर उसने रिक्शा रोक लिया।

उस भव्य अट्टालिका को देखकर लग नहीं रहा था कि कोई उसमें रहता भी है। उसने इधर-उधर देखा, चौकीदार भी नहीं था। रिक्शावाले से ही सामान उतरवाकर उसने बरामदे में रखवा दिया और भीरु पगों से अग्रसर हुई। श्वेत दर्पण-से चमकते फर्श पर पैर रखते भी उसे भय हो रहा था, कहीं

गन्दा न हो जाए। सीढ़ियाँ पार करते ही जिस विशाल कक्ष में वह पहुँची, वहाँ भी कोई नहीं था।

कमरे की सजावट देखकर वह एक बार फिर सहमी, क्या उसने यहाँ आकर ठीक किया है? बड़े-बड़े गद्दीदार सोफे, चमकती मेज़, पीतल और काँसे की सुन्दर मूर्तियाँ, उसके क़द से भी बड़ा लैम्प, रेशमी परदे। कुछ-कुछ ढँकी एक हाथी-दाँत के बने हाथी के हौदे पर स्थित एक छोटी-सी घड़ी ने मधुर संगीतमय स्वर में दस बजाए, तो वह चौंक पड़ी। और उसके हाथ से लग मेज पर रखी काँसे की एक छोटी-सी तश्तरी 'टन' कर नीचे गिर पड़ी। तभी पास के ही किसी कमरे से एक क्षीण स्वर में कोई बोला, "कौन?" वह चुप रही। अब एक हाथ में चश्मा और एक में अखबार लिए एक सौम्य आकृति के वृद्ध ने कमरे में प्रवेश किया, शोभा को देखकर ठिठककर खड़े हो गए, बोले, "कहिए, क्या मंजरी को ढूँढ़ रही हैं?" शोभा का कंठ स्वर हठात् अवरुद्ध-सा हो गया और माथे पर पसीना झलक आया। बड़े प्रयत्न से बोली, "मैं शोभा हूँ।" और झुककर उसने मौसाजी के पैर छू लिए। "अरे मंजरी, देख बेटी शोभा आ गई।" वे बोले और साथ ही एक उसी की समवयसी लड़की आकर उससे लिपट गई, "तुमने तार क्यों नहीं भेजा, मकान ढूँढ़ने में कितनी परेशानी हुई?—सामान कहाँ है?" उसने प्रश्नों की झड़ी-सी लगा दी, अपने रंग उड़े होल्डौल और फूलदार बक्स को अपना कहने में शोभा को जीवन में पहली बार लज्जा हुई। मंजरी उसका हाथ पकड़कर बोली, "चलो सामान तो नौकर रख लेगा, पहले अम्माँ के पास चलें।"

शोभा को मंजरी का वेश देखकर अपनी साड़ी तीर-सी चुभने लगी। घर में भी मंजरी महीन ज़री के किनारे की नागपुरी साड़ी पहने थी, पैरों में मखमली चप्पल। गोल कमरे के पास ही जिस कमरे से होकर वे गुजरीं वह मंजरी का था। मंजरी बोली, "यह आज से हमारा कमरा होगा, देखो पूरा लखनऊ दीखता है।" कहकर उसने खिड़की पर लगा भारी नीला पर्दा खींचकर सरका दिया। खिड़की पर रखे चुनार के फूलदान में लगा क्रिसेन्थमम महक उठा। एक छोटे-से पलंग पर कई पुस्तकें पड़ी थीं, एक-दो कपड़े से मढ़े मोढ़े रखे थे। रवीन्द्रनाथ की एक बड़ी-सी तस्वीर टँगी थी। दूसरा कमरा गोदावरी का था। बड़े-से शीशम के पलंग पर पड़ी आँखें बन्द किए गोदावरी दोनों हाथ आँखों पर रखकर सो रही थी—"अम्माँ, देखो कौन आया है," मंजरी बोली। शोभा ने पैर छुए।

"आ बेटी, आ", गोदावरी बोली, "तू तो बहुत बदल गई है शोभा, ज़रा खिड़की तो खोल, मंजरी। उजाले में देखूँ तो सही।"

गत वर्ष के पक्षाघात से वह पलंग से उठ नहीं सकती थी, आज भी तो तकिए का सहारा लेकर बैठ गई।

मंजरी ने पर्दा हटा दिया। अँधेरा कमरा प्रकाश से भर गया। शोभा की ठुड्ढ़ी पकड़कर गोदावरी मंत्रमुग्ध-सी उसे देखती रही। फिर एकाएक उसका रोग-जीर्ण पांडु मुख और भी फक पड़ गया। शोभा लज्जा से आँखें नहीं उठा पा रही थी।

माँ के इस आकस्मिक भाव-परिवर्तन को देखकर मंजरी को कुछ आश्चर्य हुआ। फौरन वह बोली, "आओ शोभा, हाथ-मुँह धोकर कपड़े बदल लो, फिर यहाँ आकर बैठेंगे।" मंजरी शोभा को लेकर चली गई तो गोदावरी आँखें बन्द कर सोच में डूब-सी गई : 'विधाता, वह यह क्या कर बैठी, इतना सौन्दर्य क्या उसके घर में समा पाएगा, जबकि स्त्री होकर भी मेरी आँखें उस अलौकिक रूप से चौंधिया उठीं?—और उसकी भावी पुत्रवधू?—कल समधिन की कुशल-मंगल पूछने स्वयं तिवारीजी कन्या-सहित पधारे थे। साथ में कई टोकरी फल-मिठाई आदि लेकर आए थे। पहले तो उनकी कन्या सविता इतनी बेडौल नहीं थी। दुबली-पतली, गोरी-सी लड़की हठात् आवश्यकता से अधिक परिपुष्ट युवती हो गई है। आँखें पहले से छोटी हो गई थीं और नाक कुछ गोल-गोल मोटी थी पर मांसाधिक्य से नहीं। छोटी होकर आँखें कोटरग्रस्त-सी लगती हैं और नाक फूलकर फैल-सी गई है। मोटी-मोटी कलाइयों पर हीरे के कंगन चमक रहे थे, पर उसने झुककर जब भावी सास के पैर छुए तो गोदावरी का कलेजा धक-धक कर उठा। यही क्या उसकी पुत्रवधू होगी?" पैर छूकर सविता पिता के पास बैठ गई तो घनी सफेद मूँछों के बीच तिवारीजी का स्वर आया, "कहिए, कैसी तबीयत है?"

तब गोदावरी चौंककर वास्तविकता पर उतर आई। वह तो वचनबद्ध है। आज उसका वैभव, उसकी विशाल अट्टालिका, पुत्र-पुत्री की शिक्षा—सब ही तो तिवारीजी के प्रसादस्वरूप हैं। नहीं तो आज फिर पुरातन कर्ज़े में गोते लगाता उसका परिवार दम तोड़ता होता। जब पहले तिवारीजी के यहाँ से सम्बन्ध आया था तो गोदावरी को अपने कानों पर विश्वास नहीं हुआ। कहाँ राजा भोज, कहाँ गंगुआ तेली! एक सामान्य इंजीनियर का पुत्र सतीश और दूसरे भारत के महिमामय भावी राजदूत!

पर एक दिन तिवारीजी स्वयं ही कुंडली लेकर आए। वृद्ध जनार्दन उन दिनों कर्ज़दारों से पीड़ित थे। मकान की नींव खुद चुकी थी पर रुपए न थे। लड़की विवाह योग्य हो चुकी थी, लड़का डॉक्टरी पास कर चुका था, पर उसकी शिक्षा में उनकी संचित आय शेष हो चुकी थी। पत्नी असाध्य रोग से पीड़ित थी। वे बोले, "मैं सतीश से पूछकर आपको उत्तर दूँगा।"

सतीश से गोदावरी ने पूछा तो वह बोला, "वाह, भला पूछने की बात है, हाँ कह दो।" कुछ हँसकर ही कह रहा था वह।

क्षुब्ध होकर गोदावरी बोली, "बेटा, यह कोई मजाक की बात थोड़े ही है। स्वयं ही आए थे—उन्हें क्या लड़कों की कमी है। फिर तू ही सोच, मंजरी का ब्याह करना है। ज़मीन खरीदने में ही आठ हज़ार लग गए, मकान वैसे ही पड़ा है, फिर तू विलायत जाने की रट लगाए है। मैं थोड़े ही भेज सकती हूँ तुझे।"

सतीश के हाथ में टेनिस का बल्ला था उसे उछालता हुआ वह ध्यान से माँ की बातें सुनता रहा। मंजरी भी वहीं पर बैठी थी, बोली, "अम्माँ, एक-दो दिन सोचने का समय तो दो।"

"नहीं", सतीश बोला, "सोचना क्या, कह दो हाँ।"

हँसकर मंजरी बोली, "वाह भैया, खूब अच्छे भाव बिके! अम्माँ, इन्हें डर लग रहा है कि सोचने तक सविता को कोई और न हथिया ले।"

सतीश व्यवहार कुशल था, वह पिता की आर्थिक अवस्था से भली-भाँति परिचित था। फिर लड़की को तो वह एक बार नुमाइश में देख भी चुका था। गोरी-उजली दुबली-पतली-सी एक लड़की को दिखा कर अविनाश ने कहा, "वह देखो तिवारीजी की पुत्री जा रही है।"

जब सतीश भावी श्वसुर की पहनाई हीरे की अंगूठी से बँधा एडिनबरा में शिक्षा पा रहा था, तभी पल्लवित लता-सी सविता फूलने लगी। वह पिता के साथ सार्वजनिक सभाओं में जाती। पिता के गले में पड़ती मालाएँ, साधु रव, हाथ-तालियाँ उसकी नस-नस में व्याप्त हो गईं। वह दर्पज्वर से मदोन्मत्त और भी गर्वीली डींगे भरने लगी। उसे प्रेम की भीख का याञ्चा-भंग-भय भी नहीं रहेगा, उसके पिता ने अपने वैभव से सबसे वांछनीय नर-रत्न का हृदय जो उसके चरणों में डाल दिया है! यूनिवर्सिटी के कनवोकेशन में सुवर्णपदक ग्रहण करते सतीश को वह देख चुकी थी, और उसके आयत स्कन्ध, प्रशान्त ललाट और गौर वर्ण मुखश्री पर वह मन ही मन रीझ गई थी। लड़कियाँ

आपस में कानाफूसी करने लगी थीं। विजया दत्त बड़ी चपल और मुखरा थी, अमिता से फुसफुसाकर बोली, "क्यों, बोलोगी नीलाम में बोली?" सविता ने सुन लिया, क्रुद्ध सर्पिणी-सी फुँफकारकर बोली, "देख लो ना बोल करके।" सहमकर विजया चुप हो गई। मंजरी भी पास ही बैठी थी, उसने लज्जा से आँखें झुका लीं। उसके भाई को लेकर सहपाठिनियों का यह हास-परिहास उसे अच्छा नहीं लग रहा था।

सतीश के पिता जनार्दनजी को जब एक दिन एकान्त में तिवारीजी ने बतलाया कि उनका कर्ज़ा अदा कर प्रोनोट फाड़ दिया गया है तो न जाने क्यों उनका चित्त अशान्त हो उठा। वह बोले, "सतीश तो नौकरी पाते ही वह स्वयं ही उतार लेता। कोई बात नहीं, अब मैं आपका ऋणी रहा ही, मैं अपने को ऋणमुक्त करने की चेष्टा करूँगा, कुछ बेकार ज़मीन गाँव में भी पड़ी है।"

"छिः-छिः, आपसे क्या अब मैं रुपया लूँगा!"—जनार्दनजी से तिवारीजी बोले, "आपने तो मुझे वैसे ही ऋणमुक्त कर दिया है ऐसा योग्य पुत्र देकर। अब आप और मैं क्या अलग-अलग हैं? अब तो हम एक ही सूत्र में बँधने जा रहे हैं। स्वप्न में भी रुपये की बात ध्यान में मत लाइएगा।"

सतीश के विदेश यात्रा से लौटने पर ही विवाह होगा यह निश्चित था। सतीश की शिक्षा समाप्त हो चुकी, कुछ देशों का भ्रमण करने पर वह शीघ्र ही लौट रहा है, ऐसा वह लिख चुका था।

शोभा का भय अब धीरे-धीरे कम हो चला और वह नए परिवार में घुल-मिल गई। बीच-बीच में उसे घर की स्मृति विस्वल कर देती, पर वह दिन-भर अपने को काम में लगाए रखती। मौसी की सेवा उसने अपना ध्येय बना लिया। समय पर उन्हें दवा देती, अवश पैरों में नारायण तेल की मालिश करती, बालों में तेल डालकर चोटी कर देती और पढ़कर अखबार सुनाती। मौसी कहती भी, "बेटी, कब तक दिनभर मेरे पास बैठी रहेगी, जा थोड़ा घूम आ, तबीयत बहल जाएगी।" पर शोभा कहती, "नहीं मौसी, मुझे कहीं जाना अच्छा नहीं लगता।" उसके विचित्र स्वभाव पर कभी गोदावरी को बड़ा आश्चर्य होता। यूनिवर्सिटी में जाने के पश्चात् भी उसके स्वभाव में विशेष परिवर्तन नहीं हुआ। चुपचाप सिर झुकाए मंजरी के साथ वह जाती और

लौटने पर पुनः अपने कार्य में संलग्न हो जाती। बुद्धि की प्रखर थी, फिर उसका भुवनमोहिनी रूप इन्द्रजाल-सा सबको वशीभूत कर लेता। नित्य संध्या होते-होते वह जनार्दनजी के साथ दूर गोमती-तट तक घूमने निकल जाती। मंजरी को पिता की मंथर चाल के साथ धीरे-धीरे चलना अच्छा नहीं लगता था, इसी से वह कहती, मैं तो नहीं जाऊँगी। स्वल्पभाषिणी शोभा वृद्ध जनार्दनजी से मार्ग भर हँसती, बातें करती जाती; राजनीति से लेकर उपनिषद् तक बहस होती। शोभा ने एम.ए. में संस्कृत ली थी और जनार्दनजी थे संस्कृत के प्रकाण्ड विद्वान्, किन्तु अब उनकी आँखों की दृष्टि धुँधली हो चली थी। मोटे फ्रेम के चश्मे के भारी काँच भी कभी-कभी धोखा दे जाते थे, इसी से रात्रि को शोभा उन्हें 'वैराग्यशतक' पढ़कर सुनाती। उसके मधुर कण्ठ से संस्कृत श्लोकों की आवृति एकान्त कमरे में गूँज उठती :

"निवृत्ता भोगेच्छा बहु-पुरुष-मानो विगलितः।
समानाः स्वर्याताः सपदि सुहृदा जीवित-समाः।।
शनैर्यष्ट्युत्थानं घन-तिमिर-रुद्धे च नयने।
अहो दुष्टः कायस्तदपि मरणापाय-चकितः।।"

वृद्ध जनार्दन के झुर्री पड़े गालों पर एक दिन यह श्लोक सुनकर अश्रुधारा बह चली। उनकी भी भोगेच्छा निवृत्त है, पौरुष विगलित है, समवयसी स्वर्गगत हैं और जो बचे हैं वे भी तो जाने को तत्पर हैं। गोदावरी का रोग-जीर्ण शरीर, उसका उदास मुख उनके घनतिमिर रुद्ध नयनों में तैर उठा।

"मैं नहीं पढ़ूँगी, मौसाजी!"–शोभा ने पट से पुस्तक बन्द कर दी– "आप तो रो पड़ते हैं।

जनार्दनजी बोले, "सो जा बेटी, बड़ी रात हो गई है। मैं तो तेरा बुड्ढा लड़का हूँ, शोभा और तू मेरी माँ है ना, इसी से आज अपनी माँ का सहारा पाकर बूढ़ा बालक रो पड़ा!" शोभा हँसकर उठ खड़ी हुई, पुस्तक तिपाई पर रखकर बोली, "कल से मैं वैराग्यशतक नहीं पढूँगी। पर पढूँ भी क्या?" "अभिज्ञानशाकुन्तलम् पढ़ती हूँ तब भी आप रो पड़ते हैं।"

मन ही मन जनार्दन सोचने लगे, कविता की मार्मिक शब्दावली से भी अधिक कैसा कारुण्य भरा है सरल-शान्त बालिका की स्वरलहरी में। शोभा चली गई तो अपने कमरे में गए, गोदावरी सो रही थी, वह भी चुपचाप अपने पलंग पर लेट गए, पर शून्य रात्रि में बड़ी देर तक उन्हें नींद नहीं आई। भावी पुत्रवधू का मुँह उन्होंने भी पहले कभी भली-भाँति नहीं देखा था। इधर

वह कई बार पिता के साथ आई थी। अपने सुदर्शन पुत्र के पार्श्व में उसकी कल्पित मूर्ति को बिठाने में भी वह स्वयं सहम उठते थे। क्या सतीश वयस में भी उससे छोटा नहीं लगेगा?—यह सोचते-सोचते न जाने वह कब सो गए।

शोभा जब मंजरी के कमरे में पहुँची तब मंजरी पलंग पर अधलेटी स्टीफेन ज़्विग का कोई अंग्रेजी उपन्यास पढ़ रही थी। उसे देखकर वह बोली, "तुम भी बस क्या हो शोभा, ऐसी सुन्दर रात है, सोचा था, थोड़ी दूर तक घूमने जाएँगे, पर तुम्हें जब वैराग्यशतक से छुट्टी मिले तब न? मैं तो कहती हूँ, पढ़ना ही है तो पढ़ो प्लैनेयर, टॉमस मान, टॉमस इलियट, पर तुम पढ़ोगी वैराग्यशतक तो कभी छांदोग्योपनिषद्। तभी तो दिमाग में भरा है निरा काठ! लड़कों को देखती हो तो ऐसी भड़ककर भागती हो जैसे छूने पर पत्थर बन जाओगी। तभी तो यूनिवर्सिटी में तुम्हारा क्या नाम रखा है, पता है?"

हँसकर शोभा बोली, "क्या नाम भी रखे जाते हैं यहाँ?"

"जी हाँ," मंजरी ने कहा, "जिसने तुम्हारा नाम रखा है, उसकी बुद्धि की प्रशंसा करनी पड़ेगी; Why, how it suits you, marble princess!—हे संगमरमर की राजकुमारी, यदि कष्ट न हो तो आसन ग्रहण कीजिए।"

शोभा हँसकर बैठ गई, बोली, "मंजरी, मुझे कभी ज़्यादा बोलने का अभ्यास नहीं है। तुम्हें तो पता है ना, इतने दिनों से गाँव में रही हूँ, कब कुछ गँवारपन कर बैठूँ इसी से चुप रहती हूँ।"

मंजरी ने किताब बन्द कर रख दी और शोभा के दोनों हाथ पकड़कर बोली, "सच, जब से तू आई है, मुझे लगता है घर की मनहूसी चली गई है। पहले अम्माँ चुपचाप पड़ी रहती थी, पिताजी कभी घूमने जाते, कभी कमरे में घुसे संध्या-पूजन में ही डूबे रहते थे। मैं अकेली प्रेतात्मा-सी इस विशाल भवन में घूमती, कभी भावी भाभी साहबा आ गईं तो थोड़ी देर बातें हुईं। पर सच कहूँ मार्बल, भाभी के सामने आते ही मेरे कलेजे में कुछ-कुछ होने लगता है।"

शोभा हँसकर बोली, "भाभी से डरना ननद को शोभा देता है, अब तो आ ही जाएँगी। कब तक विवाह होगा मंजरी?"

मंजरी ने सिर के नीचे से तकिया निकालकर पुस्तक के ऊपर रख दिया, पंखे से उसके पन्ने फड़फड़ा रहे थे; फिर बैठकर कुछ उदास डूबे-से स्वर में बोली, "पता नहीं, भैया के आते ही तो होने का निश्चय था। भैया के आने में तो अब देरी नहीं होनी चाहिए। आजकल में ही उनके आने का केबूल

आएगा। उनके आने पर ही सब ठीक-ठाक होगा।''

शोभा ने बत्ती बुझा दी और अपने पलंग पर लेट गई। भाई के विवाह का प्रसंग आते ही मुखरा मंजरी एकाएक क्यों शान्त हो गई शोभा की समझ में नहीं आया। वैसे भी वह देखती कि जैसे पुत्र के विवाहोत्सव का कोई विशेष उल्लास-सा घर के किसी में भी नहीं है। सविता का नाम आते ही सब चुपचाप हो जाते हैं। उसे लखनऊ आए तीन माह हो चुके थे, पर उसने सविता को नहीं देखा था। गोदावरी के सिरहाने की मेज़ पर सतीश की तस्वीर की बगल में ही एक हाथी-दाँत के चौखटे में सविता की तस्वीर भी रखी रहती। कई बार शोभा ने दोनों चित्रों को एक साथ देखा : लम्बा चौड़ा, हँसमुख और सुन्दर सतीश, बड़ी-बड़ी आँखें, गोल-गोल मुँह, दुबली-पतली, एक हाथ में माला लिए पिता के साथ खड़ी सविता। फोटो अत्यन्त सुन्दर आया था। सविता का अधखुला जूड़ा आगे को बिखर-सा गया था। उस पर खोंसे गुलाब की प्रत्येक पंखुड़ी भी स्पष्ट उतर आई थी। वह हँसकर कुछ बोलने जा रही है, ऐसा भान होता था। इतनी सुन्दर लड़की, इतना उच्च कुल, समृद्धशाली पिता की एकमात्र सन्तान अपने वैभव, यौवन और रूप से इस गृह को आलोकित करने जा रही थी फिर भी स्वागत करने को गृह का प्रत्येक प्राणी मुँह लटकाए-सा क्यों खड़ा है—यह रहस्य शोभा को एक दिन स्वयं ही ज्ञात हो गया।

वह मंजरी के साथ यूनिवर्सिटी से लौट रही थी कि धीमे से शब्द के साथ बड़ी-सी बैंगनी कार खचाक् से उन्हीं के पास रुक गई : ''चलिए, आप लोगों को घर पहुँचा दूँ।''—चौंककर शोभा ने देखा, एक स्थूलांगी युवती ड्राइव कर रही है। एक हाथ स्टियरिंग व्हील पर था और दूसरा खिड़की पर, बाल छोटे-छोटे और लड़कों की जुल्फों जैसे कटे थे। आँखों की भौंहों का निजी सौन्दर्य कितना था, कहना कठिन है। पेंसिल से अंकित दो महीन रेखाओं के बीच एक छोटी-सी लाल बिन्दी भी लगी थी और रंग इतना गोरा था कि आँखों में लगता—जैसे तेज़ सूर्य की ओर आँखें करने से स्वयं ही आँखें बन्द हो जाती हैं। उसकी आँखों पर धूप का चश्मा लगा था। लाल-लाल दोनों रँगे ओठों को रूमाल से पोंछकर वह लिपी-पुती मूर्ति फिर बोली, ''कम इन, आइए-आइए।'' मंजरी चुप थी, बोली, ''यह है शोभा, दुर्गा मौसी की लड़की और शोभा यह है सविता।'' शोभा ने हाथ जोड़े, सविता ने जैसे उसी को देखने को चश्मा उतार लिया—आँखें वही बड़ी-बड़ी, सुन्दर। फोटो की आँखों

को शोभा ने पहचान तो लिया पर और सब कुछ बदल गया था। गाल फूलने से आँखें छोटी और नाक फैली लग रही थी।

दोनों आगे की ही सीट पर बैठ गईं और सविता ने कार चला दी। शोभा ही उससे सिमटकर बैठी थी। तीव्र विदेशी सुगन्ध से उसके सिर में दर्द-सा होने लगा। सविता की नाइलन की साड़ी बार-बार फहराकर उसे छूती जा रही थी।

''आप यहीं पढ़ती हैं क्या?'' सविता ने शोभा से पूछा। ''जी हाँ,'' शोभा उत्तर देकर फिर चुप हो गई। घर आ गया था, सविता ने कार रोक दी, बोली, ''चलिए, मैं भी अम्माँजी को देख आऊँ। समय ही नहीं मिलता, आजकल जिमखाना की मैच के मारे कहीं आ-जा ही नहीं पाती।'' शोभा सबके पीछे चली, सविता सीढ़ी चढ़ रही थी, अपने भारी-भारी पैरों को उसे बड़े यत्न से उठाना पड़ रहा था, सच बेडौल मुटापा हो गया था उसका। उस पर वेश-भूषा यदि सीधी-सादी होती तो सम्भव था मुटापा कुछ कम लगता, ऊँचे-ऊँचे ब्लाउज़, छोटी मैग्या बाँहें, कटी भौंहें और आवश्यकता से अधिक पाउडर। वह अन्दर गई तो शोभा बाहर ही खड़ी रही। गोदावरी बोली, ''आ जा बेटी, तेरी भी तो भाभी है।''

शोभा सिर झुकाकर गोदावरी के पैरों के पास बैठ गई। सविता निस्संकोच सास की कुशल, ब्लडप्रेशर, पल्स इत्यादि पूछ रही थी। फिर बोली, ''अच्छा अम्माँजी, अब मैं चलूँ, फिर आऊँगी।'' शोभा उठ खड़ी हुई। सविता बोली, ''चलिए, आप कहाँ रहती हैं? आपको भी कार में छोड़ दूँ?''

शोभा का मुँह लज्जा से लाल हो उठा। वह कैसे कहे कि वह इसी गृह की आश्रिता है। उस महिमामयी राजदूत-कन्या के सम्मुख वह पत्ते-सी काँप उठी। गोदावरी बोली, ''यह तो यहीं रहती है, मंजरी के साथ पढ़ती है, मैंने ही गाँव से बुला लिया था कि यहीं साथ-साथ पढ़ेगी।

अपनी कटी भौंहों को उठाकर सविता बोली, ''ओह! आई एम सॉरी, मुझे खयाल था, आप कहीं और रहती होंगी।''—गोदावरी को नमस्ते करके वह चली गई तो कमरे में फिर वही सन्नाटा छा गया। शोभा को लगा कि मंजरी का कहना सत्य ही था। एक अजीब-सा भय राजदूत-कन्या की उपस्थिति से उसे भी होने लगा था—जैसे वह बहुत बड़ी है, और सब उसके सामने बहुत छोटे हैं; किन्तु मौसी के सिरहाने रखी तस्वीर से झाँकता सरल-सुन्दर मुख क्या उससे मिलता है? बिलकुल ही नहीं, हो सकता है,

तस्वीर बहुत पहले ली गई हो। मौसी एक दिन कह तो रही थी कि सन्निपात ज्वर के बाद सविता बहुत फूल गई है, ब्याह होगा तो छँट जाएगी।

शोभा ने साड़ी तहाकर सिरहाने रख दी और दूसरी डोरिया की धोती निकालकर पहन ली। फिर हाथ में पुस्तक ले वह मौसी के कमरे को जाने लगी कि मंजरी आकर उससे लिपट गई : "ओह ब्वाय, व्हाट फन!"

"अरे छोड-छोड़", शोभा गिरी जा रही थी, "बोल तो सही, क्या हुआ?"

कई वर्षों तक कन्वेंट में पढ़ने से मंजरी का आधी अंग्रेजी-मिश्रित हिन्दी बोलने का अभ्यास नहीं छूटा था। वह बोली, "देख भैया का केबूल। कल ही आ रहे हैं। ओह गॉड! मार्बल, चल आज इसी बात पर क्वालिटी में आइसक्रीम खा आएँ।"

शोभा ने अपने को मंजरी के बन्धन से छुड़ाकर तार पढ़ा, सतीश कल आ रहा था। सारे गृह में आनन्द की लहर-सी उमड़ पड़ी। पर शोभा उस रात सो नहीं पाई। सतीश का आने के साथ ही विवाह होगा, यह तो निश्चित ही था। फिर सविता आ जाएगी और सविता के भय से उसका रक्त जम गया, वह कहाँ रहेगी? उसका काकवत् पर-ग्रासापेक्षी जीवन भी शेष हो जाएगा। पता नहीं, सविता को उसका रहना अच्छा लगे या नहीं। फिर वह कोई निकट आत्मीय भी तो नहीं है। सच, कितनी बड़ी भूल की उसने आकर। यह भी सम्भव है कि सतीश पिता के स्वभाव का हो—उदार, सरल, निष्कपट। ननिहाल के गाँव की एक गँवार-सी लड़की उसके यहाँ दो बेला भोजन कर विद्या-दान पा ले, तो क्या उसे आपत्ति होगी? फिर वह तो इतने समृद्ध श्वसुर का जामाता बनेगा। जहाँ मंजरी पढ़ेगी वहीं वह भी पढ़ लेगी, जहाँ वह लेटेगी वहीं वह भी पैरों के साथ हाथ-पैर सिमटकर पड़ी रहेगी। छिः-छिः, कितनी स्वार्थी है वह! इतने उल्लास के दिन भी वह अपने स्वार्थ का ध्यान नहीं भुला सकी।

दूसरे दिन प्रातःकाल वह उठी और नित्य के अभ्यासानुसार चाय बनाकर गोदावरी को देने गई। उसे लगा, जैसे एक ही दिन में मौसी के मुँह पर एक नई चमक-सी आ गई थी, "चाय ले आई शोभा! आज तू यूनिवर्सिटी से छुट्टी ले ले बेटी। रामसिंह भी बीमार है और मंजरी से तो सिवाय उछलने-कूदने के कुछ नहीं होने का। चावल भिंगोकर रखे हैं, पीसकर सब देहलियों पर ऐपन दे दे। आज कितने दिनों से देहलियाँ सुनी पड़ी हैं। मेरी

सास कहा करती थी, लिपा-पुता घर और पहनी-ओढ़ी नार देख के ही लक्ष्मी वास करती हैं। पर मैं तो पंगु हो गई हूँ!'' एक लम्बी साँस खींचकर वह तकिया के सहारे उठी और चाय का गिलास लेकर बोली, ''जा बेटी, देर मत कर, नहा-धोकर निबट ले।''

शोभा चाय पीकर बर्तन में पिसे चावल लेकर देहलियों पर ऐपन देने बैठी ही थी कि मंजरी आई। उसे आज चाय पीने तक की सुध न थी। आते ही शोभा से बोली, ''ओफ-ओ! तुम्हें भी अम्माँ की बीमारी लग गई, दिखता है। यह ऐपन का माहात्मय मेरी समझ में नहीं आता। अच्छी-खासी चमकती देहलियों पर गेरू पोत-पातकर शंख-घंटा बनाना! क्या कर रही हो यह सब? इधर देखो मार्बल, आज मैंने ड्राइंगरूम की 'कलर स्कीम' बदल दी है, अब यह बताओ, नीले रंग के पर्दों के साथ यह काँसे की बुद्धदेव की मूर्ति कुछ जमेगी या अमृता शेरगिल का यह चित्र?'' दोनों हाथों में वह मूर्ति और तस्वीर पकड़े थी, साथ ही कन्धे पर नीला पर्दा भी डाल लाई थी।

शोभा के हाथ चावल के आटे से सने थे, वह बोली, ''मंजरी, पूछने भी किससे आई! मैं यह सब क्या जानूँ, आज तो तुमने सविता भाभी को बुलाया होता।'' शोभा की बात व्यंग्य से नहीं कही गई थी, पर मंजरी का मुँह लटक गया। वह बिना कुछ बोले ही माँ के कमरे में चली गई। शोभा को अपने ऊपर बड़ी खीझ आई। वह कभी-कभी बिना कुछ सोचे बोल जाती थी, पर उसने तो यह सोचकर कहा था कि सविता दिन-रात की गृह-सज्जा के अनुभव से सब कुछ सीखी-पढ़ी थी। वह ऐपन देकर उठी तो राजभवन का एक सुनहरी पेटी बाँधे चपरासी सलाम कसकर खड़ा हो गया। उसके हाथ में एक टोकरी में कई फूल थे, उनमें एक कार्ड लगा था 'सविता'।

शोभा समझ गई, सविता को भी सतीश के आने का समाचार मिल चुका है। वह बोली, ''ठहर जाओ, मैं बहिनजी को बुला लाती हूँ।'' मंजरी ड्राइंगरूम की कायापलट में लगी थी, हर मूर्ति और तिब्बती तश्तरी ब्रासो से चमक रही थी, सुन्दर रेशमी रंग-बिरंगे कुशन इन्द्रधनुष की छटा को भी मन्द कर रहे थे। मंजरी एक हाथ में झाड़न लेकर तस्वीरों को पोंछ रही थी।

शोभा बोली, ''मंजरी, तिवारीजी का चपरासी फूल लाया है।''

फूलों का नाम सुनते ही मंजरी उछल पड़ी और क्षणभर पहले सविता का नाम सुनने पर लटका हुआ मुँह उत्फुल्ल हो उठा। वह बोली, ''कहाँ हैं? चलो अच्छा हुआ, मैं सोच ही रही थी कि इन सूने फूलदानों में क्या लगाऊँ।

हमारे यहाँ सिवाय गेंदे और गुलमेहँदी के कुछ है ही नहीं।" टोकरी में सुन्दर कटे नर्गिस देखकर वह खिल उठी। चपरासी से बोली, "कहना, बहुत धन्यवाद कहा है।" टोकरी लेकर वह फूलदान लेकर बैठ गई और लम्बी-लम्बी सरस डंटियों को फूलदानों में सजाने लगी, शोभा खड़ी-खड़ी देख रही थी। उसे न जाने क्यों, फूल का काट-काटकर फूलदानों में सजाया जाना कभी भी अच्छा नहीं लगता। अहा, यही फूल पेड़ों पर हवा में झूमते कितने सुन्दर लगते हैं!

उसके गाँव में पारिजात का एक पेड़ उसी के घर से सटकर लगा है। भोर होते ही गाँव की औरतें आँचलों में भर-भरकर 'लाख' चढ़ाने ले जाती हैं। कहते हैं कि एक लाख पारिजात पुष्प चढ़ाने से विष्णु प्रसन्न हो निःसन्तान को सन्तान एवं कुमारियों को कार्तिकेय-सा सुन्दर वर देते हैं। कई बार उसकी माँ ने उससे भी कहा था : "बेटी, इतने पास ही पारिजात है। कभी तू भी चढ़ा लेती।"—"नहीं, मुझसे नहीं होगा अम्माँ"—उसने कहा था। इतने सुन्दर फूलों को तोड़-तोड़कर आँचल में भरना उससे सचमुच नहीं हो सका था।

शोभा को चुपचाप खड़ी देख मंजरी बोली, "देख मार्बल, हरे फूलदान में यह रक्तजवा कैसी सुन्दर लग रही है, जैसे तोते की लाल-लाल चोंच हो। क्यों, तेरे संस्कृत के काव्यों में नहीं है ऐसी सुन्दर उपमा?"

हँसकर शोभा बोली, "रक्ताशोक तो, सुना है, किसी सुन्दरी के वाम-पद का अभिलाषी होता है, बिना उसके पद-प्रहार के नहीं खिलता। पर यह रक्तजवा भी इसी प्रहार के बाद खिलती है या नहीं, ईश्वर जाने।"

मंजरी बोली, "तेरा बायाँ पैर फूल ही खिलाने के काम आएगा मार्बल, और तो तुझसे कुछ नहीं होगा।"

शोभा ने गिरे फूलों की पंखड़ियाँ उठाकर गलीचा साफ कर दिया और बोली, "मंजरी, मौसी कह रही है, कल पूर्णिमा भी है, कथा कल ही हो जाए तो अच्छा है। एक लिस्ट में सबके नाम लिख देती, तो किसी के हाथ निमन्त्रण समय ही पर बँट जाते। कोई भी बिरादरी का घर न छूटे, यह देख लेना। मैं कागज़ ले आऊँ, अब तो बारह बजता है।"

मंजरी ने कमरा ठीक कर एक सन्तोष की साँस ली और अपनी कार्य निपुणता को स्वयं ही मुग्ध दृष्टि से देर तक देखती रही। वास्तव में कमरा सुन्दर लग रहा था। मेज़ पर रखे काँच के चौकोर पात्र में सीप-घोंघों के बीच तैरती रंगीन सुनहरी मछलियों पर नए नीले पर्दों से छनकर आती सूर्य की किरणें पड़कर सुनहरा जाल-सा बुन रही थीं। बुद्धदेव की काँसे की चमचमाती

मूर्ति के पास एक पीतल का सुन्दर ड्रैगन रखा था। पिता के साथ चीन-यात्रा से लौटने पर सविता मंजरी के लिए यह ड्रैगन लाई थी, जिसपर मीना की हरी, काली, लाल रेखाएँ खिंची थीं। गोल मेज़ पर रखे चुनार के लम्बे ईजिप्शियन आकार के फूलदान में तिवारीजी के बगीचे के फूल सजे थे। गुदगुदे गलीचे पर पैर धँसे जाते थे। 'भैया कमरा देखकर प्रसन्न हो जाएँगे', सोचती हुई वह दरवाज़ा बन्दर करने जा ही रही थी कि अविनाश आ गया।

''ओह, आज तो हैंडलूम की नुमाइश ही लगा दी है, मंजरी! एक कागज़ में ग्रेड सेल लिखकर भी टाँक दिया होता।''

मंजरी प्रसन्न होकर बोली, ''अविनाश भैया, मैं अभी सोच ही रही थी कि आपको फोन करूँ, भैया आज सात बजे आ रहे हैं।''

''तुम्हारे भैया के आ जाने का समाचार लखनऊ के पेड़-पत्तों को भी ज्ञात है मंजरी, मुझे कब का पता हो गया!'' अविनाश ने हँसकर कहा।

''क्यों, किसने कहा आपसे?'' मंजरी ने आश्चर्य से पूछा।

''हाथ में डलिया भर फूल, वह भी स्केल से नाप-जोखकर काटे गए, लाल रिबन से बँधे, राजभवन का चपरासी मिल गया, कुछ खटका हुआ। मैंने रोककर पूछा, 'भाई, कहाँ लिए जा रहे हो?'—एक तो चपरासी वह भी राजभवन का, बस, समझो, करेला वह भी नीम चढ़ा; मुँह बिचकाकर ऐसे बोला जैसे बड़ा भारी एहसान कर रहा हो—'आज तिवारीजी के होनेवाले कुँवरजी आ रहे हैं, फूल लिए जा रहा हूँ।'—मुझे एक-दो बार तुम्हारे यहाँ वह देख चुका था, यही गनीमत हुई, नहीं तो शायद उत्तर भी न देता।''

मंजरी हँसकर बोली, ''अच्छा, चलिए चाय तो पी लीजिए ऊपर चलकर। स्टेशन तो चलिएगा न?''

अविनाश सीढ़ियाँ चढ़ता हुआ बोला, ''चलूँगा तो अवश्य, लेकिन आज तो अच्छी-खासी भीड़ रहेगी वहाँ।'' मंजरी कुछ उत्तर न देकर उसे माँ के कमरे तक पहुँचाकर चौके में चली गई।

शोभा स्टोव जलाकर चाय का पानी रख रही थी। सुबह सिर धोकर उसे बालों में तेल डालने और चोटी करने का भी समय नहीं मिल पाया था। चौके की खुली खिड़की से आते हवा के मृदुल झोंकों से उसकी रेशम-सी लटें बार-बार मुँह पर आ-जा रही थीं, उन्हें वह हाथ से हटाकर स्टोव में हवा भर रही थी। मंजरी को देख नहीं पाई।

''मार्बल'', मंजरी बोली, ''आज तो ज़रा चोटी करके अच्छे कपड़े पहन

ले। स्टेशन पर बहुत-से लोग आएँगे। अभी-अभी जस्टिस सप्रू का चपरासी आया था कि ठीक छह बजे उनकी कार हमें स्टेशन ले जाने आ जाएगी। एक प्याला चाय बनाकर अविनाश भैया को जल्दी से दे दे, और मैं बना लूँगी। तू झट से तैयार हो ले।''

अपनी बड़ी-बड़ी आँखों को उठाकर शोभा बोली, ''मैं क्या करूँगी स्टेशन जाकर? रामसिंह भी तो बीमार है, एक भी सब्ज़ी नहीं बनी है, रायता पड़ा है।''

''ओफ, तुम तो सच मार्बल ही हो, अच्छा भई, साड़ी ही बदल लो। मैं निकालकर पलंग पर रख आई हूँ।'' मंजरी ने झुँझलाकर कहा।

शोभा मन ही मन उसके साड़ी बदलने के प्रस्ताव से सहमत न थी, पर कुछ कहने का साहस नहीं हुआ, चाय बनाकर अविनाश को देने चली गई।

अविनाश गोदावरी के पलंग के पास रखे मोढ़े पर बैठा सिगरेट पी रहा था। आज वह भी बहुत प्रसन्न है। वह सतीश का अन्तरंग मित्र है। दोनों एक साथ पढ़े थे। जब सतीश का विवाह तिवारीजी की पुत्री से निश्चित हुआ तो मित्रता की डोर कुछ दिनों को शिथिल-सी पड़ गई, क्योंकि अविनाश था कम्युनिस्ट, उस पर स्त्रीमात्र का शत्रु। एक बार शिक्षा काल में ही दोनों मित्र आजन्म अविवाहित रहने का प्रण भी कर चुके थे पर जब उसने सतीश की सगाई का समाचार सुना तो रात-भर सो नहीं पाया। सुबह उठते ही समाचार की पुष्टि के लिए भागता-भागता गया सतीश के घर। बात सत्य थी, सतीश-सा मित्र उससे छीन लिया था किसी ने। वह सतीश क्या अब पहले जैसा रहेगा? सतीश भी तो कभी उसी की पार्टी का था, पर अब भारत के एक राजदूत का भावी जामाता है। उन्हीं के अन्न-जल से पला, शिक्षित सतीश क्या अब कम्युनिस्ट था? वह उसकी कायरता के लिए कभी क्षमा नहीं करेगा। पर आज उसके घर आने का समाचार सुनकर वह नहीं रह सका। बिछुड़े मित्र का अभाव उसे कितना अप्रिय हो गया था। उसे स्त्रियों से ही घृणा थी, यह नहीं। अपने यौवन के पहले उफान से वह अपना हृदय दे बैठा—एक अत्यन्त लावण्यमयी श्यामांगी तन्वी को। यह प्रायः निश्चित था कि विदेश से लौटने पर उसका विवाह अविनाश से ही होगा। जब अविनाश विदेश से लौटा तब उसको वह तन्वी तरुणी स्टेशन पर न दिखी। माँ थी, बहन थी, जीजा थे पर वह न थी। वह पूछ न सका, लज्जा से चुप रहा। माँ का उदास मुख

देखकर झटका-सा लगा। दूसरे दिन उससे नहीं रहा गया, बहन को एकान्त में ले जाकर उसने पूछा, "क्यों सोमी, ऊषा क्या यहाँ नहीं है?" उत्तर में बहन ने दो डबडबाई आँखें उठा दी थीं। "उसने तो एक महाराष्ट्री से विवाह कर लिया भैया!" वह काँपते स्वर में बोली।

अविनाश के हृत्पिंड का स्पन्दन कुछ क्षणों को बन्द-सा हो गया था। उसने कमरे में जाकर सिटकनी लगी दी और बुत की तरह पलंग पर बैठ गया था। उसकी कही एक-एक बात कानों में गूँज उठी थी, उसकी तस्वीरों से भरा एलबम उठाकर वह पागलों की तरह देखने लगा था। उन बड़ी-बड़ी निर्दोष आँखों में इतनी छलना! हाय री छलनामयी नारी! उसने एलबम के टुकड़े-टुकड़े कर डाले। उसके शरीर का रक्त खौल उठा। वह भरी पिस्तौल उठाकर अँधेरी रात में दोनों को एक-साथ ठंडा करेगा। दुबली-पतली, साँवली-सलोनी ऊषा, जिसके घुँघराले घने केशों को वह अपनी अँगुलियों से सहलाता था, उसी के कन्धे पर गोली दागेगा?...नहीं-नहीं, गले के ठीक नीचे उसकी एक पतली नीली नस है, जो उसके उठते हुए छोटे-से सुडौल वक्षस्थल पर नीली पगडंडी-सी उतर गई है, ठीक वहीं पर। उसके जाने की संध्या जब ऊषा उससे लता-सी लिपटकर सिसक उठी थी। और दो वर्ष पश्चात् आज की वही संध्या जब कि वह किसी और से लिपटकर पड़ी होगी।

वह पिस्तौल दबाकर बाहर निकल आया था, जीजाजी घबड़ाए-से उसी की ओर आ रहे थे।–"अविनाश, जरा मेरे साथ मेडिकल कॉलेज चलो, तुम्हारी बहन की अवस्था ठीक नहीं है।" यह उसका तीसरा सिज़ेरियन था। उसके छोटे-से शरीर से भी भारी बोझ के साथ पीड़ा से कराहती बहन को उठाकर उसने कार में रखा। दूसरे दिन उसकी बहन ने तड़के ही एक पुत्र को जन्म दिया। उसकी लाल-लाल बन्द मुट्ठी को हाथ में लेकर म्लान हँसी हँसकर अविनाश ने कहा था, "सोमी, इसका नाम रखना 'जीवन'।" मन ही मन उसने सोचा, कितना उपयुक्त नाम रखा था उसने–'जीवन', जिसने तीन जीवनों को नष्ट होने से हठात् बचा लिया था। तब से अविनाश ने कभी विवाह का प्रसंग ही नहीं उठने दिया। माँ रोई, बहन ने पैर पकड़ लिए, "इतनी सुन्दर लड़कियाँ पड़ी हैं, उसमें क्या हीरा-माणिक जड़े थे, अच्छा हुआ वह जहरीला पौधा घर में न लगा।" पर अविनाश ने एक दिन गुरु-गम्भीर स्वर में गरजकर कह दिया, "अब ब्याह की बात उठाई तो मैं घर छोड़कर चला जाऊँगा।" माँ सहमकर चुप हो गई। वह अविनाश के कई मित्रों से

परिचित थीं; एक बड़े-बड़े बालों का बंगाली युवक जो कई माह तक उनके यहाँ भंडार में छिपकर रहा था, एक साँवली-सी सौम्य युवती, जिसे फाँसी की सज़ा होकर भी माफ हो चुकी थी। क्या पता अविनाश भी उसी दल में भटका-भटका फिरे। आज भी अविनाश सतीश को लेने जाने का विचार छोड़ बैठा था, पर फिर भी मन नहीं माना, भीड़ से दूर ही खड़ा-खड़ा वह देखेगा कि सतीश कितना बदल गया है।

मंजरी ने पर्दा हटाकर बत्ती जला दी। पूजन-गृह से आती अगरबत्ती की सुगन्धि से कमरा सुवासित हो उठा। "उठिए अविनाश भैया, कार आ गई है, शोभा तो यहीं है अम्माँ, वह कह रही है, मैं नहीं जाऊँगी, सब्ज़ी भी बनाना है। पिताजी, मैं और अविनाश भैया जा रहे हैं।"

गोदावरी बोली, "ठीक है, जा बेटा, देर मत कर, समय पर जाना ही ठीक है।"

सब चले गए तो कमरे में अकेली पड़ी गोदावरी ऊबने लगी, वहीं से शोभा को पुकारकर बोली, "बेटी, क्या-क्या सब्ज़ी बन गई? मुझे ज़रा पानी भी पिला दे।"

शोभा पानी का गिलास लेकर आई तो लज्जा से आँखें उठाकर गोदावरी की ओर देख न सकी, अभी उसके बाल भी खुले थे। जाते समय मंजरी उसे ज़िद करके अपनी धानी कश्मीरी सिल्क की साड़ी पहना गई थी। छिः-छिः, मौसी समझेंगी, उसी ने स्वयं निकालकर पहनी है। गोदावरी ने पानी गिलास थाम लिया और उसे कुछ देर देखती रही, शोभा की इतनी मंजुल मूर्ति उसने आज ही देखी थी, बिना तेल के रूखे बाल पंखे की हवा में फरफराते हुए।

वह झट से पानी देकर चली गई, कमरे में उससे खड़ा नहीं हुआ जा रहा था। गोदावरी के क्षणभर पहले का उत्साह और स्फूर्ति न जाने कहाँ चले गए। वह लम्बी साँस खींचकर फिर अपनी विचारधारा में डूब गई। सतीश आता ही होगा, कितने लम्बे बीते ये दिन। उसके जाने से इतनी विशाल अट्टालिका श्मशान-सी भयानक हो उठी थी। कितने दिन बाद गोल कमरा फिर हँसी और कहकहों से गूँज उठेगा। मंजरी, अविनाश, सतीश फिर अपने कमरे में बैठकर ताश खेलेंगे। माँ की छाती में सिर रखकर बच्चों की तरह सतीश 'अम्माँ-अम्माँ' करेगा। उसका कंठ भर आया। आज ईश्वर ने यह शुभ दिन दिखाया, पर उसके निर्जीव पैरों में शक्ति नहीं दी, वह सर्वदा के लिए उससे छिन गई है। आज चौके में बैठकर वह अपने हाथ से पूड़ियाँ

उतारती, गोल-गोल पूड़ियों को सतीश के 'ना' कहने पर भी थाली में डाल देती। उसकी आँखों से आँसू टपक पड़े, तकिया के छोर से उसने आँखें पोंछ लीं, इतने शुभ दिवस में वह रो रही है। मंजरी का कंठ-स्वर सुनकर वह चौंककर कान लगाकर सुनने लगी, सतीश ही तो था, वही भरा-भरा भारी गला : "अम्माँ, मैं आ गया।" कलेजा उछलकर मुँह पर आ गया। 'शोभा', वह वहीं से बोली, "शंख बजा दे।"

पूजा के कमरे में आकर शोभा ने शंख बजाया। मधुर शंखघट-ध्वनि से दो वर्षों से सूना पड़ा घर गूँज उठा। पूजा का कमरा गोदावरी के कमरे से बिलकुल सटा था। शोभा दीवार से लगकर खड़ी हो गई। कैसी भुतनी-सी बनी है वह, न बाल ही बँधे हैं, न मुँह ही धुला है, हाथों में भी तो हल्दी लगी है। मसाला अध-पिसा कर सिल पर ही छोड़ आई है, अब बाहर निकलेगी तो मौसी के कमरे में बैठे सब उसे देख लेंगे। वह अँधेरे कमरे में दीवार से लगी खड़ी ही रही। सतीश, मंजरी, अविनाश के बोलने का स्वर स्पष्ट सुनाई पड़ रहा था। "अरे, शोभा कहाँ गई?" मंजरी बोल रही थी। 'सर्वनाश!'—मन ही मन शोभा काँप उठी। अब वह क्या करेगी।

"शंख उसी ने बजाया था न अम्माँ, वहीं खड़ी सिमटी होगी।" वह फिर बोली और पूजा के कमरे में आँधी की भाँति घुस आई। "चल, भैया आ गए हैं, यहाँ खड़ी क्या कर रही है?"

हाँ या ना कहने तक पसीने में डूबी जाती, काँपती शोभा को वह माँ के कमरे में खींच लाई। "भैया, यह है मार्बल। कोई भी अतिथि या अपरिचित हो, उसे देखकर छिपना इसका विशेष गुण है।"

उसकी धानी साड़ी का आँचल फहराकर गिरा जा रहा था। उसकी भयत्रस्त हरिणी-सी आँखों को देखकर गोदावरी समझ गई कि वह मुक्ति पाने को छटपटा रही है।

"आ हा! क्यों परेशान कर रही है मंजरी? शोभा, तू चौके में स्टोव पर कुछ रख तो नहीं आई, जल न जाए, जा देख आ।"

शोभा हाथ छूटते ही तीर-सी छिटक गई, सतीश को मंजरी के पत्र से ज्ञात हो गया था कि दुर्गा मौसी की लड़की उनके यहाँ से पढ़ रही है। "बेचारी गाँव में रही है, इसी से इतना झेंपती होगी।"

मंजरी भाई का सूटकेस ले आई, बोली, "भैया, खोलिए तो जरा इसे। देखें, क्या-क्या लाए हैं?"

"सतीश को दम तो लेने दे।" माँ ने एक धमकी दी, पर सतीश ने उठकर सूटकेस खोलकर नाना उपहार निकाले। बहन के लिए वह एक छोटी-सी सुन्दर स्विस घड़ी लाया था, नाइलान की कई हल्की पारदर्शी साड़ियाँ थीं। अविनाश के लिए एक सोने का सिगरेट-केस था। माँ के लिए प्लैटीनम की तीन हीरे की कनियाँ-जड़ी अँगूठी थी।

मंजरी बोली, "रुकिए भैया, मैं शोभा को बुला लाऊँ।"

शोभा को वह फिर पकड़ लाई और मोढ़े पर बिठा दिया, स्वयं निकाल-निकालकर चीज़ें दिखाने लगी। जब वह सबको उपहार वितरित कर चुका, तब उसकी दृष्टि शोभा के नत मुख-मंडल पर पड़ी। भद्रता के नाते उसे भी तो कुछ देना होगा, पर अब तो कुछ भी नहीं बचा था, एक वस्तु थी अवश्य जिसे उसने अभी बाहर भी नहीं निकाला था—इन उपहारों से कहीं अधिक सुन्दर, हीरे का एक छोटा-सा क्रॉस जो पतली सोने की चेन के मध्य में जड़ा था। सविता के गौरवर्ण पर वह कितना सुन्दर दिखेगा! वेनिस की एक छोटी-सी दुकान पर वह दिख गया था, दाम पूछे तो सिर चकरा गया। पर मन नहीं माना, अपनी कितनी दैनिक आवश्यकताओं को घटाकर वह उसे आखिर खरीद ही लाया था।—यह क्या उसे दे सकता है वह?—नहीं, कभी नहीं। गाँव की एक सामान्य-सी दरिद्र लड़की, जिसे शायद उसके हुक बाँधने का भी शऊर न होगा, उस नेकलेस को लेकर क्या करेगी? वह सोच ही रहा था कि उसकी माँ एकाएक बोली, "क्यों रे सतीश! एक बहन तेरी और भी तो थी, इसके लिए कुछ नहीं लाया क्या? ले बेटी शोभा, यह अँगूठी तू पहन, ईश्वर ने चाहा तो मेरा सतीश मुझे न जाने कितनी और अँगूठियाँ पहनाएगा।"

शोभा पहले अवाक् देखती रही—"यह क्या कह रही हैं मौसी! पर मंजरी ने उसे ठेलकर माँ की शय्या के पास कर दिया और उसके 'नहीं, नहीं' करने पर भी गोदावरी ने प्लैटीनम की हीरे-जड़ी अँगूठी उसकी अँगुली में डाल दी। उसकी लम्बी-लम्बी गोरी अँगुलियाँ विधाता ने विशेष परिश्रम से रची थीं। अँगूठी थोड़ी ढीली थी। मन ही मन सतीश क्षुब्ध हुआ, कितनी बहुमूल्य अँगूठी थी और कितने प्रेम से वह अम्माँ के लिए लाया था! यह गाँव की लड़की कभी प्लैटीनम को टीन समझकर फेंक न दे।

शोभा उठकर फिर चौके में चली गई। बड़ी देर तक गोदावरी के कमरे में बैठक जमी रही। दूसरे दिन कथा थी। सतीश को बड़ी उत्सुकता हो रही

थी, पता नहीं सविता आएगी या नहीं? आज तक तो वह सविता से कभी बोला भी नहीं है। दूर से कन्वोकेशन में देखा भर है। जब वह एडिनबरा में था, कई बार उसके जी में आया कि वह उसे पत्र लिखे। चेष्टा भी की, पर न जाने कितने पत्र फाड़-फाड़कर फेंक दिए। नववर्ष पर सविता ने ही उसे दो अत्यन्त सुन्दर कार्ड भेजे थे। एक में दो कबूतरों का जोड़ा साथ-साथ उड़ रहा था। कितनी भावुक लड़की है! दूसरे कार्ड में सुन्दर मुक्ता से अक्षरों में नववर्ष की शुभकामनाएँ थीं। तीन अक्षरों का गुँथा 'सविता' नाम उसके हृदय में बस गया था। वह अकेले में मंजरी से सविता के विषय में पूछने का साहस भी नहीं कर पा रहा था क्योंकि मंजरी फिर सबके सामने मज़ाक बनाएगी। वह बड़ी देर तक माँ के कमरे में बैठा अपने प्रवास की बातें करता रहा और फिर अपने कमरे में जाकर सो गया।

दूसरे दिन सत्यनारायण की कथा थी। आँगन में दरी बिछी थी, केले के पत्तों का सुरम्य मंडप बना था। उसके नीचे संगमरमर की चौकी पर पूजा का सिंहासन रखा था। उस पर रखी सोने-चाँदी की मूर्ति फलों से ढँकी थी। शोभा कभी चरणामृत घोल रही थी, कभी दोनों में प्रसाद सजा रही थी। आज गोदावरी भी कई तकियों के सहारे बाहर बैठी थी। गुग्गुल धूप की मँडराती सुगन्धि गोल चक्र-सा बनाकर उठ रही थी। कथा आरम्भ हो चुकी थी, पंडितजी कन्या लीलावती के सौभाग्य और दुर्भाग्य का सस्वर वर्णन कर रहे थे कि शोर मचा, "कार आ गई। तिवारीजी आ गए।" स्त्रियों में खलबली मच गई, क्षणभर के लिए पंडितजी ने पाठ बन्द कर चश्मा उतारकर रख लिया और उठ खड़े हुए। जनार्दनजी अभ्यर्थना के लिए आगे बढ़ गए, सतीश के मित्रगणों का जमघट भीतर के कमरों में था, सब वहीं से खड़े होकर देखने लगे। आगे-आगे तिवारीजी थे—स्थूलकाय, घनी मूँछें, चश्मे से ढँकी आँखें, सरल वेश। साथ में राज्यपाल और पीछे-पीछे उनके दो ए.डी.सी., एक-से कपड़े, झलमलाती तलवारें, चरमराते जूते, सूरत-शक्ल में एक-से, जैसे दो जुड़वाँ भाई हों।

उनके साथ ही सविता थी। जब सतीश विदेश गया था, तब तो उसके बाल कटे नहीं थे, पर आज कटे बाल और भी छोटे-छोटे मोड़कर ऊपर उठा लिए गए थे। अंग-प्रत्यंग के बढ़ते मांस को यथाशक्ति बन्धन में ढालने का विफल प्रयत्न किया गया था—कसे ब्लाउज में कसकर। गले में एक नीलम

का हार था, आँखों पर धूप का चश्मा और हाथ में आसमानी रंग का पर्स, जिसे वह लापरवाही से झुला-सी रही थी। रंग स्वास्थ्य के साथ-साथ जैसे और भी निखर आया हो।

अविनाश ने कनखियों से सतीश को देखा, उसके मुँह पर हवाइयाँ-सी उड़ रही थीं। भाग्य मानो अपनी विजय का ठहाका मारकर हँस रहा था—क्या यही सविता है? उसके वर्षों की मधुर कल्पना क्षणभर में टूटे खंडहर-सी ढलक पड़ी। ठीक इसी समय नैवेद्य का थाल लेकर शोभा आई और झुककर पंडित जी के पास रखने लगी। उसने मौसी की लाल रेशमी साड़ी पहनी थी, अँगुली में रात का हीरा दमक रहा था, कानों में मोती के कर्णफूल थे। नैवेद्य पकाकर वह अभी-अभी आग के पास से उठकर आई थी। इसी से दोनों गाल लाल हो रहे थे। सतीश की दृष्टि भी सविता से छिटककर उस पर जा पड़ी, वह अदृष्टपूर्व रूप उसे अद्‌भुत लगा। अपनी सौम्य, शान्त, स्थिर दृष्टि बिना इधर-उधर किए वह थाल रखकर चुपचाप भीतर जाने को थी कि मंजरी ने रोककर उसके कान में कुछ कहा। प्रसंग कुछ रहा होगा क्योंकि स्वल्पभाषिणी शोभा के अधरों पर स्मित हास्य की रेखा खिंच गई और उसके गालों में दो गहरे गढ़े पड़ गए। वह हाथ छुड़ाकर अन्दर चली गई।

अविनाश भी उसे ही एकटक देख रहा था, सतीश के कान के पास मुँह ले जाकर उसने कहा, "कितना सुन्दर काम्पलेक्शन है, सतीश! बिलकुल मिल्क ऐंड हनी! यह क्या शहर की हवा में कभी निखर सकता है? गाँव की ही देन हो सकती है ऐसी। सतीश, चलो ना, अन्दर बैठकर ताश ही जमाएँ, यहाँ तबीयत 'बोर' हो रही है।"

सतीश और अविनाश उठकर चले गए। यह सविता ने भी देख लिया, अब वह भी उठकर गोदावरी के पास बैठ गई। शोभा बार-बार किसी काम से मौसी के पास आ रही थी—कभी चाबी का गुच्छा लेने, कभी भंडार से मेवा लेकर बाहर रखने। उसकी सरल-स्वच्छ मुस्कान सविता को, पता नहीं क्यों, अच्छी नहीं लग रही थी। उसके कार्यरत एकाग्र सुन्दर मुख-मंडल पर कहीं भी क्लान्ति का लेश भी नहीं दिख रहा था।

पूजा समाप्त हुई, पंडितजी ने सबको चरणामृत दिया, सविता को एक सुपारी और फूल देकर बोले, "आज ही आशीर्वाद देता हूँ बेटी, सौभाग्यवती हो।" सभ्य समाज में पली उच्च शिक्षिता सविता के गालों पर लज्जा की लाली दौड़ गई।

तिवारीजी वहीं पर खड़े थे, बोले, "ठीक कहते हैं, पंडितजी, पूर्णिमा की पुण्य तिथि में ही आज अपने जामाता का शकुन कर दूँ। जनार्दनजी, बुला दीजिए, ज़रा दो अक्षत धरकर मैं भी आशीर्वाद दे दूँ।"

शोभा पास ही खड़ी थी। मंजरी भीतर थी। गोदावरी बोली, "जा बेटी, भैया को बुला ला।"

शोभा उठकर सतीश के कमरे तक गई, पर देहरी पर ठिठककर खड़ी रह गई, सतीश और अविनाश बैठे सिगरेट पी रहे थे, गावतकिए के सहारे अधलेटे। सतीश उसे देखकर बैठ गया—"कहिए?" उसने पूछा।

"आपको बुला रहे हैं," आनत दृष्टि किए ही शोभा ने कहा।

"कौन?" सतीश ने पूछा। वह इतना घबरा गई कि उसे लगा कि उत्तर कंठ में चिपक गया। आपके श्वसुर।" उसके मुँह से निकला और वह लज्जा से लाल हो उठी। हाय, वह क्या जंगली की तरह बोल गई! 'श्वसुर नहीं, कहिए भावी श्वसुर!" हँसकर अविनाश ने कहा। वह जान बचाकर भाग गई।

सतीश उठकर बाहर आया। पीछे-पीछे अविनाश था। झुककर उसने अपने भावी श्वसुर के पैर छुए।

"सुखी रहो, बेटा", वे बोले। सुदर्शन-सुपुरुष जामाता को देखकर उनका हृदय गद्‌गद हो उठा, "आज की पुण्य तिथि से बढ़कर और कोई शुभ तिथि नहीं हो सकती। आओ बेटा, मैं तुम्हें अपने हाथ से तिलक कर दूँ।" तिलक का थाल लेकर उन्होंने सतीश के गौर-प्रशस्त ललाट पर रोली की लम्बी रेखा खींचकर अक्षत लगा दिए। सतीश की उदास-रिक्त दृष्टि अविनाश के हृदय में शूल-सी बिंध गई।

"आप भी अपनी वधू को कुछ शकुन कर दीजिए जनार्दनजी!" तिवारीजी बोले। सविता ने सिर झुका लिया। विद्युत के चमकीले प्रकाश में क्षणभर को उसका बेडौल मुटापा विलीन-सा हो गया, एक सलज्ज मौन मुस्कान से वह पर्स के फीते को अँगुली में लपेटने लगी।

जनार्दनजी हतप्रभ-से हो उठे। वह क्या देकर भावी पुत्रवधू को टीका करें? घर में कोई ऐसी वस्तु नहीं थी। इतने ही में उनके पास खड़ी शोभा ने उनके हाथ में कुछ दिया। उन्होंने मुट्ठी खोलकर देखा, कल की हीरे की अँगूठी थी। कितनी समझदार लड़की है शोभा—वे सोचने लगे। उन्होंने बढ़कर ए.डी.सी. के हाथ से रोली-अक्षत का थाल ले लिया और झुकी हुई सविता

के ललाट पर रोली की बिन्दी रख दी, फिर अँगूठी पहनाने लगे। अँगूठी फँसकर बीच ही में रह गई तो झट उतारकर सविता ने अनामिका में पहन ली। पर सतीश और अविनाश ने अँगूठी का स्थानान्तरण देख लिया।

शंख-घोष के साथ दोनों के भाग्य एकसूत्र में बँध गए। पूर्णिमा का चन्द्र काले-काले बादलों से घिर गया था। आमन्त्रित अतिथि जाने की तैयारी में थे। शोभा किसी को छाता दे रही थी, किसी को प्रसाद का दोना। तिवारीजी पुत्री-सहित विदा ले रहे थे, सतीश, अविनाश और जनार्दन वहीं खड़े रहे। अविनाश और सतीश भीतर आने लगे तो शोभा एक हाथ में चरणामृत का सकोरा लेकर किसी को देने जा रही थी कि अविनाश बोला, "हमें भी तो प्रसाद मिलना चाहिए, न प्रसाद ही मिला, न चरणामृत ही।"

"अरे, आपको चरणामृत भी नहीं मिला?"—शोभा ने पूछा।

"मुझे तो नहीं मिला, पर सतीश को चरणामृत की डबल डोज़ मिली है, ललाट पर रसीद नहीं देख रही हो क्या?"

शोभा कभी हास-परिहास में भाग नहीं लेती थी पर उसे भी हँसी आ गई और गालों पर फिर वही मनोहर गढ़े पड़ गए। वह बोली, "रुकिए, मैं अभी ले आती हूँ।"—वह तत्काल दो छोटे-छोटे सकोरों में चरणामृत ले आई पर सतीश और अविनाश मौसी के कमरे में चले गए थे। शोभा वहीं जाने लगी, तभी उधर से सतीश माँ के लिए पानी लेने बाहर आया। नीची दृष्टि किए शोभा अपनी धुन में उसे देख न पाई और टकरा गई। दोनों सकोरों का चरणामृत उसकी नई ट्रॉपिकल पैंट पर उलट गया।

माँ के कमरे की चिक उठी थी, वह बोला, "अरे राम-राम, जल्दी पानी ले आ शोभा, कपड़े से पोंछ दे, कहीं दाग न पड़ जाए।"

शोभा लज्जा से काँप उठी, छिः-छिः, कितनी फूहड़ सोच रहे होंगे लोग उसे।

सतीश बोला, "अम्माँ, बहुत नीची नज़र रखने से तो कभी राह चलता हाथी भी नहीं दिखता।"

एक लम्बी साँस खींचकर गोदावरी बोली, "अब कितनों की ऐसी नज़र रह गई है, बेटा!" माँ के दीर्घ निःश्वास में सतीश को सविता के कटे केशगुच्छ, आधा तन-उघड़ा ब्लाउज़, लिपस्टिक-रंजित ओष्ठ—सभी फिर स्पष्ट दिख उठे।

शोभा कटोरी में पानी ले आई। अविनाश ने रूमाल भिगोकर दाग छुड़ा दिया। इतने में मंजरी आ गई, उसके आते ही कमरे में फिर उल्लास की

लहर-सी आ गई। वह आते ही बोली, "अम्माँ, हमारी मार्बल ने तो बड़े जोश में आकर अँगूठी दे दी, पर भाभीजी की अँगुली में फँस गई। अब तुम जो चूड़ियाँ बनवाओगी, ज़रा ठीक से मापकर..."

बीच ही में टोककर गोदावरी बोली, "चुप मुँहजली, जब देखो तब ठिठोली करती है। अच्छी तन्दुरुस्ती हज़ार नियामत। कैसा रंग है उसका, तपा सोना धरा है। मेरी सास कहा करती थी कि बहू आए तो ऐसी जो एक हाथ दस सेर की पतीली उठा ले। अरे जब मैं ब्याह के आई थी, तो खाना पकाकर चौका छोड़ आती थी, परसने जाते थे तेरे पिताजी, इतनी बड़ी-बड़ी पतीलियाँ मुझसे उठती ही न थीं। दस सेर की कड़ाही में कढ़ी बनती थी। तीस जने सुबह-शाम खाते थे, आठ-आठ बहुएँ तरकारी काटने में जुटतीं थीं, दस सेर उड़द की बड़ियाँ मिनटों में पड़ जाती थीं।

"अब न वह परिवार रहा, न वह मेल। अब तो तुम लोगों को चाहिए न सास, न ससुर, न देवर, न जेठ। बस, मैं और मेरा मुंशी। दुबली-पतली बहू को पहले दुर्भाग्य समझते थे; तेरी भरतपुर वाली चाची को ब्याह के पहले हो गया था मलेरिया, तेरे दादाजी अड़ गए, यह भी क्या बहू—फूँक मारो तो उड़ जाए, मैं वैद्य-हकीमों में ही लुट जाऊँगा। चाची के पिता थे गाँव के मुखिया, पैर पकड़कर बोले, "दो महीने में अपनी बहू को फिर देख जाइए।" खिला-पिलाकर दो माह में चाची की तन्दुरुस्ती निखर आई तो दादाजी फिर पहुँचे। देखकर निहाल हो गए, ब्याकर लाए तो डोली चरमरा उठी थी। अब वह ज़माना कहाँ, जब हाथ के कंगन देखने के पहले बहू की कलाई देखी जाती थी।"

"तब तो अभी से ही मक्खन खाना आरम्भ कर दे मार्बल"—मंजरी बोली, "नहीं तो विवाह के मार्केट में तू मिट्टी के मोल बिकेगी।"

"शोभा के पहले तो तेरी भी सुझानी पड़ेगी"—गोदावरी बोली—"सतीश, अब इसके लिए भी कोई लड़का देखना है, एक-दो जगह से कुंडली माँगी भी है।"

अपने विवाह का प्रसंग छिड़ता देख मंजरी लजाकर उठ गई, पीछे-पीछे शोभा भी चली गई। गोदावरी को मंजरी के लिए सुयोग्य पात्र की बड़ी चिन्ता हो उठी थी। जैसे ही उन्मुक्त वातावरण में मंजरी पली थी, वैसे ही घर उसके लिए आवश्यक था। वर्ण श्याम होने पर भी मंजरी की रुचिर मुख-श्री दोषरहित थी। उसकी आँखें बड़ी-बड़ी थीं और तीखी सुडौल नासिका में वह छोटी-सी

हीरे की कणी पहने रहती। उसकी प्रत्येक बात के साथ उसका अंग-प्रत्यंग बोल-सा उठता था। लापरवाही से ढीली-ढाली गुँथी लम्बी-लम्बी वेणियों को वह बार-बार पीछे फेंकती रहती। शोभा और मंजरी पास-पास बैठी कितना सुरम्य चित्र प्रस्तुत करती थीं—यही सोच रहा था अविनाश। एक शान्त सौम्य स्वल्पभाषिणी, दूसरी चंचल, श्यामा मुखरा। एक हँसती भी तो दंतावली नहीं दीखती, दूसरी की चपल-चंचल हास-लहरी घर गुँजा देती।

मंजरी को अविनाश ने तब से देखा था जब वह अपने अंग्रेजी स्कूल की नीली ट्यूनिक पहन दो छोटी-छोटी वेणियाँ हिलाती रिक्शा में जाती थी। एक बार वह रिक्शा से गिर पड़ी तो अविनाश ने ही उसके आँसू पोंछकर उसे चुप करा दिया था। कभी वह उसके पैरों पर खड़ी होकर मचल जाती—"झूला झुलाइए"—अपने पैरों पर उसे खड़ी कर वह देर तक झुला देता। छोटी-सी वेणियाँ हिलाती नीली ट्यूनिक वाली मंजरी एकाएक न जाने कब बड़ी हो गई। अब उसे पहले की भाँति मंजू कहकर पुकारने में भी संकोच होता। मंजरी भी उसी सरल भाव से उसके पास बैठ जाती, कभी ताश खेलने को मचलती, कभी सिनेमा दिखाने की ज़िद करती। आज भी वह फिर पर्दा हटाकर कमरे में आई, बोली, "अविनाश भैया, आज यहीं रह जाइए, बड़ी रात हो गई है, खूब देर तक ताश खेलेंगे।"

"हाँ, यहीं रह न जाओ बेटा!" गोदावरी स्नेहसिक्त स्वर में बोली, "सतीश के कमरे में एक कैंप कॉट भी पड़ी है, बाहर तो पानी पड़ रहा है।"

सतीश के कमरे में एक खाट पर बिस्तर बिछ गया; जनार्दन घूमकर लौटे तो शोभा आचमनी, पंचपात्र रख आई और बोली, "मौसाजी, आप भी संध्या कर लीजिए, आज तो आप बहुत थक गए होंगे, अकेले ही घूमने भी चले गए, भींगे तो नहीं?"

"नहीं बेटी"—क्लान्त स्वर में वे बोले, "छाता ले गया था। पर घूमना तो तेरे बिना अच्छा नहीं लगता।"

शोभा ने उनके खड़ाऊँ लाकर पैरों के पास रख दिए और चौके में चली गई। वहीं सतीश और अविनाश बैठे होंगे, उसने सोचा भी नहीं था, साड़ी का अंचल गले से लपेट वह कुछ गुनगुनाती चली आ रही थी, उन्हें देखकर ठिठककर खड़ी हो गई।

"आइए, आइए।"—अविनाश बोला, "आप ही का इन्तजार हो रहा था, क्यों मंजरी! अब मेरी समझ में तुम दोनों पार्टनर हो और मैं और सतीश।"

"नहीं, नहीं।" मंजरी ने कहा, "बड़े चतुर हैं आप दोनों, बेईमान मित्र एक होकर हमें हरा देंगे—आप और मार्बल, मैं और भैया।"

शोभा बोली, "आप लोग खेलिए, मैं बैठकर देखूँगी।"

मंजरी ने कहा, "जी हाँ, पर देखने लायक चीज़ तो आप हैं, एक चौखट चढ़ाकर काँच और लगा दें, फिर आपको दीवार पर टाँककर हम सुविधा से खेलेंगे।"

शोभा को भी हँसी आ गई। पूजा के दिन भी सतीश उसे भली-भाँति देख नहीं पाया था। आज इतने निकट से उस नव तारुण्य से दीप्त अद्भुत नारी को देखा, हँसने के साथ-साथ उसके गालों में गहरे गढ़े पड़कर फिर सिमट गए थे। वह अविनाश के सामने बैठ गई। ताशों को फेंकती-उठाती वह सरस लम्बी अँगुलियाँ सतीश को बार-बार दीख रही थीं। गाँव की देहातिन लड़की की कल्पना से वह कितनी विपरीत थी। उसकी सादी साड़ी भी ढंग से पहनी गई थी, उसके खद्दर के ब्लाउज़ के चौकोर गले से उसकी पतली सोने की चेन शरीर के रंग से घुल-मिल-सी गई।

खेल बड़े उत्साह से चल रहा था कि खिड़की से कुछ शोर-सा सुनाई दिया, मंजरी चौकन्नी होकर सुनती रही फिर ताश छोड़कर बोली, "मुर्दा जा रहा है, चल शोभा, देखें।"

दोनों उठकर खिड़की पकड़ खड़ी हो गईं। 'राम नाम सत्य है' की ध्वनि स्पष्ट होती गई। अर्थी में थोड़े-से ही लोग थे, किसी सुहागिन की अर्थी थी, ऊपर से रंगीन चुन्दरी पड़ी थी। गैस के उजाले में अर्थी पर पड़ा फूलों का हार स्पष्ट दीख रहा था।

"क्यों मंजरी, इरादा है साथ में जाने का?"—अविनाश बोला।

"वह वैसे ही आपसे मरी जा रही है।"—शोभा बोली, "मुर्दे का नाम सुनकर तो उसकी बोलती बन्द हो जाती है।"

"तो क्या आपको भय नहीं लगता?" अविनाश ने पूछा।

शोभा शान्त, धीमे स्वर में बोली, "मुझे कभी भय नहीं लगता। एक बार हमारे गाँव की ही एक स्त्री घास काटते में पहाड़ से गिरकर मर गई। वह अपने घर में अकेले ही थी। बर्फ पड़ने से उसका दाह-संस्कार न हो सका। मैं और अम्माँ रात भर उसकी मृत देह के पास बैठे रहे। वह हमारे ही पड़ोस में रहती थी। थोड़ी देर बाद अम्माँ भी सो गईं तो मैं अकेली ही बैठी रही।"

मायापुरी

सतीश ने देखा, पूर्णिमा की द्योत चन्द्रिका की किरणों से आलोकित उसका मुखमंडल शान्त, उद्वेगरहित और निर्भय चमक रहा था, उसके यौवन से भरे निराभरण शरीर पर बाहुल्य-रहित होने पर भी एक स्वर्गीय सुषमा की स्निग्ध छाया-सी थी। वह अनिमेष, तृषित, लुब्ध दृष्टि से उसे देखता रहा। उन आँखों में उसने एक अनुक्त वेदना का इतिहास छिपा देखा।

अर्थी चली गई, चारों वहीं खड़े थे।—"चलो भी, अब सो लें, नींद आ रही है; कहाँ से न जाने यह मुर्दा आ गया! अच्छा-खासा खेल हो रहा था, गड़बड़ कर दी।"

दोनों अपने कमरे में चले गए, अविनाश तो तकिया पर सिर रखते ही सो गया, पर सतीश की आँखों में नींद नहीं थी। रात आधी से भी अधिक बीत चुकी थी, सड़क पर इक्के-दुक्के आदमियों के चलने का शब्द, कभी ताँगे की खटखट सुनाई दे रहे थे। उसके पास पड़े पलंग पर अविनाश कब का सो गया था। मित्र की शान्त निद्रा को देखकर सतीश को ईर्ष्या-सी हुई—कितना भाग्यशाली है अविनाश! आज सविता का नए सिरे से कढ़ा रूप देखकर वह पहले अपनी आँखों पर विश्वास नहीं कर सका था।—कितनी बदल गई है वह! हाथ-पैर, आँखें, नाक—सब कुछ जैसे बढ़ती हुई स्थूल चर्बी के नीचे दबकर चिपटे हो गए हैं, वह इतनी बदल कैसे गई! उसके बक्स की तह में पड़ा हीरे का क्रॉस भी उस मोटी गर्दन में पूरा नहीं पड़ेगा। सविता के मोटे शरीर को कल्पना के पर्दे में ढकेलकर, न जाने क्यों, एक दुबली-पतली लड़की बार-बार उसकी आँखों के सम्मुख आ-जा रही थी, उसकी बड़ी-बड़ी नीचे झुकी आँखें और भुवन-मोहिनी हँसी के साथ-साथ गालों में पड़ते दो गहरे गढ़े। आज जब वह क्षणभर के लिए उससे टकरा गई तब थोड़ी देर के लिए उसकी आँखें ऊपर उठी थीं। पर मूक क्षमायाचना थी उनमें। इतनी उदास क्यों रहती है वह लड़की?—सतीश सोचने लगा। इसी भाँति कभी सविता, कभी शोभा की बातें सोचते-सोचते वह सो गया।

नित्य संध्या को शोभा वृद्ध जनार्दन के साथ घूमने जाती। खिड़की पर खड़ा सतीश प्रायः ही देखता—वयोभार से झुके पिता को और शोभा को, कितने सुन्दर भाँजों में उसकी साड़ी बँधी रहती, आँचल की एक-एक तह इस्तरी से दबी-सी रहती। लौटने का समय उसे स्वयं ही, न जाने कैसे, ज्ञात हो जाता, पुस्तक लेकर या कोई पत्र लेकर वह खिड़की के पास बैठ जाता। शोभा ऊपर आँखें उठाकर कभी नहीं देखती। एक बार वह न जाने किस

बात पर खिलखिलाकर हँस पड़ी थी, जनार्दनजी भी हँस रहे थे। शोभा का उन्मुक्त हास्य सतीश को नया-सा लगा, आज तक कभी भी उसने उसे खिलखिलाकर हँसते नहीं सुना था। उसे दोनों कहीं देख न लें, यह सोचकर वह खिड़की से हट रहा था कि अविनाश ने कन्धे पर हाथ रखा।

चिन्तन में खोया सतीश चौंक पड़ा, "अरे तुम कब आ गए?"

अविनाश बोला, "मैं कब से खड़ा हूँ, पर तुम्हारा ध्यान तो इधर नहीं था, क्या यह प्रकृति-निरीक्षण दैनिक नियम है?" अनजान बनकर सतीश बोला, "माने?"

"माने यही कि दलदल में फँसकर निकलना थोड़ा कठिन होगा।" अविनाश ने किंचित् हँसकर कहा।

"क्या पहेली बुझा रहे हो?"—सतीश खीझ के स्वर में बोला और उठकर बत्ती जलाने लगा।

अविनाश ने कहा, "सतीश, मैं हँसी नहीं कर रहा हूँ, मैं कई दिन से देख रहा हूँ, तुम जिस विमुग्ध दृष्टि से शोभा को देखते हो उसे एक बाहर का मनुष्य भी समझ सकता है। ताश खेलते-खेलते पत्ती फेंकना भूल जाते हो, घूमने जाती है तो खिड़की पर खड़े हो जाते हो। दो दिन मैं आकर चुपचाप लौट गया, पर आज सोचा, नहीं, अब और नहीं बढ़ने देना चाहिए।

"एक अबोध-अनाथ सरला को क्यों व्यर्थ में स्वर्ग का द्वार दिखाते हो—जब उसके लिए प्रवेश सर्वथा निषिद्ध है। तुम तो राजदूत महोदय के जामाता बनकर खिसक जाओगे स्विट्ज़रलैंड और वह आकाश के तारे गिनेगी। देखते नहीं उसकी निर्दोष आँखें? उसके हृदय में अभी तक तुम्हारे लिए कोई विकार नहीं, वह जानती है कि सविता तुम्हारी वाग्दत्ता है, उसी से तुम्हारा विवाह होगा। यदि कभी उसे, तुम्हारे उसके प्रति आकर्षण का आभास भी मिल जाएगा तो अनर्थ हो जाएगा, सतीश!"

सतीश की सिगरेट हाथ ही में जल-जलकर राख उगल रही थी। मित्र के कन्धे को हिलाकर अविनाश फिर बोला, "मुझे भविष्य में तूफान के बादल अभी से दीख रहे हैं, सतीश। तुम नहीं जानते, तुममें कितना आकर्षण है, कितने वांछनीय हो तुम—अंग्रेजी में जिसे कहते हैं—लेडी किलर—वही हो तुम, सतीश! बायरन का-सा तुम्हारा व्यक्तित्व उसे भी ले न डूबे।

सतीश ने सिगरेट बुझाकर फेंक दी और हाथ झाड़कर खड़ा हो गया, बोला, "बड़ी लम्बी-लम्बी बातें करना सीख गए हो देखता हूँ, बहुत छोटी

वयस में 'पिलग्रिम्स प्रोग्रेस' पढ़ने से यही होता है।''

सतीश प्रायः ही अविनाश के बाल्यकाल के मिशनरी स्कूल की हँसी उड़ाया करता था पर अविनाश गम्भीर होकर उठ गया, बोला, ''मैं तो चलता हूँ पर सावधान किए जाता हूँ सतीश, आग से खेलना क्या ठीक है?''

वह उठकर चला गया तो सतीश को एक आशंका विचलित करने लगी, कहीं अविनाश स्वयं ही उस असीम रूप-राशि का उपासक तो नहीं बन गया? पूजा के दिन कहे अविनाश के शब्द—मिल्क एंड हनी काम्पलेक्शन उसके कानों में गूँज उठे। ईर्ष्या की लहर उसके सिर से पैर तक दौड़ गई। कल तक जिस अन्तरंग मित्र का सहवास उसे सबसे प्रिय था, वही जन्म-जन्मान्तर का शत्रु प्रतीत हुआ। वह कमरे में बाहर आ गया, ठंडी हवा के स्पर्श से वह चिन्ताभार से मुक्त हुआ। 'हैलो भैया'—कहकर मंजरी दौड़ आई—''सुना आपने? कल हमें, आपको तिवारीजी के यहाँ निमन्त्रण है, उनके पुत्र का जन्म-दिन है। पर उपहार क्या लाया जाए—चलिए ना, समय पर ले ही आएँ। मैं और शोभा तैयार हैं, कल इतवार है, हजरतगंज तो बन्द रहेगा।''

''उँह, तुम लोग चले जाओ, मैं नहीं जाऊँगा।'' कहकर सतीश साइकिल उठाकर चला गया।

भाई का फूला मुँह देखकर मंजरी चुप चली आई, रिक्शा मँगवाकर वह शोभा को साथ ले अकेले ही उपहार लेने चली गई।

गोदावरी की बेचैनी कई दिन से फिर बढ़ गई थी। उसे बीच-बीच में श्वास अवरुद्ध होता प्रतीत होता था, मृत्यु मानो दोनों हाथ पसारे उसकी प्रतीक्षा कर रही थी। कभी-कभी घबड़ाकर वह हाँफती-हाँफती बैठ जाती, देखती—पार्श्व की सेज पर वृद्ध जनार्दन हैं या नहीं। पति को पास लेटा देखकर उसे चरम शान्ति का अनुभव होता। पति पास में हैं फिर मृत्यु का क्या भय, उनके दोनों चरण छाती से लगाकर वह आँखें मूँद लेगी। किन्तु पुत्र का उदास मुख, सविता की बेडौल मूर्ति, शोभा का सौम्य आनन फिर उसकी शान्ति छीन लेते। वह अँधेरे में पड़ी-पड़ी माला फेर रही थी कि कई दिनों बाद सतीश हठात् आकर उसके पैरों के पास बैठ गया।

अन्धकार में वह देख नहीं पाई, ''कौन, शोभा बेटी?'' टटोलकर उसने पूछा।

''नहीं अम्माँ, मैं हूँ, वे लोग तो हज़रतगंज गए हैं।'' सतीश ने कहा।

''बत्ती जला ले, सतीश'', गोदावरी ने उसका हाथ सहलाकर कहा।

"नहीं, ठीक है। कैसा जी है अम्माँ?" उसने पूछा।

"ठीक ही है"—एक लम्बी साँस खींचकर वह बोली, "सतीश, आज फिर तिवारीजी का पत्र आया है। कई बार वे विवाह की तिथि के बारे में पूछ चुके हैं। उनका विचार इसी माह में करने का है पर मैंने कहा, 'आषाढ़ का विवाह अच्छा नहीं होता, माघ में लगन हो तो ठीक है।' जब तेरा ब्याह हो जाए तब फिर मंजरी को भी ठिकाने लगाने की सोचूँगी।"

सतीश कुछ न बोला, गोदावरी ने फिर कहा—"माघ में तुझे तो कुछ आपत्ति न होगी बेटा ?"

सतीश के मन में आया, आज इस एकान्त निर्जन कमरे में वह माँ के सम्मुख अपना हृदय खोलकर रख दे कि वह सविता से विवाह नहीं करेगा। तिवारी का एक-एक पैसा वह चुका देगा, उन्हें जामाता का अभाव नहीं होगा, कुछ दिन तक लोग भला-बुरा ही तो कहेंगे, पर कितना सुखी होगा वह जब उसके गले में बँधी रस्सी का बन्धन एकाएक टूटकर दूर जा गिरेगा, वह मुक्त पक्षी की-सी स्वच्छन्द उड़ान भर सकेगा। वह किसी का दास नहीं रहेगा—हाथ में पड़ी हीरे की अँगूठी क्या उसके हृदय को भी बाँध सकती है?

"अम्माँ, यदि यह विवाह न करूँ तो?" सतीश के मुँह से निकल गया।

गोदावरी के निर्जीव पैरों से लेकर हृदय तक कँपकँपी दौड़ गई। वह काँपते हाथों से सतीश को पकड़कर बोली, "बेटा, राम-राम! क्या कह रहा है तू? मेरे सामने तो यह मज़ाक कर गया, पिता के सामने स्वप्न में भी ऐसे शब्द मत निकालना। जिनकी कृपा से हमारा दस हज़ार का कर्ज़ा धीरे-धीरे चुक गया, उनसे ऐसे विश्वासघात का ध्यान भी कैसे आया तुझे? मैं इसी पलंग पर प्राण त्याग दूँगी। हम गर्ग गोत्री ब्राह्मण हैं—यह क्या तू भूल गया है? हमारे वचन का मूल्य हमारे प्राणों से भी अधिक है। ऐसी हँसी नहीं करते, सतीश।"

"मैं तो हँसी नहीं कर रहा हूँ अम्माँ!"—उसका गम्भीर स्वर दीवारों से टकराकर गूँज उठा, "मैं जितना ही सविता को देखता हूँ, उतना ही भय होने लगता है। वह क्या हमारे घर में रह पाएगी? उसका समाज, रहन-सहन, उसके मित्र, उसका वेश—सब हमसे भिन्न हैं। आज तक तुमने मुझे यह भी नहीं बतलाया कि उन्होंने हमारा कर्ज़ भी उतारा है। एक ऋण से छुटकर हम जो दूसरे ऋण में उलझ गए, यह पिताजी ने नहीं सोचा। मुझसे एक बार

पूछना भी क्या उन्होंने उचित नहीं समझा?''

गोदावरी अवरुद्ध कंठ से बोली, ''तेरे पिता को यही ज्ञात था कि तू अपनी ही इच्छा से सविता से ब्याह करना चाहता है। तभी एक दिन कर्ज़ वालों ने नोटिस देकर दिन-रात की उनकी नींद हराम कर दी तो वे अर्धविक्षिप्त-से हो गए। तू विदेश में था, मैं पलंग पर जीवित होकर भी मृत थी। कहते हैं, मनुष्य को दो ही चिन्ताएँ सबसे दुखकर हैं—कर्ज़ और औरत का मर्ज़; इनका इन दो चिन्ताओं ने जीवन असह्य कर दिया, सोच रहे थे, मकान बैंक में गिरवी रखकर चुका देंगे कि सुबह ही तिवारीजी आए, उन्होंने पूरा कर्ज़ चुका दिया था। तेरे पिता ने कभी किसी के सम्मुख हाथ नहीं फैलाया।''

सतीश सिर झुकाए चुपचाप सुन रहा था। गोदावरी ने क्षीण हाथों से उसके दोनों हाथ पकड़ लिए, ''मुझे वचन दे बेटा, अपने पिता का दिल नहीं दुखाएगा। वे इस धक्के को नहीं सह सकेंगे, मुझे वचन दे सतीश!''

सतीश ने रुग्ण, असहाय, मृत-काय माँ की ओर देखा, अन्धकार में वह कुछ नहीं देख पाया, बरामदे की बत्ती के धुँधले प्रकाश में दो धँसी आँखों में करुण याचना थी। हठात् उसे लगा, मानो उन आँखों का जीवन धीरे-धीरे चला जा रहा है, यह क्या वही माँ है जिसकी निर्मल सरल हास्य ध्वनि से कभी सारा घर गूँजता था। एक बार कठिन सन्निपात ज्वर में जब वह अचेतन मृतप्राय एक माह तक खाट पर पड़ा रहा था, तब इसी माँ ने बिना खाए-पिए उसके सिरहाने बैठ-बैठकर न जाने कितनी रातें बिता दी थीं। आज वही माँ प्राण रहते भी मृत्यु का आलिंगन करने जा रही है। उसने माँ का हाथ दबाकर कहा, ''अम्माँ, मैं तुम्हें वचन देता हूँ, मैं अब कुछ नहीं कहूँगा।''

शान्ति की साँस खींचकर गोदावरी ने उसका हाथ छोड़ दिया और शान्त पड़ी रही।

माता-पुत्र अँधेरे कमरे में बैठे रहे, कोई एक-दूसरे से कुछ न बोला पर दोनों ने जैसे एक-दूसरे के हृदय की बात सुन ली।

''क्या हो रहा है अम्माँ, बत्ती तो जलवा ली होती'', कहकर मंजरी ने खट से स्विच दबा दिया। कमरा आलोकित होते ही उसने देखा, सतीश माँ के पास बैठा है। दोनों के मुँह उदास देखकर वह कुछ कहने जा रही थी पर अपने को रोककर वह बात पलटकर बोली, ''देखिए अम्माँ, इसमें तीन उपहार हैं; एक मैकेनो है, एक बड़ी-सी इलेक्ट्रिक ट्रेन है और एक फाउंटेन पेन। मैं

वहीं से बँधवा भी लाई हूँ।''

तीनों उपहार एक सुन्दर पैकेट में लाल रिबन से बँधे थे। सतीश ने उपहार देखने का कोई उत्साह नहीं दिखाया, अम्माँ भी चुपचाप पड़ी रहीं। मंजरी उपहार को वहीं मेज़ पर रखकर चली गई।

दूसरे दिन यूनिवर्सिटी से लौटते ही मंजरी को माँ ने स्मरण दिलाया कि उसे पार्टी में जाना है। मंजरी चाय लेकर भाई के कमरे में गई तो वह बिना दाढ़ी बनाए ही बैठा कुछ काम कर रहा था।

''भैया, पाँच तो बजने को हैं, आप अभी तैयार नहीं हुए, साढ़े पाँच पर तो पहुँचना है न?''—वह बोली।

बिना ऊपर देखे ही सतीश लिखता रहा, ''तुम लोग तैयार हो जाओ, मैं अभी आता हूँ, मंजरी!''—वह कलम को एकाएक नीचे रखकर बोला, ''यदि तुम ही दोनों चली जाओ तो कैसा हो—मुझे बहुत लिखना है।''

''वाह, खूब कही आपने भी।'' मंजरी ने प्याला रख दिया और धम् से मेज़ के ही कोने पर हाथ रख बैठ गई। ''आपके लिए तीन बार फोन आ चुका है—न जाने कितने तो मिनिस्टर आ रहे हैं और हम दो चले जाएँ! उठिए जल्दी, मैं और शोभा अभी आती हैं।''

सतीश हाथ में कलम लिए बैठा ही रहा, उसे जाना ही तो होगा। रुग्ण माँ का पीला चेहरा फिर उसकी आँखों में आ गया। पंखे की हवा में चाय ठंडी हो रही थी, निस्वाद ठंडी चाय को एक ही साँस में घुटककर उसने तौलिया उठा लिया। हाथ-मुँह धोकर वह तैयार होने लगा। नित्य सीधी-सादी साड़ी में रहनेवाली शोभा को मंजरी रेशमी साड़ी पहनने को मना रही थी। वह उसे बुलाने गई तो देखा, वह एक खटाऊ वायल की अतिसाधारण साड़ी पहनकर बैठी थी, मुँह लटकाकर मंजरी बोली, ''मैंने तुम्हें तैयार होने को कहा था, खटाऊ वायल का विज्ञापन बनने को नहीं।''

शोभा हँसकर आईने के पास बिन्दी का डिब्बा रखकर बोली, ''मैं कभी रेशमी साड़ी पहनती हूँ मंजू, तू ही बता?''

मंजरी की आँखों में अभिमान के आँसू आ गए, वह बोली, ''मुझे लज्जित करती है मार्बल, मैंने ऐसी साड़ी पहनी है?'' उसने आज एक बहुमूल्य तंजोरी रेशमी साड़ी पहनी थी, पीली साड़ी पर बने काले सुनहरे हाथी चमक रहे थे, हाथों में पतले-पतले स्वर्णजड़ित घुँघरू जड़े वलय थे, काली-काली सर्पिणी-सी

लम्बी दो वेणियाँ घुमा-घुमाकर कानों के ऊपर बँधी थीं, उन्हीं के बीच झूल रहे थे माँ के जड़ाऊ झुमके।

"कितनी सुन्दर लग रही हो मंजरी!"—शोभा ने कहा, "मैं कभी रेशमी साड़ी पहनती नहीं हूँ। आँचल खिसक-खिसक जाता है—इसी से यह पहनी है।"

"जी हाँ।" मंजरी ने कहा, "पूजा के दिन लाल रेशमी कैसे पहनी थी?"

"वह तो शोला था मंजू, मैं नैवेद्य बना रही थी, शोला शुद्ध समझा जाता है। मौसी ने कहा, "शोला ही पहनकर बनाना—इसी से पहन ली थी। अगर न पहनती तो मौसी प्रसाद भी ग्रहण न करती। मैं बताऊँ मंजरी, मुझे छोड़ जाओ बहन, मैं कभी आज तक पार्टी में गई भी नहीं हूँ।" शोभा मंजरी से अनुनय भरे स्वर में बोली। "चल हट।" मंजरी ने उसके हाथ को झटक दिया, "साढ़े पाँच यहीं हो गया, ले पहन यह साड़ी, यह तो नहीं है रंगीन।" ड्रॉअर खोलकर उसने अपनी एक श्वेत शिफॉन निकाल दी और एक श्वेत बड़ौदा जरी का ब्लाउज़।

शोभा को कुछ कहने का साहस नहीं हुआ, हार मानकर वह साड़ी लेकर बदलने चली गई। साड़ी पहनकर वह आईने के सामने खड़ी हुई तो लज्जा से उसकी कनपटी तक लाली दौड़ गई। ब्लाउज़ मंजरी के अधिकांश ब्लाउज़ों की भाँति छोटा था, साड़ी से ढँकने पर भी उसकी क्षीण कटि के ऊपर का भाग अनावृत्त झाँक रहा था। गला नाव की भाँति नीचे तक उतर आया था। मंजरी ने कहा, "कितना सूट करता है तुझे यह 'बोटनेक'! ले यह मोती की लड़ी और डाल ले, आज जूड़ा बना मार्बल, चोटी में तू बहुत छोटी स्कूल की लड़की-सी दिखती है।"

जूड़ा बनाकर उसने फूलों की वेणी लगा दी, फिर खींचकर गोदावरी के कमरे में ले गई, "अम्माँ, देखो मार्बल बिलकुल मुलगावकर की तस्वीर लग रही है।"

गोदावरी का कमरा संध्या से धूमिल था। उसी धुँधले प्रकाश में उसने लज्जावन्ती उस रूप की प्रतिमा को देखा। एक क्षण में पुत्र के उदास मुँह का रहस्य स्पष्ट हो गया, वह फिर सिहर उठी, रज़ाई ऊपर तक खींचकर बोली, "देर मत करो, जाओ बेटी!"

शोभा का हाथ पकड़कर मंजरी उसे कठपुतली-सी खींच ले गई। गोदावरी को लगा कि तूफान की पहली आँधी उठ रही है। पहले दिन ही शोभा अब

उसके पैर छूकर पायताने खड़ी थी, तभी हठात् जिस आशंका ने उसके हृदय को झकझोर दिया वही आज मूर्तिमती होकर जीवित खड़ी थी। आँखें बन्द कर वह निःशब्द पड़ी रही।

नियति का अट्टहास राशीभूत होकर अँधेरे कमरे में गूँज उठा। दीवारों से गूँजती ध्वनि उसके कानों में बज उठी, ''तूने अपने पुत्र के सुख की चिता जला दी है।''

गोदावरी के हृदय में पीड़ा ने शूल-से चुभो दिए, उसके जी में आया—वह दौड़कर पति के वक्षःस्थल में मुँह छिपा ले, निर्जीव, अशक्त, अवश पैरों को उठाने की विफल चेष्टा कर वह तकिया में मुँह छिपाकर सिसक उठी।

विस्तृत हरित लॉन में अलग-अलग कुर्सियाँ और मेज़ लगे थे। तिवारीजी ने पार्टी में रुपया पानी की भाँति बहाया था। प्रत्येक मेज़ पर श्वेत कपड़े बिछे थे, काँच के कट गिलासों में कलफ किए नैपकिनों को बगुले के आकार में सुरुचिपूर्ण ढंग से लगाया गया था। चमचमाती वर्दी पहने बेयरागण परिवेशन को तत्पर थे। अतिथियों में मन्त्री, एम.पी., विदेशी राजदूत, साहित्यिक, रेडियो कलाकार से लेकर प्रमुख जज, चीफ जस्टिस तक सभी थे। दूर-दूर तक वड्र्सवर्थ के डैफोडिल की-सी खद्दर की टोपियों की अशेष पंक्ति दृष्टिगोचर होती थी। स्त्रियों की रंग-बिरंगी साड़ियाँ विद्युत के आलोक में चमक रही थीं। कारों की कतार में अपनी कार को खड़ी कर सतीश उतरा। पुलिस बैंड कोई पहाड़ी लोक-गीत की धुन बजा रहा था, बैंडमास्टर का छोटा-सा गोरखा पुत्र, एक मेमनो लेकर संगीत के साथ पैर पटकता अतिथियों का मनोरंजन कर रहा था। मंजरी पहले उतरी, बोली, ''उतर, मार्बल!''

''मैं नहीं आऊँगी, मेरा जी न जाने कैसा हो रहा है।'' शोभा बोली। भीड़ देखकर वह बेचारी घबड़ा गई, उसने कल्पना भी नहीं की थी कि उसे इतनी बड़ी भीड़ में जाना पड़ेगा। ''तुम लोग हो आओ।'' वह फिर बोली, ''मैं कार ही में प्रतीक्षा करूँगी।''

''भैया, देखो तो इस पगली को।'' मंजरी ने कहा, ''उतर मार्बल, पागलपन मत कर, अभी हमें किसी ने नहीं देखा, कोई देखेगा तो क्या कहेगा।''

सतीश ने दरवाज़ा एक हाथ से पकड़ लिया और दूसरे हाथ से शोभा का हाथ पकड़कर खींच लिया, ''लातों का भूत बातों से नहीं मानता।'' वह बोला; पर उसने आश्चर्य से देखा, क्षणभर को उसके हाथों में आई वह हथेली

पसीने से तर और बर्फ-सी ठंडी थी। एक पास से आती कार की रोशनी में उसे शोभा का मुँह दिखा, रक्त की एक बूँद भी उस पर न थी। सफेद चेहरे को देखकर वह बोला, "सच, तुम्हारी तो तबीयत ठीक नहीं लगती, चलो तुम्हें घर पहुँचा आऊँ।"

"नहीं, नहीं", घबराकर शोभा बोली, "चलिए, मेरी तबीयत बिलकुल ठीक है, मुझे ज़रा चक्कर-सा आ गया था।"

वह सोचने लगी, वह घर लौटकर जाएगी तो मौसी क्या कहेंगी। कुछ भी तो नहीं हुआ है उसे, वह काँपते पैरों से उनके साथ चली। अपनी दुर्बलता पर उसे खीझ उठ रही थी। चिन्ता से सतीश ने फिर उसके रक्तहीन मुख पर दृष्टि डाली।

"तुम बहुत ऐनीमिक हो शोभा, कुछ लीवर के इंजेक्शन लेने चाहिए।"

सिर झुकाकर शोभा चलती रही। चलने में कभी-कभी उसकी साड़ी सतीश को छू जा रही थी। वह क्षणिक स्पर्श सतीश को अत्यन्त मधुर लगा।

सतीश को देखते ही तिवारीजी स्वयं अगवानी करने आ गए। बड़े आदर और स्नेह से दोनों हाथ पकड़कर अपने साथ के सोफे पर लिवा ले गए, सबसे परिचय कराने लगे। सविता लेडी बॅक के साथ बैठी थी। किसी विदेशी राजदूत की पत्नी लेडी बॅक तिवारीजी की सम्माननीय अतिथि के रूप में आई थीं। सतीश को देखकर सविता ने लज्जा से आँखें झुका लीं, लेडी बॅक ने देख लिया। बोलीं, "इज़ ही योअर फिआन्सी?—क्या यही तुम्हारे भावी पति हैं?"

सविता ने सिर हिलाकर बताया—हाँ।

"यू आर लॅकी, माई चाइल्ड! तुम भाग्यशालिनी हो—एंड हू आर द टू ब्यूटीफूल गर्ल्स विद हिम?—उसके साथ वे दो सुन्दरियाँ कौन हैं?"

ईर्ष्या से सविता का मुँह काला पड़ गया। पर अपने को संयत कर उसने उनका परिचय दिया। लेडी बॅक मुग्ध दृष्टि से शोभा को देख रही थीं। उन्होंने फ्रांस, इटली, जावा, सुमात्रा आदि अनेक द्वीपों की सुन्दरियाँ देखी थीं, हॉलीवुड के भड़कीले चित्र-जगत् में उनकी बड़ी पुत्री अभिनेत्री की शिक्षा ग्रहण कर रही थी पर ऐसा सरल-निर्दोष सौन्दर्य तो उन्हें कभी नहीं दिखा!

शोभा का सौन्दर्य द्विगुणित हो गया था। उसकी पांडु-श्वेत-मिश्रित आनन-श्री पर तीव्र विद्युत-रश्मियाँ पड़ रही थीं, उसके अधर-पल्लव भय-मिश्रित लज्जा से परिस्पन्दित हो रहे थे और वह मंजरी की आड़ में

अपने को छिपाने का यथाशक्ति प्रयत्न कर रही थी। प्रतनु साड़ी का आँचल हवा में चंचल होकर उड़ा जा रहा था, उसके यौवन से उभरे शरीर पर कसा श्वेत ब्लाउज़ उसके छिपाने पर भी दिखा जा रहा था।

तिवारीजी ने लेडी बॅक के मनोरंजनार्थ संगीत का भी आयोजन किया था। प्रसिद्ध सरोद-वादक मुबारक हुसैन एक घंटा सरोद-वादन के एक सहस्र रुपये लेते थे, पर विभिन्न सांस्कृतिक दलों के साथ घूमने के पश्चात् उनकी फीस भी बढ़ गई थी। आज तीन हज़ार रुपया लेकर वे केवल एक रागिनी बजाने आए थे। लेडी बॅक के सम्मान में उन्होंने वर्षों पुरानी अतलस की शेरवानी निकाली थी, मोम से ऐंठन देकर मूँछों को बड़े यत्न से सँवारा था। आँखों में सुर्मे की रेखा स्पष्ट दीख रही थी, सिर पर बँधे जोधपुरी साफे की कर्री कलफ़-चढ़ी कलंगी क्रुद्ध नाग के फन-सी खड़ी थी।

लखनऊ की रंगीन गोधूलि सहसा प्रौढ़ मेघाच्छन्न आकाश के तले धुँधली हो उठी। तभी उस्ताद ने छेड़ा पीलू, उनकी सिलवट पड़ी अतलस की शेरवानी, खिज़ाब से रँगी दम तोड़ती मूँछें, उनके शरीर से आती पसीने और देसी ठर्रे की स्पष्ट दुर्गन्ध सब अरण्य में विलीन हो गईं, उनकी लम्बी सरस अँगुलियाँ अमृत-वृष्टि कर आमन्त्रित अतिथिगण को पीलू के उतार-चढ़ाव में सराबोर कर उठीं, कुशल सँपेरे की बीन की भाँति सरोद ने सबको मत्त नाग-सा झुमा दिया—पीलू उस्ताद का प्रिय राग था। फिर आज उनके दिल का दर्द संगीत में बिलख रहा था। उनकी पुत्री एक प्रसिद्ध कव्वाल को ब्याही थी। कुछ ही दिन पूर्व उस्ताद की पूर्णयौवना पुत्री को बिलखता छोड़ वह हैज़े की चपेट में आ गया था। उस्ताद का एकमात्र पुत्र अजमल—जिसे उन्होंने घुट्टी में संगीत घोलकर पिलाया था—घर से भागकर सिनेमा में पार्श्वगायक बन गया था, मर्फी संगीत प्रतियोगिता में एक सस्ता बाज़ारू दादरा गाने का दुःसाहस कर वह सिनेमा का कंट्रैक्ट पा गया था। कितनी आशा और लगन से उन्होंने उसे रियाज़ कराया था कि बीस वर्ष से प्रसिद्ध घराने का नाम रौशन करेगा। किन्तु कपूत निकला, अब उसके गाने ताँगे और रिक्शावाले गुनगुनाएँगे—वह अब नहीं गाएगा कभी ध्रुपद या धमार, अब वह नहीं समझेगा तिगुन चौगुन या आड़ी लय। अब वह नक्की स्वर में गाएगा—सस्ती बाज़ारू गाने और कव्वालियाँ, जिनकी टके-भर की धुनों को कॉलिज के छोकरे दुहराएँगे, जिनके रिकार्ड पंजाबी होटलों में बजेंगे।

उस्ताद ने आँखें बन्द कर पीलू को फिर छेड़ा, और छेड़ा...उनके दिल

की हर दबी सिसकी, हर दबी आह सरोद के तारों में तैर गई; जैसे वह पीलू नहीं, अजमल की मौत का मर्सिया था। इसी से जब सरोद-वादन समाप्त हुआ तो किसी के मुँह से कुछ देर तक एक बोल भी न फूटा। फिर तालियों की गड़गड़ाहट से शामियाना गूँज उठा। लेडी बॅक ने अपने हाथ से प्लैटीनम का बहुमूल्य कंकण उतारकर उस्ताद के हाथ में दे दिया, बोली, "Oh it was Superb!—यह सरोद-वादन अलौकिक था।"

सरोद-वादन के बाद चन्दाबाई मुरादाबादी गाने बैठीं। यौवन के साथ-साथ चन्दाबाई की गायकी की मिठास भी चली गई थी, पर मिठास लेकर विधाता ने उन्हें एक लोच दे दी जो वर्षों के नियमित रियाज़ से मिलती है। वह उनकी अखंड तपस्या का पुण्य फल था, उनके सधे गले से ली गई प्रत्येक तान, स्वर-ताल और लय श्रोताओं को मुग्ध कर देती। चन्दाबाई खयाल कम गाती थीं, उनकी प्रसिद्धि ठुमरी-गायन में थी। किसी ज़माने में जो रूप चन्द्रमा की कला को भी फीकी करता था, अब रूप का खंडहर मात्र था। आँखें अन्दर को धँस गई थीं, गाल पिचककर लटक-से गए थे, उन पर पड़ी थीं असंख्य झुर्रियाँ, मानो विधाता ने उनके अभिशप्त जीवन की अमिट पंक्तियाँ लिख दी हों। वैभव अभी भी हाथ बाँधे खड़ा था पर साथ में यौवन स्मृतियाँ यमदूत-सी उन्हें भयभीत कर देतीं। वही त्रस्त भाव उनकी ठुमरी में एक अनोखे कारुण्य का समावेश कर देता। उनकी 'घिर आए बदरा, नहीं आए घनश्याम' सुनकर रसिक सुजन कभी-कभी रो पड़ते। हाव-भाव में बार-बार 'नहीं आए घनश्याम' गाती साठ वर्ष की चन्दा मानो बीस वर्ष की तन्वी तरुणी बन जाती। संगत करता तबलची झूम उठता, संगीतवाले मुश्ताक की अँगुलियाँ गाई हुई तानों को सारंगी पर दुहरातीं, 'नहीं आए घनश्याम' कह हाथ कभी कान पर रख, कभी उठते-गिरते वक्षस्थल पर, कभी इधर कभी उधर, बिल्कुल दृष्टि से खोए घनश्याम को ढूँढ़ती चन्दा ज्ञान-शून्य-सी हो संगीत में तन्मय हो जाती। आज भी वही ठुमरी शेष कर उसने दोनों हाथ माथे से लगाकर अतिथियों का अभिवादन किया और कमर में खुँसा रेशमी रूमाल निकालकर पसीना पोंछने लगी।

ठुमरी का स्वर अभी भी हवा में गूँज रहा था और गायन हो रहा था कि सतीश ने देखा कि शोभा भी उस स्वर के साथ-साथ डूबती-उतराती न जाने किस कल्पना-लोक में पहुँच गई थी। उसका एक हाथ दूसरे पर रखा था, पतली साड़ी का आँचल गिरकर गोदी में पड़ा था। अर्धोन्मीलित नयनों

से वह ध्यान-मग्ना वहाँ होकर भी मानो कहीं और थी। उसके ताज़े गुलाब की पंखुड़ियों-से अधर-पल्लव खुल गए थे। घन श्वास-प्रश्वास के साथ-साथ उठती-फिरती उसकी मुक्ता-माला चमक रही थी। तभी चौंककर उसने सतीश की मुग्ध दृष्टि अपने पर निबद्ध देखी।

हड़बड़ाकर उसने आँचल ठीक किया और मंजरी से सटकर बैठ गई। एक-दो बार पहले भी वह सतीश की ऐसी ही तृषित विमुग्ध दृष्टि के नीचे सहम उठी थी, पर आज उसका हृदय उछलकर कानों में बजने लगा, मुट्ठी में बन्द रूमाल की जिस गोली से वह खिल रही थी वह पसीने से तर हो गई। उसने देखा, लेडी बॅक के पार्श्व में बैठी सविता मुँह का ग्रास छीन ली गई बाघिनी की भाँति उसे घूर रही थी। ऐसी दृष्टि से तो उसे सतीश ने कभी नहीं देखा। शोभा के रूप ने इसकी ईर्ष्याग्नि में ईंधन का काम किया, एकाएक उसका मन संगीत-पार्टी से उचाट हो गया।

धीरे-धीरे पार्टी के अतिथि एक-एक कर विदा लेने लगे। सतीश, शोभा और मंजरी को कार तक पहुँचाकर सविता लौट आई। कमरे में जाकर उसने अपनी साड़ी उतारकर कोने में फेंक दी और ड्रेसिंग गाउन डालकर खिन्न-सी खिड़की खोलकर खड़ी हो गई। सतीश की पीली कार का धुआँ धूल के गुब्बार के साथ मिल-जुलकर अन्धकार में विलीन हो गया। खिड़की बन्द कर वह अपने विशाल कक्ष में लगे दर्पण के सम्मुख खड़ी हो गई। ड्रेसिंग गाउन खोलकर कुर्सी पर फेंक दिया, दिन-प्रति-दिन बढ़ते शरीर के मांस का प्रतिबिम्ब तेज़ लाइट के प्रकाश में और भी स्पष्ट हो उठा। शहर के सबसे प्रसिद्ध ड्रेसमेकर की चतुर सिलाई भी उसके स्थूल अंग को नहीं ढँक सकी थी। हाथों की कलाइयाँ बहुमूल्य नीलम के कंकण के तले भी सुडौल नहीं लग रही थीं। गर्दन का मांस कई पर्तों में बँटकर ठुड्डी तक चला आया था। उसके जी में आया, एक पद-प्रहार से वेनीशियन दर्पण चूर कर दे। अपना ड्रेसिंग गाउन उठाकर उसने लम्बे दर्पण पर डाल दिया और खिड़की के भारी रेशमी पर्दे खींच दिए।

क्यूपिड की संगमरमर की मूर्ति के पास रखा सोने का सिगरेट-केस उठाकर खोला, फिर न जाने क्या सोचकर रख दिया। अलमारी से काँच का पेग निकाला, ब्रैंडी उँड़ेलकर बिना पानी मिलाए पी गई। जलन और कड़वाहट गले के नीचे उतरते ही उसमें नई स्फूर्ति-सी आ गई। इधर वह ब्रैंडी नियमित लेने लगी थी, पर कितनी शान्ति मिलती थी इस पान के पश्चात्—क्षणभर

के लिए उसकी ठुड्डी के नीचे की मांस की पर्तें स्मृति-पटल से विलुप्त हो जाती थीं। कभी उसकी कमर का नाप था 23 इंच। स्कूल की ऐंग्लो-इंडियन लड़कियाँ उसे 'स्कारलेट ओ हारा' कहकर पुकारती थीं। उसके छोटे-छोटे सुन्दर ब्लाउज़ अभी भी उन स्मृतियों से लिपटे बक्स में नेप्थलीन में दबे पड़े हैं। कभी-कभी वह उन्हें निकालकर पलंग पर सजा लेती और हाथ में उठाकर गालों से लगा लेती। नन्हे-नन्हे, प्यारे-प्यारे ब्लाउज़ जिनको पहननेवाली स्कारलेट ओ हारा अब नहीं रही।

फूः! उसने सिगरेट जला ली। वह देहातिन लड़की शोभा जिसकी कमर है ही नहीं, छोटे-से ब्लाउज़ में कसी-कसाई। फूः! Immoture Child...ब्रैंडी रगों में पहुँच रही थी, आँखें तन्द्रा से अभिभूत हुई जा रही थीं, सिगरेट का जला हुआ टुकड़ा अँगुलियों में लगा, चौंककर उसने नीचे फेंका और पैर से रगड़कर बुझा दिया। दूसरी सिगरेट सुलगाई। फूः! हाँ, क्या सोच रही थी वह ...That immature child, जिसकी आँखें ऊपर नहीं उठतीं। Pretty dimples thought पर पतले-पतले से पैर, प्रायः सपाट छाती। Pretty dimples thought—फूः! अपने हल्के आसमानी ड्रेसिंग गाउन को उसने घुटने से ऊपर खींच लिया। उसका स्वस्थ गुलाबी मांसल घुटना उसकी ब्रैंडी से झूमी जाती अधमुँदी आँखों को बड़ा सुन्दर लगा। This is flesh, Pink Rosy—दूसरी सिगरेट ने फिर अँगुली जलाई, पर अब की बार वह स्वयं ही हाथ से गिर पड़ी। गुलाबी नंगे घुटने का स्वप्न देखती सविता की आँखें बन्द हो गईं। धीरे से दरवाजा खोलकर मिस यंग अन्दर आई। 'गुड ईवनिंग मिस' उसने कहा। कुछ उत्तर न पाकर वह सोई स्वामिनी के पास जाकर डट गई। ब्रैंडी के स्वाद से आप्यायित जीभ से उसने सूखे ओंठ चाटे, फिर झुककर देखा, नशा अभी से हटने का नहीं।

अलमारी खुली थी, ताले में चाबी लटक रही थी। अपनी ऊँची-ऊँची एड़ियों को सँभालकर रखती, उसने सविता के गिलास में थोड़ी ब्रैंडी डाली और स्वयं गटक गई। नींद में ही सविता कुछ बड़बड़ाई, मिस यंग फिर उसके पास आ गई। अब सविता ने आँखें खोलीं और बोली, "ज़रा झपकी आ गई थी, आप पानी ले आइए।"

"मैं लाई हूँ मिस!" कहकर मिस यंग ने कोने में रखी चिलमची उठा ली और तिपाई खिसकाकर बैठ गई। बड़े यत्न से सविता का स्थूल पैर हाथों में लेकर स्पंज करने लगी। "आज आप बहुत थक गई होंगी, मिस!" वह

बोली।

सविता ने जँभाई ली, "नहीं, थकी तो नहीं, एक सिगरेट देना मिस यंग!" मिस यंग ने फुर्ती से सिगरेट-केस बढ़ा दिया और फिर धुला पैर पोंछकर एक जोड़ी बर्मी सैंडिल पास ही रख दी। अपने रंगीन बैग से ब्रश निकालकर वह सविता के बालों पर फेरने लगी। स्वामिनी का उदास मुँह देखकर उसे आश्चर्य हुआ पर वह गिन-गिनकर पचास बार ब्रश करती रही। सविता के सौन्दर्य का एकमात्र चिह्न रह गया था उसका केश-गुच्छ जिसे उसने काट-काटकर छोटा कर लिया था, पर उसमें दौड़ती लहरें जो छूने पर छुईमुई की भाँति घुँघराली हो जाती थीं, उनका चमकीला, काला भौंरे का सा रंग पूर्ववत् ही था। उनपर ब्रश करके मिस यंग ने अश्व-पुच्छ बनाकर काले रेशमी फीते से बाँध दिया, फिर मैक्सफैक्टर की कई छोटी-मोटी शीशियाँ निकालकर सधे हाथों से उसके फूले-फूले, लाल-लाल, मक्खन-से मुलायम गालों पर अवलेपन करने लगी।

बड़ी साधना और तत्परता से मिस यंग अपना कार्य कर रही थी। इन्हीं छोटे-मोटे कार्यों के लिए ही वह प्रचुर मासिक वेतन पाती थी। पहले वह B.O.A.C. में एयर होस्टेस थी। दुबली-पतली सुन्दर-सी मिस यंग देखने में ऐंग्लो-इंडियन, पर अपने कथनानुसार थी आइरिश। उसके काले बालों और काली आँखों में आयरलैंड का लवलेश भी न था, किन्तु उसके वास्तविक जन्म के इतिहास की वही एकमात्र ज्ञाता थी। एक बार उसी के वायुयान में सविता के पिता ने भी यात्रा की। वे थे दमे के रोगी। मार्ग में दमे के दौरे से व्याकुल थे। गले में घर्र-घर्र करते कफ को थूकने बार-बार उठे ही थे कि एक पात्र लेकर मिस यंग वहीं बैठ गई। दिन-रात की सेवा ने उन्हें जीत लिया।

जब जाने लगे तो बोले, "तुमने मेरी बड़ी सेवा की है बेटी, कभी भी कुछ आवश्यकता हो तो मेरा कार्ड रखो।"

दो माह पश्चात् हाथ में एक नीले फ़ाइबर का सूटकेस लटकाए मिस यंग आ खड़ी हुई, राजदूत महोदय के द्वार पर। जिस प्लेन कं. में वह काम करती थी, उसने अनेक मिथ्या दोषारोपण कर उसे कार्यभार से मुक्त कर दिया था। वह उस पर केस चलाएगी, पर तब तक क्या श्रीमान् उन्हें अपने गृह में स्थान दे सकेंगे?

मिस यंग ने काले-काले हुडवाली नन्स से शिक्षा पाई थी, नम्रतापूर्ण मिष्ठ

भाषण और हृदय विजय करनेवाली हँसी उसी शिक्षा का फल था। तिवारीजी ने एक कमरा खाली करवा दिया, सविता अकेले रहती है, साथ हो जाएगा। एक वर्ष में न तो मिस यंग ने अपने केस का ही नाम लिया, न अन्यत्र कहीं जाने का। अब वह सविता के पीछे-पीछे छाया-सी घूमती है। कभी उसके शृंगार-प्रसाधन में सहायिका बनती है, तो कभी विशाल भवन के असंख्य फूलदानों में फूल लगाती है। लोग भाँति-भाँति की बातें करते हैं। कोई कहता है, मिस यंग विवाहिता है, उसका एक छोटा लड़का मिशनरी पालते हैं, पति ने त्याग दिया है, आदि-आदि।

सविता की माता को भी उसकी नियुक्ति अच्छी नहीं लगी, पर नक्कारखाने में तूती की आवाज़ कौन सुनता! कई दिवस बीतने पर उसे पति के दर्शन होते, उन्हें अपने घर की ओर देखने का समय ही नहीं मिलता था। सन्तान हाथों से निकली जा रही थी। सविता के रंग-ढंग से वह मन ही मन क्षुब्ध होती, पर अपना खून स्वयं ही पीकर चुप हो रहती। उसकी रँगी-पुती आकृति उसे तीर-सी चुभती, उसकी दिन-रात की सिगरेटें उसके हृदय को दग्ध करतीं पर उसमें कुछ कहने का साहस नहीं रहा था। बड़ी रात्रि तक पुत्री के कमरे में यूनिवर्सिटी के छात्र, अध्यापक, मित्रवर्ग का जमघट रहता। हा-हा, ही-ही, हो-हो! सिगरेट का धुआँ दीवार भेदकर स्पष्ट उसके कमरे में चला आता और वह खीझकर सिर पीट लेती। उसके कुछ की मर्यादा जैसे दम तोड़ रही थी। वह एक सम्भ्रान्त कुल की बहू थी। उसके श्वसुर एक साधारण वकील थे—सीधे-सादे, ईश्वर के अनन्य भक्त। सास सप्ताह में तीन-चार व्रत रखती, आँगन में तुलसी तले अखंड दीया जलता। श्रावण और आषाढ़ में पार्थिव पूजन का समारोह रहता। प्रत्येक पर्व तिथि में बीसियों ब्राह्मण भोजन-दक्षिणा से सन्तुष्ट आशीर्वाद देते, अपने घर जाते। गृह की सम्पन्नावस्था होने पर भी बहुएँ घर का कोई भी काम करने में लज्जाबोध नहीं करतीं। जिस उम्र में वह तीन-तीन बच्चों की माँ बन गई थी, उसमें सविता आज तक चिर-कौमार्य का व्रत लिए बैठी थी। कई दुर्गम पहाड़ी पगडंडियाँ पार कर वह तीन बच्चों को घर पर छोड़कर श्वसुर के लिए पीउड़े का पानी लाती थी, उसकी ताँबे की गगरी उसके दक्ष हाथों से मँजी सदा आईने-सी चमकती थी।

धीरे-धीरे इस युग का अन्त हुआ। सविता और बच्चे बड़े हो गए। पति के जेल-गमन से उसे धक्का लगा था, पर सबने समझाया कि देश के रत्न

हैं, देश ही के लिए तो जेल गए हैं, तो उसकी छाती अभिमान से फूल उठी, आँखों के आँसू फटे आँचल से पोंछ लिए।

समय ने फिर पलटा खाया, पति जेल से लौटे तो हाथों पर हथकड़ियों के स्थान पर फूलों के गजरे थे। बाल सफेद हो गए थे, पर उन पर गौरव का सेहरा बँधा था। वह राजदूत बने, रानी के आसन पर बैठकर वह सब दुःख भूल गई, पर क्या सच भूल गई? आज यही वैभव उसे विष-फल वल्लरी-सा लिपट गया था। कभी एक रेशमी साड़ी के लिए वह ललचकर रह गई थी, आज कई रेशमी साड़ियों से उसके दामी सूटकेस पटे थे पर अब वह तृष्णा नहीं रही। कई दिनों तक उसे पति के दर्शन ही न होते, राजनीति ने सौत की भाँति उसे दूर ढकेल दिया। पुत्र बड़े-बड़े अंग्रेजी स्कूलों के छात्रावास में रहते, घर आते भी तो काँटे-छुरी से खाना खाते। अंग्रेजी में बातें करते और चौके में पटले पर बिठाकर अपने हाथ से पकवान खिलाने को वह तरसकर रह जाती। रसोई में गोवानीज खानसामे का एकछत्र राज्य था, अपनी ही रसोई के द्वार उसके लिए अवरुद्ध थे।

उसके पति उसे कभी-कभी विदेशी राजदूतों के यहाँ भी ले जाते। उनकी गोरी-चिट्टी मेमों से एक-आध सिखे अंग्रेजी शब्द बोलकर चुप बैठ जाती। वह संगीत की पारखी तो नहीं थी पर पार्टी के सरोद-वादन और चन्दाबाई की करुण ठुमरी ने उसकी हृदय-तन्त्री के तार भी आर्द्र कर दिए थे।

पार्टी कब की शेष हो चली थी। कोलाहल और कारों की घर्र-घर्र के पश्चात् अजब मुर्दनी-सी छा गई। पुत्री के वातायन से किसी अंग्रेजी संगीत के रिकार्ड का स्वर तैरता आ रहा था। बड़ी देर तक वह पति की राह देखती रही, फिर क्लान्त होकर सोफे पर ही सो गई।

शोभा का पार्टी में एक और कारण से भी मन नहीं लग रहा था। स्टेनलेस के लम्बे-लम्बे परिवेशन पात्रों में सजे नाना प्रकार के मिष्ठान्न देखकर उसके सामने, न जाने क्यों, अपनी तीनों भाइयों का मुख आँखों में आ-जा रहा था। पार साल की भैयादूज पर तीनों राजकुँवर-से भाइयों को उसने रोली-अक्षत का टीका किया था, घर के गेहूँ घट में पीसकर उसनें दही में भिंगोकर गोल-गोल कुड़कुड़े सिंगल बनाए थे। भूरी गाय ने नया-नया बछड़ा दिया था, उसी गाय के गाढ़े दूध में लाल पहाड़ी चावल की खीर बनाई थी। उस खीर में पड़े पाँच किसमिसों के लिए तीनों भाई योद्धा-से जूझ पड़े थे—"हट, तूने बड़ा किसमिस ले लिया", "देखता नहीं कितना पिचका

किसमिस था मेरा?" किसी तरह उन पाँच किसमिसों को तीन भाइयों में बराबर बाँट उसने झगड़ा शान्त किया था। सबसे छोटा भाई मिट्ठू उसे सबसे प्रिय था, रात को वह उसी के गले में हाथ डालकर चिपटकर सो रहता, स्कूल में कलम-किताब खो जाने पर वह दीदी के सम्मुख मुँह लटकाकर खड़ा हो जाता। आज प्लेट पर रखे आइसक्रीम, मिष्ठान्न, फल आदि देखकर पाँच किसमिसों पर लड़ते तीन भाइयों का सकरुण चित्र उसके सम्मुख आ गया था। वह एक टुकड़ा भी उठाकर मुँह में न रख सकी। अपने स्वार्थ पर उसे ग्लानि हो गई। चन्दाबाई की ठुमरी सुनते-सुनते वह यही सोच रही थी। खेतों से दिन-भर की क्लान्ति के पश्चात् लौटती अम्माँ जिसके दिन-रात के व्रत ने उसे और भी सुखा दिया होगा। स्कूल से सूखा-सा मुँह लिए तीनों भाई लौटते होंगे तो उन्हें बासी रोटी और चीनी मिलाकर कौन देता होगा? स्कूल जाते समय तीनों भाई कभी-कभी मार्ग में पड़ती 'दाड़िम' नदी में नहा भी लेते थे।

एक बार ग्राम-प्रधान के कनिष्ठ पुत्र ने शोभा से कह दिया कि तीनों ने नदी के तीर पर लगे आड़ू के पेड़ को खूब हिला-हिलाकर कच्चे आड़ू खाए और वे नदी में बड़ी देर तक नहाए। स्कूल देर में पहुँचने पर मास्टर ने पीटा और मुर्गा बना दिया। एक साँस में उनकी प्रोग्रेस रिपोर्ट सुनाकर प्रधान-पुत्र सिर पर पैर रखकर भाग गया था, क्योंकि शोभा के द्वितीय भ्राता रमेश की लँगड़ी से पूरा छात्रवृन्द काँपता था। जब तीनों लौटे तो शोभा ने तीनों के कान खींचकर उन्हें कोने में खड़ा कर दिया। उस दिन उन्हें बासी रोटी भी नहीं मिली और उनकी काँच की गोलियाँ शोभा ने निर्ममतापूर्वक पत्थर से तोड़ दीं। गोलियाँ टूटते देख तीनों नतमस्तक अपराधियों की आँखें गीली हो गईं, मिट्ठू तो मुँह फाड़कर रो पड़ा। किसी ने जैसे उसके नन्हे-से हृदय पर ही पत्थर मारा था, वह बड़ी सतरंगी गोली जो धूप में दिखने पर सतरंगी दिखती थी, चूर-चूर हो गई। मिट्ठू की उन्हीं डबडबाई आँखों को याद कर उसकी आँखें भी गीली हो आईं। तभी चौंककर उसने सतीश की मुग्ध दृष्टि देखी।

पार्टी शेष होने पर वह पहले मौसी के कमरे में गई। गई तो मौसी सो चुकी थी। फिर चौके में देखने गई कि कहीं दूध खुला न हो। जब सब कार्य शेष कर अपने कमरे में पहुँची तो देखा, मंजरी बिना कपड़े बदले ही पलंग पर बैठी थी। उसे देखकर बोली, "मैं तो इतनी थक गई हूँ मार्बल, कि कपड़े

भी नहीं बदले, मन कर रहा है थोड़ी कॉफी बनाकर पी लूँ। तू स्टोव यहीं ले आ मार्बल, वहाँ शब्द पाकर अम्माँ जग जाएगी।''

स्टोव लाकर शोभा ने पानी चढ़ा दिया और कपड़े बदलने लगी। मंजरी बोली, ''मार्बल, कपड़े बदलकर भैया को बुला ला, कॉफी तो उन्हें भी बहुत पसन्द है।''

शोभा धोती बदलकर बोली, ''लाओ, मैं प्याले पोंछ दूँ, तुम भैया को बुला लाओ।''

मंजरी खौलते पानी को निकाल रही थी, तुनककर बोली, ''क्यों, तुम्हारे पाँव में मेहँदी लगी है क्या? तुम बुला लाओ न। देखती नहीं, मैं काम कर रही हूँ।''

शोभा सतीश को बुलाने चली गई। सतीश के कमरे तक पहुँची तो देखा, खिड़की खोलकर सतीश उदास दृष्टि से बाहर देख रहा है, वह पीठ किए खड़ा था, धीर पदों से आती शोभा की पद-ध्वनि नहीं सुन पाया।

शोभा असमंजस में खड़ी हो गई, उसे क्या कहकर पुकारे! वह पीठ किए खड़ा ही रहा, गला खकारकर वह गुनगुनाकर बोली, ''आप कॉफी पिएँगे?'' चौंक पड़ा सतीश। इतनी रात गए अपने एकान्त कमरे की देहरी पर अकेली खड़ी शोभा को देखकर वह विवेक-शून्य-सा हो गया।

शोभा का आनत मुँह अपने दोनों हाथों में लेकर वह बोला, ''तुम कैसे आ गई मार्बल, मैं अभी तुम्हीं को तो बुला रहा था। मन ही मन सच्ची पुकार से पुकारा, इसी से तो आ गई ना।'' शोभा को लगा जैसे पूरा कमरा बड़े वेग से उसके चारों ओर घूमने लगा हो, वह न हिली न डुली, अपने ही में सिमटकर काँप उठी। खिड़की से आते क्षीण आलोक में उसका मुर्दनी-छाया मुख देखकर सतीश का ज्ञान लौट आया, उसने हाथ हटा लिए, डूबे से स्वर में बोला, ''मुझे क्षमा करना मार्बल, मैं पागल हो गया था।''—शोभा काँपते पैरों को सीधा नहीं रख पा रही थी। उसे लग रहा था, वह पैर उठाते ही लड़खड़ाकर गिर पड़ेगी। सतीश पास ही बिछे पलंग पर बैठ गया और दोनों हाथों से अपना मुँह ढँक लिया।

शोभा साहस कर बाहर आ गई। मंजरी प्याले में कॉफी उँड़ेल रही थी, बिना ऊपर देखे ही वह बोली, ''आ रहे हैं भैया?'' ''नहीं'', स्वर को यथासम्भव संयत करके शोभा बोली, ''लो, तुम यह प्याला वहीं दे आओ।'' मंजरी ने एक प्याला बढ़ा दिया। शोभा ने प्याला थाम लिया और निःशब्द

जाकर मेज़ पर रख आई, उसने यह भी नहीं देखा कि सतीश कमरे में है या नहीं।

सतीश शोभा से पहले भी यदा-कदा बोलता था। उस रात के बाद तो वह बिल्कुल ही कटा-कटा रहने लगा। उसे शीघ्र ही अपने नए कोर्स के लिए बेलौर मेडिकल कॉलेज जाना था, इसी से दिन भर अपनी पुस्तकों में डूबा रहता। मंजरी और शोभा अपनी परीक्षा की तैयारी में लगी रहतीं। शोभा स्वयं ही सतीश से बचकर निकल जाती, उस रात्रि की स्मृति उसे अभी भूली न थी। सतीश की वे लाल आँखें उसे अकेले में सहमा उठतीं, वह उठते ही अपने असंख्य कार्यों में जुट जाती और यूनिवर्सिटी से लौटने पर जनार्दनजी के साथ नियमित घूमने जाती।

एक दिन यूनिवर्सिटी से लौटी तो जनार्दनजी बोले, ''बेटी, आज घूमने नहीं चलेंगे, तिवारीजी का फोन आया है, उनके यहाँ पीले बाबा पधारे हैं, उन्हीं का संकीर्तन है आज छह बजे। सबको आमन्त्रित किया है, सतीश से कहना तो व्यर्थ है, वह जाएगा नहीं। तुम दोनों चली चलना, बड़ा नाम सुना है स्वामीजी का—आज अवश्य दर्शन करेंगे'' मंजरी स्वभाव की चंचल थी। उसे यह सब साधु-समागम नहीं रुचता था, पर पिता के भय से वह भी चलने को तत्पर हो गई। दोनों को साथ लेकर जब जनार्दनजी तिवारी के यहाँ पहुँचे तो गेट से बड़ी दूर तक रिक्शा, ताँगों और कारों का जमघट था। भीतर से झाँझ, करताल, मंजीरे के स्वर के बीच 'हरे कृष्ण, कृष्ण कृष्ण' की ध्वनि आ रही थी।

सविता उन्हें देखकर बाहर निकल आई। सफेद सूती साड़ी में लिपटी सविता दूसरी ही लग रही थी। उसने अपने को बड़े यत्न से सँवारा था। मंजरी और शोभा को देखकर उसने इधर-उधर देखा, किसी को न देख पाने का नैराश्य उसके मुँह पर स्पष्ट उभर आया। गालों पर कहीं रंग का लवलेश भी न था, खुले बालों को जूड़े में बाँधकर साड़ी से ढँका था। पैरों में रबर की चप्पलों की जगह लकड़ी की खड़ाऊँ थी। भौंहें अब भी तूलिका से अंकित थीं पर उनके बीच चन्दन की छोटी-सी बिन्दी लगी थी। जनार्दनजी को देखकर उसने बड़ी श्रद्धा से दोनों हाथ माथे से लगाकर प्रणाम किया और नम्र स्वर में बोली, ''आइए!'' जनार्दनजी ने आशीर्वाद देकर शोभा और मंजरी से भीतर चलने को कहा।

बड़ा हॉल खचाखच भरा था। स्वामीजी गौर वर्ण, ऊँचे कद के थे।

घुँघराले केश स्कन्ध-स्पर्श कर रहे थे। कमर से ऊपर का भाग नग्न, केवल एक रेशमी पीत परिधान विद्युत के झलमलाते आलोक में चमकता। उनकी वयस का अनुमान अत्यन्त निकट से देखने पर भी लगाना कठिन था। उनके सुगठित शरीर, काले चिकने घने केश, नव तारुण्य-प्रदीप्त आँखें देखकर लगता, वे तीस के आसपास होंगे पर उनकी शिष्य-मंडली के कथनानुसार वे पचास पार कर चुके थे। उनकी आँखें प्रायः मुँदी ही रहतीं, खुलने पर उनकी शान्त गम्भीर दृष्टि देखनेवाले के हृदय को स्पर्श कर बरबस अपनी ओर खींच-सा लेती थी। कभी-कभी वे भाव-विभोर हो भक्त-मंडली के साथ 'हरे कृष्ण हरे कृष्ण' कीर्तन करते-करते मूर्च्छित हो जाते, उनकी आनन्द-मूर्च्छा घंटों तक भग्न नहीं होती। कभी 'कहाँ गया रे कृष्ण काला' गाते-गाते बालक की भाँति सुबकने लगते, कभी कीर्तन के साथ स्वयं कृष्ण बनकर नृत्य कर उठते—'राधे रानी दे डारो न मुरली हमारी'। भक्तगण उनके साथ गाते-नाचते घंटों तक घर की सुध-बुध खो बैठते। भाँति-भाँति के लोगों का जमघट रहता—राज्य-मन्त्री से लेकर सट्टेबाज, यूनिवर्सिटी के छात्र, मेडिकल कॉलेज की छात्राएँ, च.क की पण्य स्त्रियाँ, पत्रकार, पूँजीपति आदि। स्वामीजी सदा पीत परिधान ही पहने रहते। इसी से उनका नाम 'पीले बाबा' पड़ गया था। लोग भाँति-भाँति के उपहार तथा नाना प्रकार के मेवा-मिष्ठान्न, फल आदि से भरे थाल लेकर आते, पर स्वामीजी सब अपने हाथों से ही भक्तों को तत्काल बाँट देते।

एक बार विराटपुर की रानी साहबा बड़ा-सा जड़ाऊ मयूरकंठी हार लाईं और उनके चरणों में रखकर प्रणाम कर कोने में बैठ गईं। 'पीले बाबा' उस समय आनन्द-मूर्च्छा में थे। मूर्च्छा टूटते ही उठ खड़े हुए, पैर मयूरकंठी हार से उलझ गया। हाथ में हार उठा लिया, फिर लाल-लाल आँखों से रानी साहबा को देखकर बोले, "तू लाई है? खबरदार! ले जा, चली जा बाहर।" रानी साहबा का मुँह क्षण भर को फक पड़ गया था। काँपते हाथों से हार उठाकर वह कमरे से बाहर चली गईं। भक्तगण एक-दूसरे का मुँह ताकने लगे। रानी विराटपुर को सब जानते थे। वह असहयोग आन्दोलन में कई बार जेल जा चुकी थीं। कई मन्त्री भी उनकी विशाल कोठी में टिकते थे। किन्तु रानी साहबा की कीर्ति-पताका में अतीत का एक धब्बा अमिट कालिमा छोड़ गया था। क्रूर वैधव्य ने जब जिनका सिन्दूर पोंछा, वह तब थीं मात्र अठारह वर्ष की। राज्य का भार सँभालने युवक देवर आए, उजाड़ महल में फिर विलास

का संस्पर्श हुआ। दिन-रात कमरे में पड़ी रोती-कलपती रानी फिर दर्पण के सम्मुख खड़ी होने लगीं। पहले पर्दे की ओट में देवर से बातें करती थीं। अब दोनों साथ-साथ घंटों राज्य के कागज़ों पर बहस करते। युवा देवर उन्हें शतरंज सिखाता, कभी दोनों तराई में शेर के शिकार को निकल पड़ते। गरमी में नैनीताल की विशाल कोठी में रानी अकेली देवर के साथ रहने लगी। इसी भाँति न जाने कब, दोनों यौवन की उद्दाम लहरों में बह चलें। रानी साहबा को सबके सामने अपमानित कर पीले बाबा का स्थान भक्तों के हृदय में और भी ऊँचा हो गया। लोग कहने लगे, वे अन्तर्यामी हैं, मन की बात जान लेते हैं।

शोभा और मंजरी दरवाज़े के पास ही सिमटकर बैठी थीं, पीले बाबा ने आँखें खोलीं, शोभा के मुँह पर आँखें गड़ाकर ऐसी तरल दृष्टि से देखते रहे कि शोभा पसीने से तर हो गई, सहसा बाबा उठकर शोभा के ही पास चले आए। घुटने टेककर उन्होंने शोभा के दोनों काँपते हाथ पकड़ लिए और बोले, ''उठो राधे रानी, कन्हैया की मुरली दे दो।''

भक्तगण उस लज्जा से गड़ी जाती सौन्दर्य की प्रतिमा को देख रहे थे, साथ ही उन्हें उसके भाग्य पर ईर्ष्या भी हो रही थी।—अभी एक ही माह पूर्व तो बाबाजी ने इसी भाँति एक ऐसी ही भीड़ में एक राधा को पहचाना था—बद्रीलाल साह की चौथे विवाह की पत्नी कृष्णा को। बाबा कृष्णा का हाथ पकड़कर घंटों कृष्ण-रूप में नाचते रहे थे। तब से कृष्णा के पति, जिनके वैभव का सूर्य प्रायः अस्त हो चुका था, एकाएक खोई समृद्धि पा गए। यह सब पीले बाबा की ही कृपा थी, कृष्णा आज भी बाबाजी की प्रिय शिष्या थी। अब उसके पति की कई मोटरें काठगोदाम रोड पर चलती थीं। हल्द्वानी में बहुत बड़ी तेल की मिल खुल गई थी। साठ वर्ष की आयु में बद्रीसाह को पुत्र-रत्न की प्राप्ति हुई थी। आज जब बाबा ने शोभा का हाथ पकड़कर उसे नई राधा के रूप में पहचाना तो पास ही बैठी कृष्णा के मुँह पर जैसे स्याही पुत गई। वह गोदी से पुत्र को ज़मीन पर धम् से पटककर बाहर चली गई। लड़का एकाएक अपना स्थानान्तरण देखकर उच्च स्वर में रो पड़ा और बाबा जी एक बार उसकी ओर देखकर पुनः अपने आसन में बैठकर समाधिस्थ हो गए। मुख पर वही अलौकिक शान्ति छा गई। दोनों नयन मुँद गए। क्षण भर पूर्व का छिछोरा कन्हैया न जाने कहाँ चला गया। चौकी पर आसीन शान्त-अडिग भव्य मूर्ति के सम्मुख अविनाश का मस्तक भी श्रद्धा से नत हो

गया।

जब बाबाजी ने उठकर नितान्त अपरिचित शोभा का हाथ पकड़ लिया, तब मंजरी और अविनाश दोनों मन ही मन झुँझला रहे थे।—यह क्या स्वाँग कि एक अपरिचित रमणी को प्रथम दृष्टि में ही राधा बनाकर निर्लज्ज प्रणय-निवेदन!—बेचारी लड़की को निरीह गाय की भाँति घसीटते वह बाबाजी, कितने ही पहुँचे हुए परब्रह्म क्यों न हों, पर यह खींचातानी उन दोनों को अच्छी नहीं लगी।

पीले बाबा की समाधि बड़ी देर तक भग्न न होती देख जनार्दन शोभा से बोले, ''बेटी, देर हो गई, चलो अब चलें।'' शोभा के प्राण में प्राण आए। वह उठ खड़ी हुई। उन्हें उठते हुए देख अविनाश भी उठकर बाहर चला गया। सविता बाहर ही खड़ी थी, मंजरी से बोली, ''प्रसाद के लिए तो आप रुक जातीं, अब समाधि टूटने ही को है।'' मंजरी ने कहा, ''कोई बात नहीं, फिर कभी आएँगे। आज माँ भी घर में अकेली हैं, उनकी दवा का भी समय हो गया है।'' सविता उन्हें बाहर पहुँचाकर फिर भीतर चली गई।

''बड़ी सुशील लड़की है।'' जनार्दनजी ही बोले, पर उनकी बात का किसी ने भी समर्थन नहीं किया। अकेला अविनाश हाथ की छड़ी से मिट्टी उठा-उठाकर इधर-उधर करने लगा। मंजरी प्रसंग बदलकर बोली, ''पिताजी, आपको कैसे लगे पीले बाबा?''

जनार्दन बोले, ''मैं क्या जानूँ बेटी, सुना है कि बहुत पहुँचे हुए हैं। साहजी का तो दिवाला निकल गया था। उन्हीं के आशीर्वाद से आज फिर लाखों के मालिक हैं।''

शोभा निःशब्द चली जा रही थी। रिमझिम वर्षा की फुहारों से सब भीगने लगे। अँधेरा हो चला था और मार्ग भी निर्जन था। इतने में एक रिक्शा दिख गया। वर्षा का वेग बढ़ चुका था। अविनाश ने रिक्शा रोक लिया और बोला, ''आप लोग बढ़ जाइए, भीग रहे हैं।'' किन्तु रिक्शा किसी तरह तीन सवारी ले जाने को तत्पर नहीं हुआ। मंजरी बोली, ''शोभा, तू चली जा पिताजी के साथ। तेरे ही ठंड खाने की अधिक सम्भावना है। मुझे तो कभी छींक भी नहीं आती, मैं अविनाश भैया के साथ चली आऊँगी। कोई रिक्शा भी मिल ही जाएगा।''

जनार्दन जी और शोभा को एक रिक्शा में भेजकर मंजरी और अविनाश चलने लगे। वर्षा का वेग तीव्रतर होता जा रहा था। बीहड़ मार्ग, निविड़

अन्धकार और बीच-बीच में चमकती विद्युत से मंजरी मन ही मन भयभीत हो रही थी। अविनाश जैसे उसके भय को भाँप गया—"डर तो नहीं रही हो, मंजरी?" उसने पूछा। "नहीं तो।"—साहस कर मंजरी बोली तो, पर अन्धकार में पार्श्व में चलते अविनाश को भी वह नहीं देख पा रही थी, और तभी वह एक मार्ग में पड़े कटे वृक्ष के एक ठूँठ से टकराकर गिर पड़ी। घबड़ाकर अविनाश बोला, "क्या हुआ, मंजरी, कुछ पैर में गड़ तो नहीं गया?"

मंजरी दोनों हाथों से पैर पकड़कर सिसकने लगी। अविनाश ने जेब से दियासलाई जलाने की चेष्टा की पर हवा के तीव्र झोंके में तीली बुझ गई। मंजरी को पीड़ा से छटपटाते देख अविनाश को बड़ा कष्ट उठाना पड़ रहा था, पर अँधेरे में वह कुछ भी नहीं देख पा रहा था। कभी मंजरी की सिसकियाँ दब-दबकर धीमी हो जातीं तो कभी वह कराह उठती। मंजरी बोली, "जरूर हड्डी टूट गई है। मुझसे तो साँस भी नहीं ली जा रही है।" अविनाश ने टटोलकर उसका पैर हाथों में ले लिया और कुषल डॉक्टर के अनुभव से बोला, "पगली कहीं की! हड्डी नहीं टूटी है, शायद मोच आ गई है। मेरा हाथ पकड़कर उठने की चेष्टा तो करो।" मंजरी ने अविनाश का हाथ पकड़कर उठने की चेष्टा की, पर फिर चीखकर बैठ गई—"मुझसे तो यह पैर नीचे ही नहीं रखा जाता।"

अँधेरा बढ़ता जा रहा था। चमकती बिजली के प्रकाश में मंजरी का अश्रुसिक्त मुँह देखकर अविनाश का हृदय करुणा से भर गया। वह बोला, "मेरे कन्धे पर हाथ रखकर चलने की थोड़ी चेष्टा तो करो, मंजरी। चौराहे पर ही रिक्शा मिल जाएगा।"

मंजरी बोली, "मुझसे तो बिलकुल नहीं चला जाएगा।"

"अच्छा, तो तुम बैठो, मैं रिक्शा ढूँढ़कर ले आता हूँ।"—कहकर अविनाश उठ खड़ा हुआ। वर्षा का वेग क्रमशः तीव्र होता जा रहा था। बड़े कड़ाके से कहीं बिजली गिरी। मंजरी ने भयभीत होकर अविनाश का कोट पकड़ लिया, "नहीं-नहीं, मैं अकेली नहीं रहूँगी, आप मत जाइए।"

एकाएक अविनाश उछलकर बोला, "मंजरी, तुम तो बहुत भारी नहीं हो, मैं तुम्हें आसानी से गोद में उठा सकता हूँ।" अँधेरे में मंजरी की कनपटी तक लाली दौड़ गई। वह सरल डॉक्टर यह नहीं देख पाया। फुर्ती से उसने घुटनों में मुँह छिपाए मंजरी को अपनी सशक्त बाँहों में उठा लिया और वर्षा से भीगते भी लम्बे डग भरने लगा।

मंजरी लज्जा से गठरी बनी पूर्ववत् सिसकती रही। मंजरी के बोझ से अविनाश की बाँहें दुखने लगी थीं, वर्षा से बाल बिखर गए थे। जब वह घर पहुँचा तब जनार्दन, सतीश, शोभा चिन्तित हो बाहर खड़े रहे थे। एक हाथ में टार्च लेकर सतीश शायद उन्हें ढूँढ़ने ही जा रहा था।

"क्या हो गया अविनाश?"—सतीश ने घबड़ाकर पूछा। "कुछ नहीं", अविनाश बोला, "थोड़ी चोट आ गई है।" पिता, शोभा और भाई को देखकर मंजरी की रुलाई फट पड़ी। भीतर जा अविनाश ने उसे पलंग पर लिटा दिया। पैर में काफी सूजन आ गई थी।

सतीश ने पैर दबाकर देखा, "फ्रैक्चर तो नहीं दीखता, थोड़ा गरम पानी ले आओ, शोभा!" वह बोला। शोभा उसी के पास खड़ी झुककर मंजरी का पैर देखने लगी और क्षण भर को भूल ही गई कि वह सतीश से कितनी सटकर खड़ी है। इसी से जब सतीश ने उससे पानी लाने को कहा तो वह सहसा चौंक पड़ी। जल्दी से स्टोव जलाकर वह पानी गरम कर लाई और स्टूल पर रखकर रुई से मंजरी का पैर सेंकने लगी।

मंजरी अभी मुँह ढाँपे सिसक रही थी। जनार्दनजी और अविनाश गोदावरी को मंजरी का हाल बताने गए थे, वह व्यर्थ में ही चिन्तित हो रही थीं। शोभा कुशल हाथों से यत्नपूर्वक मंजरी का पैर सेंक रही थी और सतीश वहीं पर खड़ा था। वर्षा के साथ बाहर ओले भी पड़ने लगे थे, रह-रहकर बिजली की चमक में सतीश को शोभा का कार्यरत सलोना मुख-मंडल दीख रहा था। उसकी निमीलित बड़ी-बड़ी आँखों की ओर वह मुग्ध दृष्टि से एकटक देखता रहा और एक अज्ञात अपरिचित मोह से उसका हृदय परिपूर्ण हो उठा। शोभा की पतली लम्बी उँगलियों से लेकर उसके ब्लाउज़ के चौकोर गले से उसकी उभरी हड्डियों से बने छोटे-से घेरे तक, सबके लिए उसको न जाने कैसा, मोह हो आया और अपने इस अद्भुत मोह की कैफियत ढूँढ़कर भी वह नहीं पा सका।

'अब रहने दो, मार्बल!" मंजरी बोली। शोभा ने स्टूल खिसका लिया और उठने लगी तभी बड़े वेग से कहीं 'कड़ाक्' शब्द के साथ बिजली गिरी और सारी बत्तियाँ बुझ गईं। दुर्भेद्य आवरण और अन्धकार को पार कर शोभा बाहर जाने लगी पर क्षण भर को किसी ने उसके दुर्बल हाथों को अपने लौह-पाश में जकड़ लिया। वह काँप उठी, पर आश्चर्य, बन्धन परिचित जानकर भी उसने छुड़ाने की कोई चेष्टा नहीं की। क्षण भर को उसका हाथ

दम तोड़ती चिड़िया की भाँति सतीश के हाथों में फड़फड़ा उठा, फिर वह बन्धन शिथिल कर लज्जित द्रुत पगों से बाहर चली गई।

थोड़ी देर बाद, जब वह दीया जलाकर लौटी तब सतीश मंजरी के पायताने कुर्सी पर बैठा था। उसने झुककर दीया खिड़की पर रख दिया और स्वयं मंजरी के पास बैठकर उसके बालों को सहलाने लगी। दीये का क्षीण प्रकाश शोभा के रूखे केश-पुंज, उसके पीले उदास मुख पर पड़ रहा था। सतीश की विस्फारित दृष्टि उसी पर निबद्ध थी, एक ही क्षण में अन्धकार ने दोनों को कितने निकट ला दिया था, यही सोच रहा था सतीश।

अविनाश एक ग्लास में ब्रैंडी डालकर ले आया और शोभा को देकर बोला, "मंजरी को यह पिला दो, मार्बल! वह बहुत भीग गई है। कल 'एक्सरे' करके पैर देख लेंगे। जहाँ तक मैं सोचता हूँ, सतीश, साधारण मोच ही है।" ब्रैंडी पिलाकर अविनाश बोला, "अब तो वर्षा रुक गई है भाई, मैं भी चल दूँ। अम्माँ परेशान हो रही होंगी।"

"यहीं रुक जाइए न आज।"—शोभा ने कहा, "हाँ-हाँ, अविनाश!"—सतीश ने भी कहा, पर मन ही मन मित्र के प्रति उसको सन्देह हुआ। शोभा से उसका 'मार्बल' कहना और शोभा का रात रुक जाने के लिए आग्रह उसे, न जाने क्यों, अच्छा नहीं लगा। उससे तो शोभा कभी बोलती भी नहीं है, पर अविनाश के आते ही वह स्नेहपूर्वक बैठने का आग्रह करती है, कभी चाय बना लाती है।

अविनाश रुका नहीं, केवल एक बार मंजरी के पास जाकर बोला, "घबराना नहीं, मंजरी, दो-चार दिन में ठीक हो जाओगी।" कुछ ही क्षणों में मुखरा, चंचल मंजरी जैसे गम्भीर तरुणी बन गई थी। वह इतनी दूर अविनाश की गोद में जो आई थी। पर किसी भाँति भी वह नहीं बोल पा रही थी।

दूसरे दिन अविनाश जब आया तो बरसाती में ही सविता की बैंगनी कार खड़ी थी। मंजरी की अस्वस्थता का समाचार पाकर तिवारीजी सपरिवार उसे देखने आए थे। मंजरी के पलंग के पास ही कुर्सी लगाकर सविता बैठी थी। आज अपनी असंख्य साड़ियों में से छाँटकर वह पीली चँदेरी पहनकर आई थी। उसमें चमकती सुनहरी बुँदियाँ उसके गौर वर्ण पर सुन्दर फब रही थीं। गले में पन्ने और पुखराज का हार था। कानों में भी पुखराज के चौकोर टुकड़े जड़े थे। ओष्ठों पर आज लिपस्टिक की रेखा धूमिल थी, काजल से आयत नयन भी कुछ झुके थे। बड़ी देर से वह अपनी बड़ी-बड़ी आँखें फिराकर

सतीश को ढूँढ़ रही थी।

अविनाश को देखते ही जनार्दनजी बोले, "बेटा, देख तो आओ, सतीश लौटकर आ तो नहीं गया। उससे कहना कि यहीं आ जाए।" सतीश का नाम सुनते ही सविता जूड़े का गुलाब ठीक करने लगी।

अविनाश सतीश के कमरे में गया तो सतीश जूते उतार रहा था—"तुम भी धन्य हो," अविनाश बोला, "वहाँ तिवारीजी सपरिवार आए हैं और तुम्हें जूता उतारने से फुरसत नहीं है। किस दुनिया में रहते हो आजकल? चलो जल्दी।"

सतीश ने कुर्ता पहन और पैरों में स्लीपर डालकर मंजरी के कमरे को चला, पीछे-पीछे अविनाश भी। सतीश को देखते ही सविता ने सलज्ज मुस्कान सहित पलकें झुका लीं। आज क्षण भर को सतीश ने भी उसे भली-भाँति देखा। आज वह अन्य दिनों की अपेक्षा सभ्य एवं सरल वेशभूषा में थी। अन्य दिनों की भाँति केश अश्वपुच्छ-से नहीं बँधे थे। ब्लाउज़ का गला भी नियत सीमा तक कटा था। तूलिका से अंकित भौंहों के बीच दक्षिणी कुमकुम की बिन्दी मंनमोहक लग रही थी। सतीश ने इधर-उधर देखा, अन्य कोई कुर्सी खाली नहीं थी। सविता के पास ही एक मोढ़ा रखा था, वह उसी पर बैठ गया। लाल सुनहरी चप्पलों से झाँकते सविता के गौर क्युटैक्स-रंजित पैर उसे स्पष्ट दीख रहे थे। इधर दो-तीन दिन से उसे अपने पौरुष की पराजय पर मन ही मन खीझ उठ रही थी। वह जितना ही शोभा से बोलने की चेष्टा कर रहा था, वह उतनी ही कटी-कटी फिर रही थी। उसके कमरे में आते ही वह किसी कार्य का बहाना कर उठ जाती। वह रूप-गर्विता नारी यदि उसके प्रणय-निवेदन को व्यर्थ समझकर ठुकराना ही चाहती है तो वह क्यों बार-बार भिखारी बनकर अपना जीवन भार-स्वरूप बनाए। फिर रुग्णा माता की शैय्या पर वह जिस शपथ-डोर से बँध चुका है, उसे तोड़ने का साहस होगा उसमें?

इतने में शोभा चाय की ट्रे लेकर आ गई और सबके सामने चाय के प्याले और जलपान की तश्तरियाँ रखने लगी। उसकी पतली लम्बी अँगुलियों को देखकर सतीश की विचार-धारा हवा में उड़ते बादलों की भाँति बिखर गई। पतली गोरी कलाई में पड़ी एकमात्र हरी चूड़ी ने जैसे उसके सब संकल्पों को चूर-चूर कर दिया। मंजरी बोली, "भैया, बड़ी अच्छी 'Picture' लगी है 'Mayfair' में। काश, यह पैर ठीक होता!"

अविनाश ने कहा, "कौन-सी, 'A man in grey Flannel Suit'—ना? ज़रा भी अच्छी नहीं है। मैं कल ही तो देखकर आया हूँ।"

मंजरी उसकी ओर अपलक दृष्टि से देखती रही। उसको इस तरह अपनी ओर मुग्ध दृष्टि से निहारते देख अविनाश मन ही मन काँप उठा। क्या एक बार नारी की छलना ने उसे यथेष्ट घुरनियाँ नहीं खिला दीं? कुछ ही घंटों में मंजरी मानो मन ही मन उससे लाज का घूँघट मारे बैठी थी। उसकी एकाग्र मुग्ध दृष्टि अविनाश पर ही निबद्ध थी, वह उस दृष्टि के नीचे काँप उठा, जितना ही दलदल से निकलने की चेष्टा करता उतना ही अधिक वह फँसता जा रहा था।

उसकी चिन्तन-धारा को भंग कर तिवारीजी बोले, "बेटी, अब उठना चाहिए, प्रदर्शनी का उद्घाटन करने भी तो जाना है।"

सविता उठ खड़ी हुई, उठने में सतीश का स्कन्ध क्षण भर को उसे स्पर्श कर गया। वह सरककर मंजरी के पलंग के पास खड़ा हो गया। सविता मंजरी से विदा लेकर बोली, "अब जल्दी ठीक हो जाइए, फिर कभी आइए, आप तो आतीं ही नहीं।"—उपालम्भ जैसे मंजरी को लक्ष्य कर सतीश के प्रति किया गया था। बार-बार वह कनखियों से उसी को देख रही थी; सम्भवतः इसी आशा से कि वह विदा देने बाहर तक आए पर सतीश खिड़की से न जाने क्या देख रहा था। हताश सविता चली गई, घर्र-घर्र करती, ध्वजा फहराती तिवारीजी की कार चली गई। अविनाश और जनार्दनजी अन्दर चले आए। मंजरी के पास जाकर जनार्दनजी बोले, "बेटी, कैसे सज्जन हैं तिवारी। राजकाज में इतने व्यस्त रहते हैं, फिर भी समय निकालकर तेरी कुशल पूछने चले ही आए।"

सतीश बिना कुछ कहे बाहर चला गया। अविनाश मेज़ पर रखी दियासलाई की बिखरी तीलियाँ उठा-उठाकर डिब्बी में रखने लगा। जनार्दनजी को सतीश का तिवारीजी के सामने गुमसुम बैठा रहना तनिक भी नहीं भाया था। भद्रतावश तो दो बातें की होतीं! वह अविनाश से बोले, "क्यों बेटा, क्या सतीश का जी ठीक नहीं है?" अविनाश की आँखें क्षण भर को मंजरी की आँखों से जा मिलीं। सतीश की तबीयत का वास्तविक सत्य उन आँखों में स्पष्ट था। वह बोला, "शायद सिर में दर्द हो रहा होगा।" एक लम्बी साँस लेकर सौम्य मूर्ति जनार्दन बोले, "न जाने क्या हो गया है इस लड़के को? किसी से बोलता भी नहीं है। भाग्य से यह सम्बन्ध स्थिर हुआ है, कहीं

कुछ उपद्रव न हो?'' और 'राम-राम' कहकर वह एक निःश्वास खींचकर उठ खड़े हुए, संध्या करने चले गए। घिरते अन्धकार में उनकी खड़ाऊँ की खटखट क्रमशः विलीन हो गई। अँधेरे कमरे में मंजरी और अविनाश अकेले रह गए। अविनाश ने उठकर स्विच खटका दी। प्रकाश से कमरा भर उठा।

''दर्द कुछ कम है मंजरी?''—अविनाश ने पूछा।

मंजरी बोली, ''नहीं, आज तो कम है, पर पैर उठता नहीं, न जाने कब ठीक होगा।'' अविनाश प्रसंग बदलकर बोला, ''अच्छा बताओ तो मंजरी, तुम्हारे भैया को क्या हो गया है। घर में सम्मानित अतिथि आए हैं और वह मुँह लटकाकर बैठे हैं। कहीं ताव में आकर तिवारीजी अन्यत्र सम्बन्ध स्थिर न कर बैठें।''

मंजरी शान्त, गम्भीर स्वर में बोली, ''मुझे ज़रा भी दुःख न होगा।'' अविनाश ने आश्चर्य से चौंककर देखा, वह परिहास नहीं कर रही थी, उसकी बड़ी-बड़ी सदा हास्यमयी आँखें अश्रुपूर्ण थीं। वह दीवार की ओर मुँह फिराकर लेट गई।

अविनाश बोला, ''आज मैं भी तुमसे कुछ कहना चाहता था, मंजरी!''

मंजरी का कलेजा धकधक कर उठा, वह क्या कहना चाहता है? लज्जा की लाली से उसके कपोल रंजित हो उठे। उसने अविनाश की ओर मुँह फेरा, किन्तु आँखें उठाकर न देख सकी। उसका अंग-अंग लज्जा की भावना से काँप उठा।

''मंजरी, सतीश सचमुच इस विवाह से सुखी नहीं होगा।''

क्षण भर में मंजरी ने अपने का संयत कर लिया। उसने अविनाश की ओर देखा। वह कह रहा था, ''सतीश के भविष्य के आकाश में विपत्ति के घनघोर बादल मँडरा रहे हैं। अभी ही साहस कर उसे बचाना होगा। इस विवाह में तुम्हारे परिवार का अनिष्ट सन्निहित है। जैसे भी हो, यह विवाह रोकना ही होगा।'' मंजरी की आँखों में तनिक भी आश्चर्य नहीं झलका। वह तकिया पर सिर रखे प्रस्तर-प्रतिमा-सी करुण दृष्टि से उसे देखती रही।

अविनाश ही फिर बोला, ''तुम तो जानती हो, मंजरी, कि सतीश सविता से विवाह नहीं करना चाहता। शोभा ही अनजाने में उसके हृदयासन पर आसीन है। देखती नहीं, उठते-बैठते निरन्तर, उसकी दृष्टि शोभा को ही घेरे रहती है। दुःख इस बात का है, मंजरी, कि विशालकाय सतीश हृदय का कायर है। उसे यह साहस तुम्हें ही देना होगा।''

इतने ही में शोभा आ गई। उसके हाथ में काँच के गिलास में मुसम्मी का रस था। उसके आते ही घुटकर बातें करते अविनाश और मंजरी चुप क्यों हो गए, उसकी समझ में नहीं आया। उसे लगा कि जैसे उसने अचानक आकर उनकी किसी बात में विघ्न डाल दिया है। लज्जा से संकुचित होकर वह क्षण भर को खड़ी रह गई, फिर बढ़कर मंजरी को गिलास थमाकर बोली, ''मंजरी, कब से रस निकालकर रखा था, देना भूल गई।''

''बैठिए!'' अविनाश कुर्सी छोड़कर उठ खड़ा हुआ।

''नहीं-नहीं, आप बैठिए, मेरा तो बहुत काम पड़ा है।'' अविनाश एकटक उसके आभूषण-सज्जाहीन सहज सौन्दर्य को देखता रह गया। उसकी अपूर्व मुख-रेखाएँ, उसके नाक और ओठ की मोहक मरोड़ उसके व्यक्तित्व को मंडित कर रही थीं। इस अनुपम सौन्दर्य की रस-मूर्ति को देखकर यदि सतीश उन्मत्त हो उठा है तो उसका क्या दोष!

रस पिलाकर शोभा चली गई। अविनाश भी उठ खड़ा हुआ। वह मंजरी से पूर्ववत् स्वाभाविक ढंग से बातें कर क्षण भर को आया हृदय का विकार भुलाने की चेष्टा करने लगा। मंजरी का उसके प्रति आकर्षण उसकी कल्पना-मात्र थी। वह उससे वयस में सोलह वर्ष छोटी थी। यही नहीं, उसे अविनाश की पूर्व प्रणय-कथा भी ज्ञात थी। कई बार वह इस घटना को लेकर परिहास भी कर चुकी थी। वह साइकिल उठाकर घर की ओर चल दिया। अकेले कमरे में पड़ी मंजरी ने आँखें बन्द कर लीं। अज्ञात रूप से उसके आँसू झर-झर बहने लगे। जब सब काम से निबटकर शोभा मंजरी के कमरे में गई तो वह अचेत सो रही थी। उसने दबे पैरों बढ़कर बत्ती बुझा दी और मौसी के कमरे में गई। गोदावरी जग रही थी।

''बेटी, सब काम हो गया?''

''हाँ मौसी!'' सबने खा लिया। मंजरी बिना खाए ही सो गई है और सतीश भैया पता नहीं कहाँ गए हैं।''

चौंककर गोदावरी बोली, ''क्या यहाँ नहीं है? पता नहीं, क्या हो गया है इसे! घर में तो पैर टिकता ही नहीं। तू कब तक खाना लिए जगती रहेगी। उसके कमरे में थाली ढँककर रखवा दे और तू खाकर सो जा।''

''नहीं, मौसी, मुझे तो भूख नहीं है, बुखार-सा लग रहा है।'' चिन्तित होकर गोदावरी बोली, ''बुखार है? दिखा तो हाथ।'' शोभा ने कलाई बढ़ा दी। हाथ तवे-सा तप रहा था।—''हाय राम, तुझे तो बड़ा तेज़ बुखार है बेटी,

तू जा, लेट जा। अभी सतीश आएगा तो मैं दवा भिजवा दूँगी।'' जनार्दनजी पास के कमरे में अखबार पढ़ रहे थे, ज्वर का नाम सुनते ही उठ आए, बोले, ''क्यों, किसे है बुखार?'' गोदावरी ने कहा, ''देखिए तो पगली को इतना तेज़ बुखार है, अभी तक काम में लगी थी। सतीश का अभी तक पता नहीं है, अब तो ग्यारह बज चुके हैं।''

जनार्दनजी ने मेज़ पर रखा थर्मामीटर उठा लिया और शोभा के मुँह में लगा दिया। शोभा थर्मामीटर मुँह में दाबे गोदावरी के पायताने बैठ गई। उसके सिर में तीव्र यन्त्रणा हो रही थी। आँखें पीड़ा से बाहर निकल रही थीं, घुटनों में दर्द के मारे उससे खड़ा नहीं हुआ जा रहा था। इतने ही में सतीश आ गया, ''क्यों क्या बात है अम्माँ?'' उसने पूछा।

''शोभा को बुखार हो गया है, देख तो कितना है?'' थर्मामीटर निकालकर शोभा स्वयं देखने लगी तो उसका हाथ काँप गया। सतीश ने थर्मामीटर ले लिया। ज्वर 105 से भी अधिक था। ज्वर की तीव्रता से उसकी आँखें अंगारे-सी लाल हो रही थीं।

''मैं दवा लाता हूँ।'' कहकर सतीश अपने कमरे की ओर मुड़ गया। शोभा लज्जा से मरी जा रही थी, थोड़े-से बुखार में निरर्थक हो-हल्ला उसे अच्छा नहीं लग रहा था। किसी तरह यदि वह मंजरी के कमरे में पहुँचकर अपने बिस्तरे पर लेट जाती। वह उठी भी, पर पैर काँप गए, जनार्दनजी ने उसे हाथ पकड़कर बिस्तरे पर लिटा दिया। सतीश दवा लेकर आ गया। दरवाज़े के खुलने के शब्द से मंजरी जगकर उठ बैठी। पिता और भाई की अस्पष्ट आकृति पहले वह अन्धकार में पहचान न सकी, फिर हड़बड़ाकर उसने पूछा, ''क्या हो गया, भैया?''

''शोभा को बुखार आं गया, बेटी! तू सो जा, मैं यहीं हूँ।'' जनार्दनजी बोले।

व्यग्र स्वर में शोभा बोली—''नहीं नहीं, आप सो जाइए, मौसाजी। मैं ठीक हूँ।''

''कोई बात हो तो मुझे जगा लेना, बेटी, संकोच मत करना''—वे बोले। शोभा के लिए उनके हृदय में असीम स्नेह था, कभी मुँह से कुछ न कहनेवाली शोभा आज माथे की यन्त्रणा से छटपटा रही थी, यह देख उनका हृदय स्नेह से उमड़ उठा था। वह उठकर चले गए, सतीश भी उनके पीछे-पीछे माँ के कमरे तक गया।

"तूने खा लिया सतीश?" गोदावरी ने पूछा।

"नहीं, अम्माँ, मैं आज एक मित्र के यहाँ खा आया हूँ।" वास्तव में उसने किसी मित्र के यहाँ नहीं खाया था। सविता के परिवार की गोष्ठी के उपरान्त उसका हृदय इतना विरक्त हो गया था कि वह दूर तक अकेले घूमने निकल गया था।

सतीश अपने कमरे में आकर लेट गया, पर नींद नहीं आई। हृदय के स्मृति-पटल पर अंकित, ज्वर से पीड़ित एक सुन्दर मुख का ध्यान उसे बार-बार व्याकुल कर रहा था। वह उठा और धीरे-से शोभा के कमरे की ओर बढ़ा। अन्धकार में टटोलकर उसका हाथ शोभा के तप्त ललाट पर पड़ा। वह सिरहाने की कुर्सी पर बैठ गया। बाहर वर्षा की फुहारें पड़ रही थीं।

बीच-बीच में हवा से खुली खिड़की के पट बन्द हो रहे थे। ज्वर से शोभा अचेत पड़ी थी। ज्वर की तीव्रता से उसके घन निःश्वास-प्रश्वास से उसकी निखरी अलकें बार-बार इधर-उधर बिखर रही थीं। अचेत, निराधार होने पर भी उसका सजग, सचेत सौन्दर्य गौरवपूर्ण था। स्नेहशील स्पर्श से सतीश ने उसकी बिखरी लटें हटा दीं, एकाग्र सुधापूरित दृष्टि से वह उस अस्पष्ट मुखमंडल को देखता रहा। ज्वर तो बढ़ ही गया है, ऐसा उसे लगा। जेब से रूमाल निकालकर उसने पास ही रखे पानी के गिलास में भिंगो दिया और उसके माथे पर पट्टी रख दी।

ठंडी पट्टी का सुशीतल स्पर्श पाकर शोभा ने आँखें खोलीं। हवा से खिड़की बन्द हो गई थी, कमरे में गहन अन्धकार था, उसके माथे पर यह शीतल स्पर्श कैसा है। उसने कहने की चेष्टा की, "मौसाजी, आप सो जाइए।" पर गला सूखकर दम घुट-सा रहा था, जीभ तालू से चिपकी ही रही। वह इधर-उधर सिर फेंकने लगी। सतीश ने झुककर उसके कान के पास मुँह ले जाकर धीमे स्वर में कहा, "शोभा, क्या बहुत दर्द है?" वह चौंककर जैसे स्वप्न से जाग पड़ी। यह स्वर? माथे की आर्द्र पट्टी से भी मधुर स्वर? "शोभा!" ऐसे तो कभी उसे किसी ने नहीं पुकारा। "शोभा !" उसके गाँव के घर के पास लगे ऊँचे देवदार के वृक्षों पर चहकती पहाड़ी चिड़िया 'जूँहो' का-सा मीठा मादक स्वर "शोभा !" उसने माथे पर पट्टी रखते उस हाथ को कसकर पकड़ लिया और हृदय पर रख लिया। नहीं छोड़ेगी वह यह हाथ। ऊँची-ऊँची पहाड़ी पर वह गाय के लिए 'पिरुल' लेने जा रही है। नीचे बह रही है 'दाड़िम' की नदी। वर्षा से पूर्ण-यौवना नदी चट्टानों को तोड़ती-उफनती

चली जा रही है। उसके सिर पर पिरुल का बोझ यदि तनिक भी हिला, पैर उस क्रुद्ध सर्पिणी-सी बंकिम पगडंडियों पर ज़रा भी फिसला तो वह जा गिरेगी दाड़िम की गोद में। अम्माँ रोएगी, भैया बिलखेंगे, "दीदी डूब गई, दीदी डूब गई।" पटवारी आकर लाश को पहिचानेगा।—नहीं-नहीं, वह यह हाथ नहीं छोड़ेगी। और भी कसकर वह हाथ उसने अपने हृदय से दाब लिया।

सतीश का हृदय उस सुमधुर चन्द्रमुख को अपने इतने निकट पाकर उन्मत्त हो उठा, उसने बड़े प्रयत्न से अपने को संयत किया। शोभा को कुछ चेत हो गया, पर वह अभी भी ज्वर में बड़बड़ा रही थी, "नहीं, मुझे मत छोड़ना, नीचे नदी है, मैं डूब जाऊँगी।" सतीश समझ गया, यह तीव्र ज्वर का प्रलाप था। उसने स्नेह से उसके कन्धे पर हाथ रखा। शोभा फिर बड़बड़ाई, "मैं नहीं जाऊँगी", कहकर वह भय से सतीश के हाथ से फिर लिपट गई। अज्ञात रूप में सतीश ने उसे हृदय से लगा लिया।

मध्यरात्रि व्यतीत हो चुकी थी। रात्रि के चौकीदारों की 'जागते रहो' की अस्पष्ट ध्वनि बीच-बीच में आ रही थी। "घबड़ाओ मत, शोभा! अभी बुखार उतर जाएगा।" स्नेहमयी जननी के-से मधुर स्वर में सतीश ने कहा। ज्वर उतर जाएगा सुनकर शोभा की चेतना एकाएक लौट आई। वह तुरन्त सतीश का हाथ छोड़कर सीधी लेटी रही। "आप अभी सोए नहीं?"—ललाट का पसीना पोंछकर कम्पित स्वर में उसने पूछा।

उसके कान के निकट मुँह ले जाकर सतीश ने कहा, "तुमने हाथ पकड़कर दाब लिया था, सोता भी कैसे? बैठे-बैठे ऊँघना पड़ा।" सहसा शोभा को अपना स्वप्न, किसी का हाथ कसकर पकड़ना, स्मरण हो आया। उसने लज्जा से आँखें बन्द कर लीं। छिः, छिः सतीश क्या सोचता होगा? कैसी निर्लज्ज-बेहया लड़की सोच रहा होगा उसे!

शोभा के स्पर्श से और उसकी सेवा से सतीश के हृदय में स्नेह की अनुभूतियाँ उत्पन्न हो गई थीं। शोभा दीवार की ओर मुँह कर लेट गई, सतीश धीरे-धीरे उसके कमरे से बाहर निकल आया। उसने शोभा को परख लिया था, तीव्र ज्वर के प्रलाप में उसके हृदय का सत्य पानी में तिनके-सा स्पष्ट ऊपर तैर आया था। शोभा को छाती से चिपटा लेने के लिए उसके हाथ अधीर हो उठे थे। अन्धकार से भयंकर बना विश्व का प्रलयंकर रौद्र रूप भी उसे अत्यन्त सुखकर लगा। दूरस्थ घंटाघर की घड़ी ने रात के दो बजाए, वह बड़ी देर तक पलंग पर करवटें बदलता रहा। फिर न जाने कब

उसके प्रेम के झंझावात को निद्रा ने अशक्त कर दबोच लिया। जब वह उठा तब दिन निकल आया था, वह उठते ही पहले शोभा के कमरे में गया। मंजरी चाय पी रही थी।

"कैसा है बुखार?"

शोभा का मुँह एक ही रात के बुखार से उतरकर पीला पड़ गया था। खिड़की से आती नव सूर्य की गुलाबी आभा उसकी पांडुर आनन-श्री पर पड़ रही थी। सतीश को देखने ही रात्रि की स्मृति सजग हो उठी। उसकी कनपटी तक लाली दौड़ गई।–"अब ठीक है।" कहकर उसने आँचल ठुड्डी तक खींच लिया।

सतीश ने फिर कहा, "नब्ज दीजिए जरा।" शोभा की दुर्बल कलाई उनके सशक्त हाथों में काँप उठी। "आज भी तीन खुराक ले लीजिए और आराम कीजिए।" कहकर वह बाहर चला आया।

दो-तीन दिन में शोभा पूर्ण स्वस्थ हो उठी, पर ज्वर ने उसे बहुत दुर्बल कर दिया था। मंजरी का पैर अभी भी ठीक नहीं हुआ था। शोभा जब यूनिवर्सिटी जाने के लिए तैयार होकर बाहर आई तो सतीश बरामदे में ही मिल गया, "रुकिए, मैं कार निकाल लूँ।" उसने कहा।

शोभा व्यग्र स्वर में बोली, "आप कहाँ आएँगे, मैं रिक्शा कर लूँगी।"

सतीश को हँसी आ गई। वह बोला, "फिर वही! मैं कहता हूँ, उस दिन तो हाथ ही नहीं छोड़ रही थीं, रात-भर चरण-सेवा करवाई। आज बड़ा तकल्लुफ बरत रही हैं।"

शोभा के कपोल आरक्त हो उठे, वह कुछ नहीं बोली। सतीश ने कार निकाल ली और सामने का दरवाजा खोलकर बोला, "बैठिए।" शोभा को उसी के पार्श्व में बैठने में अज्ञात लज्जा का अनुभव हुआ, क्या पता बरामदे में खड़े मौसाजी देख रहे हों? छत पर रामसिंह कपड़े सूखने डाल रहा हो? वह चुपचाप बैठ गई। सतीश ने कार स्टार्ट कर दी, पूछा, "अच्छा, यह तो बताइए, आप उस दिन किस नदी में डूबने जा रही थीं?"

शोभा की बड़ी-बड़ी तश्तरी-सी आँखों से आँसू डबडबा गए। वह बोली, "दीन-दरिद्र का मज़ाक उड़ाना आपको शोभा नहीं देता।"

"मैं मज़ाक कब कर रहा था!" खिसियाए-से स्वर में सतीश ने कहा। यूनिवर्सिटी आ गई थी, उसने कार रोक दी। शोभा निःशब्द उतर गई। सतीश अतृप्त दृष्टि से उस इकहरे सुकोमल अंग की लावण्यमयी मूर्ति को एकटक

निहारता रहा। धीरे-धीरे वह छात्र-छात्राओं की भीड़ में मिल गई।

उस दिन शोभा का चित्त अशान्त पक्षी-सा उड़ता रहा। प्रोफेसर दासगुप्ता का एक शब्द भी उसके कानों तक नहीं पहुँच पाया। छुट्टी होने पर सब लड़कियाँ चली गईं तो वह नोटबुक लिए बाहर निकल आई। सतीश की कार उसकी प्रतीक्षा में खड़ी थी। उसने इधर-उधर देखा। सहपाठिनियाँ सब जा चुकी थीं। सतीश ने उसके शुष्क उदास मुँह को देखकर पूछा, "क्यों, क्या फिर बुखार आ गया?"

"नहीं।" शोभा ने सिर हिलाकर कहा। सतीश कार तेजी से मोड़-माड़कर, न जाने किधर, ले चला। शोभा घर के मार्ग से परिचित थी, यह तो घर का मार्ग नहीं है! वह साहस कर बोली, "आप कहाँ जा रहे हैं?" सतीश ने उसे जिस दृष्टि से देखा, वह मानो सागर के अन्तस्तल का स्पर्श करती सूर्य-रश्मि-सी थी। "आज तुम्हें भगाए लिए जा रहा हूँ, मार्बल!" वह बोला। शोभा का कलेजा काँप गया। क्षण-भर को वह सिर से पैर तक काँप उठी। घने जंगल की मेखलाओं से घिरी उस निर्जन सड़क पर उसे कोई देख ले तो?—उसने आँखें बन्द कर लीं। समस्त पृथ्वी कार सहित बड़े वेग से उसके चारों ओर घूम उठी। उसकी आँखों के आगे लाल, पीले, नीले, गोल-गोल गुब्बारे उड़ने लगे। उसने काँपते स्वर में कहा, "पागलपन न करिए। लौट चलिए!" सतीश ने सुनी अनसुनी कर दी। शोभा ने कलाई की घड़ी पर दृष्टि डाली, तीन बज चुके थे। उसने मौसी से कहा था, वह तीन बजे तक लौट आएगी। अब?—इतने ही में खच् से ब्रेक लगाकर सतीश ने कार रोक दी। थोड़ी-थोड़ी बूँदें पड़ रही थीं। दरवाज़ा खोलकर सतीश बोला, "सर्वनाश, कार तो खराब हो गई। शोभा, लगता है, आज रात यहीं काटनी पड़ेगी!"

शोभा की आँखों में आँसू भर आए। वह बोली, "कह रही थी न आपसे, लौट चलिए, अब क्या होगा?" सतीश हँसकर बोला, "मैं तो मज़ाक कर रहा था—कार बिलकुल ठीक है। मैं तो यह देख रहा था कि तुममें कितना साहस है।" इतना कहकर उसने शोभा के दोनों कन्धे पकड़कर कहा, "यही तो ट्रेजिडी है, शोभा! तुम मुझसे भी बड़ी कायर हो। तुममें अपना अस्तित्व दिखाने की भी क्षमता नहीं है।"

सतीश के उस स्पर्श से शोभा काँप उठी, वह स्वर संयत कर दृढ़ता से बोली, "घर लौट चलिए।"—हँसकर सतीश ने कहा, "घर तो चलना ही होगा। तुम्हें आज दिखाने आया हूँ यह धरती का स्वर्ग, मेरा वह प्रिय स्थान,

जिसे आज तक किसी अन्य मानवी दृष्टि ने देखा भी नहीं होगा। कई दिन पूर्व एक बार मैं शिकार को आया था, मार्ग भूलकर इसी बाराबंकी रोड पर आ पड़ा, पानी की खोज में भटककर जिस स्थान पर पहुँचा उसने पानी न देकर भी मेरी प्यास बुझा दी। चलो, वहाँ तक जाकर फिर लौट चलेंगे। लम्बी-लम्बी घास को हाथ से हटाकर सतीश आगे की ओर अग्रसर हुआ।...

चारों ओर से जंगली लताओं से घिरी प्रकृति की वह वनस्थली वास्तव में स्वर्ग थी। एक बड़ा-सा पुराना बरगद अपनी जटों में उलझा-सा निश्चल खड़ा था। उसी पर लिपटी असंख्य वन-लताएँ लटकी थीं। हरी-हरी घास पर एक बड़ी-सी चट्टान पड़ी थी। स्थान इतना निर्जन था कि यदि पेड़ का पत्ता भी हिलता तो वह भी सुनाई दे जाता।

उस निर्जन लताकुंज में अपने को सतीश के साथ अकेली पाकर शोभा स्वयं व्रीड़ा से संकुचित हो उठी। सतीश ने उसे हाथ पकड़कर चट्टान पर बिठा दिया और स्वयं उसके पैरों के पास घास पर ही बैठ गया। वृष्टि की फुहारें बरगद से छन-छनकर दोनों पर पड़ने लगीं। शिलाखंड पर बैठी उस राजमहिषी-सी गौरवपूर्ण बाला के अलौकिक सौन्दर्य ने स्थान की भव्यता को एक अपूर्व तेज से दीप्त कर दिया। इतनी निश्चिन्ततापूर्वक उसे देखने का अवसर सतीश को पहली बार मिला था। आज की शोभा मानो नित्य की साधारण-सी दीन शोभा से भिन्न थी। आज उसमें किसी सत्ताधिकारिणी साम्राज्ञी का गौरव था। और, उसकी बड़ी-बड़ी आँखों में अपार्थिव तेज। उसकी सुडौल लम्बी ग्रीवा के गर्वीले मोड़ में थी अलौकिक भव्यता।

सहसा उसके मादक विकासोन्मुख यौवन ने सतीश को उन्मत्त-सा बना दिया। किन्तु मोह का नशा उस शान्त स्थिर दृष्टि से मिलते ही उतर गया।—''शोभा'', उसका स्वर दीन-विगलित था, ''मेरी ओर देखने में भी क्या इतना भय होता है!'' हृदय का समस्त साहस बटोरकर भी शोभा आँखें न उठा सकी, उसकी लम्बी-लम्बी भींगी पलकें झुकी ही रहीं। सतीश का स्वर सहसा दृढ़ हो गया—''मैं आज एक बात स्पष्ट रूप से कहने आया हूँ, शोभा! मैं तिवारीजी का सम्बन्ध तोड़ने का संकल्प कर चुका हूँ। पिताजी के सम्मुख तुम्हें रखकर कहूँगा...''

बीच ही में रोककर शोभा उठ गई, ''नहीं।'' उसके नहीं की दृढ़ता कुंज की निर्जनता से टकराकर गूँज उठी, ''पागल मत बनिए।''

सतीश क्षण-भर को अपना सन्तुलन खो बैठा। शोभा के कन्धे झकझोरकर गरजते स्वर में बोला, ''कायर कहीं की! इतना साहस नहीं था तो क्यों आई थीं मेरे जीवन में तूफान लेकर? अब क्यों नहीं देती हो साथ? बोलो, बोलो!''

शोभा उसके विकृत स्वर और लाल-लाल आँखों से भयभीत हो उठी। वह जैसे दूसरा ही सतीश था। बाल बिखरकर मुँह पर फैल गए थे। कठोर मुग्ध दृष्टि शोभा के भयत्रस्त मुख पर निबद्ध थी। सहसा उसे लगा कि उसमें खड़े होने की शक्ति नहीं रही। ज्वर ने उसे दुर्बल बना दिया था, उस पर इस आकस्मिक मानसिक सन्ताप और दुःख से अशक्त होकर वह अचेतन होकर लुढ़क पड़ी। सतीश ने उसे लपककर सम्हाल लिया। वृष्टि बड़ी-बड़ी बूँदों में पड़ रही थी। बेसुध शोभा को उठाकर वह घास पार कर कार की ओर चला। वर्षा की फुहार से शोभा की चेतना लौट आई, वह अपने को सतीश के बन्धन से छुड़ाकर उतर पड़ी। उसके अशक्त पैर डगमगा रहे थे। दोनों निःशब्द कार में बैठ गए। गर्जन-तर्जन से वृष्टि आरम्भ हो गई। रास्ते-भर दोनों चुप रहे। घर के निकट आते ही दुःख से मुर्झाया अपना सुमधुर मुख आनत किए ही शोभा ने कहा, ''मुझे यहीं उतार दीजिए।''

सतीश ने कार रोक दी। वर्षा में भींगती शोभा अकेली ही पीछे के मार्ग से घर की ओर चल दी। सतीश को अपने हृदय के क्षुद्र दौर्बल्य का ज्वलन्त प्रमाण स्वयं ही मिल गया। शोभा ने कार रोकने की प्रार्थना की क्योंकि वह उसके साथ घर तक जाने में लज्जाबोध कर रही थी। किन्तु वह? वह भी तो मन ही मन समाज, माँ, पिता, सविता–सभी से डरता है न? इसी से तो कार रोककर उसने शोभा को उतार दिया। यदि उसमें साहस ही होता तो वह घड़घड़ाती कार को घर की बरसाती तक शोभा सहित ही ले जाता। वहाँ सबके सम्मुख उसे अपने साथ ही उतारकर माँ और पिता के पास ले जाता। पर घर को देखते ही उसका प्रेम, शौर्य और दृढ़ता पलायन क्यों कर गए? वर्षा से भींगती दुर्बल, असहाय उस क्षीण काया को उसने घर के पीछे के मार्ग से जाते क्योंकर चुपचाप देखा? ऐसे ही, जीवन में शोभा क्या कभी निर्भीक होकर सबके सम्मुख उसके साथ प्रवेश नहीं कर पाएगी? उसकी अन्तरात्मा उसे शत-शत धिक्कार दे उठी। उसने अपनी गाड़ी मोड़ दी। बड़ी देर तक इधर-उधर घूमकर वह घर लौटा तो जनार्दनजी और अविनाश बरामदे में खड़े उसी की प्रतीक्षा कर रहे थे।

अविनाश उसे देखते ही बोला, ''क्यों, कहाँ चले गए थे? तुम्हारे नाम

का तार आया है। तुम्हें परसों ही बेलौर पहुँचना है।

उसने तार देखा, उसकी नियुक्ति का आदेश था। वह भीतर गया। गोदावरी अखबार पढ़ रही थी, उसने चश्मा उतारकर तिपाई पर रख दिया, बोली, "आज बड़ी देर कर दी बेटा, अब तो तुम्हें कल ही जाना पड़ेगा।" पलंग की पाटी पर बैठकर सतीश बोला, "कल कहाँ अम्माँ, अभी रात की गाड़ी से ही जाना पड़ेगा। तभी तो परसों पहुँच पाऊँगा। मंजरी कहाँ है अम्माँ? मेरे कपड़े रख देती। अभी तो दो घंटे हैं, मैं रिज़र्वेशन के लिए स्टेशन फोन कर दूँ।" उसके अचानक जाने के समाचार से गोदावरी उदास हो गई।—"यह भी क्या जाना, पहले-पहल नौकरी पर जा रहा है, न दिन दिखाया न वार, शुभ-अशुभ तो देखना ही पड़ता है रे, आज रुक जा न?"

हँसकर अविनाश बोला, "भावी राजदूत के जमाई को सब शुभ ही शुभ है, चाचीजी! चिन्ता न करो।"

भावी राजदूत का नाम सुनकर सतीश के सिर से पैर तक आग-सी लग गई। वह उठकर अपने कमरे की ओर चला गया। बत्ती जलाते ही उसने आईने में अपना प्रतिबिम्ब देखा और वह स्वयं ही चौंक पड़ा।—बिखरे उड़े बाल, सूखा मुँह। किसी के भींगे, सुगन्धित केशपाश की मन्द परिमल सुगन्ध उसकी स्मृति को झकझोर गई। निर्भय, निर्द्वन्द्व, बड़ी-बड़ी आँखें मूँदे वह उसकी छाती से लग गई थी। यदि वह जानता कि उसे आज ही जाना पड़ेगा। नहीं, नहीं, वह तो देवता को अर्पित पवित्र पुष्प था, जिस श्रद्धा से उसे चढ़ाया गया था वैसे ही उसने श्रद्धापूर्वक उसका सम्मान भी किया था। यद्यपि क्षण भर को उसे लगा था कि उसके हृदय का अन्तर्द्वन्द्व उसकी पराजय लेकर ही मानेगा। किन्तु अपने को संयत कर उस शिथिल देहवल्लरी को अपने से अलग कर दिया था। अब वह बेलौर पहुँचकर अपना निश्चय पिता को लिख देगा। कहने से लिखना उसे कहीं अधिक सुगम प्रतीत हुआ। क्षण भर पूर्व की उदासी और रिक्तता उसे सहसा छोड़ गई। नए उत्साह से उसने अपना सामान सूटकेस में रख लिया। गाड़ी का समय हो गया था। अविनाश और मंजरी ने मिलकर उसका बिस्तर बाँध दिया। ताँगा आ गया, सतीश ने सामान रखवा दिया। वह माँ से विदा लेने गया तो गोदावरी की रोग-जीर्ण आँखें भर आई। "बेटा, पहुँचते ही तार कर देना"—कहने में ही उसका गला रुँध गया। मंजरी का पैर अभी तक पूर्ण रूप से ठीक नहीं हुआ था, पर वह दीवार का सहारा लेकर बाहर तक आई। जनार्दन और अविनाश स्टेशन तक

पहुँचाने जा रहे थे। सतीश का बड़ी आशा से इधर-इधर देखना गोदावरी की अनुभवी दृष्टि से छिपा नहीं रहा। पुत्र की अधीर आँखें किसे खोज रही हैं, वह समझ गई। पुत्र की विदा की बेला से भी अधिक दुःखमय वह कटु सत्य उसके अशान्त चित्त में डंक मार गया।

छत की मुँडेर पर खड़ी, अन्धकार में मिली, एक क्षीण छाया को कोई नहीं देख पाया। ताँगा खटपट कर चौराहे के पार हो गया। वह छाया पूर्ववत् निश्चल खड़ी रही। उसकी आँखों से बहती अविरल अश्रुधारा आँचल सींचने लगी। उसके हृदय की प्रत्येक धकधक पर पैर रखता-रौंदता ताँगा विलीन हो गया। सतीश का कमरा खाली हो जाने पर मंजरी ने अपना और शोभा का पलंग वहीं डलवा दी। सतीश का रेशमी कुर्त्ता खूँटी पर वैसे ही टँगा था। उसके लिखने की मेज पर उसकी मोटी पुस्तकें, चिट्ठियाँ आदि पूर्ववत् ही बिखरी थीं। उसके पलंग पर अब शोभा का बिस्तर लगा। क्षण भर को आँखें मूँदकर शोभा कल्पना के स्वर्ग में पहुँच जाती। दुःख में कल्पना ही मनुष्य के लिए जननी की गोद है। कल्पना के स्वप्नों में मदिरा जैसी मादकता, विजया जैसा मद है, जिसकी दो गहरी घूँटें पीते ही मनुष्य उल्लासमय जगत् में पहुँच जाता है। आँखें बन्द कर शोभा उस सुकोमल शैय्या पर पड़ी-पड़ी उसी सुगठित भव्य मूर्ति का अवलोकन करती। वह तेजस्वी रूप, तलवार की धार-सी चमकती वे आँखें, ग्रीक देवता जैसी लम्बी नासिका। कभी देखती उसका उन्मत्त प्रणय-विभोर रूप, लाल आँखें, भर्राया कंठ-स्वर, 'शोभा, शोभा।' लगता, अभी वह यहीं कहीं पुकार रहा है, किन्तु दूसरे ही क्षण उसे अपनी अल्पता का भास हो आता।

उस दिन शोभा गोद में पुस्तक रखकर रिक्त दृष्टि से बाहर की ओर देख रही थी। मंजरी अभी यूनिवर्सिटी से नहीं लौटी थी। मौसी सो रही थी। अविनाश का कंठ-स्वर सुन चौंककर मुड़ी। "कहिए मिस जोशी, पढ़ाई हो रही है या...—शोभा ने बन्द पुस्तक नीचे रख दी, बोली, "पता नहीं इम्तहान में क्या होगा? लगता है, कुछ पढ़ा ही नहीं।"

गम्भीर भेदभरी दृष्टि से इधर-उधर देखकर अविनाश ने उसकी गोद में एक खुला पत्र डाल दिया और मौसी के कमरे की ओर चला गया। काँपते हाथों से शोभा ने पत्र खोला। पत्र सतीश का था। उसने अविनाश को उस लम्बे पत्र में अपना हृदय खोलकर रख दिया था। आरम्भ से अन्त तक अपनी

सगाई तोड़ने का संकल्प, अविनाश का सहयोग, शोभा से पारिग्रहण का बार-बार दृढ़ता से उल्लेख—यही सब था। अन्त में उसने अविनाश से अनुरोध किया था कि वह उसे पिताजी को पत्र लिखने से पहले ही परिस्थितियों से कुछ अवगत करा दे। किसी के पैरों की आहट सुनकर शोभा ने पत्र ब्लाउज में खोस लिया। नींद की छाँह में डूबता हुआ सूर्य घनान्त को रँग रहा था। लाल गुलाबी बादलों की अद्भुत आभा में शोभा को हरे नीम की डालियाँ भी गुलाबी लगीं। उसके जीवन का अन्धकार सहसा विलुप्त हो गया। हृदय नई स्फूर्ति और प्रेरणा से भर उठा। हठात् किसी ने दे दिया उसे यह अभय वरदान! चिर-दारिद्रय और अभाव मुँह छिपाकर भाग गए! असीम सुख, अमृतपूर्ण वैभव उसे बाँहें फैलाकर अपनी गोद में बुला रहे हैं! इतना सुख, नियति का यह अद्भुत दान वह अपनी क्षीण बाँहों में सँभाल सकेगी?

इतने ही में जनार्दन के कंठ-स्वर से उसकी चिन्तन-धारा बिखर गई। "बेटी शोभा, देख तो कोई दरवाजा खटखटा रहा है, लगता है मंजरी आ गई है।" उठकर शोभा ने द्वार खोले, स्वयं तिवारीजी खड़े थे। शोभा के मुँह से बोल भी नहीं फूटा। तिवारीजी को असमय आते देखकर वह घबरा गई। उसके भविष्य के सर्वनाश को तत्पर यमराज से खड़े तेजोमय भावी राजदूत के ताप ने उसे सहमा दिया। उसका स्वप्न एकाएक टूटकर उनके चरणों पर बिखर गया। कल्पना का खंडहर ताश के पत्तों के महल-सा ढलक गया। मदिरा के मोह का नशा उतर गया। "आइए।" उसने संयत स्वर में कहा।

कुशल राजनीतिज्ञ की पैनी दृष्टि उस अपूर्व सौन्दर्य पर पड़ी। उनके शुष्क जीवन में केवल राजनीति के लिए ही स्थान था, ऐसे सौन्दर्य के लिए उन्हें कभी समय नहीं मिला था। रसमय काव्यों का अध्ययन भी उन्होंने कभी नहीं किया था किन्तु एक अज्ञेय रसिकता से पूर्ण, अल्प वयस की उस अप्सरा-सी मानविका को वे स्तब्ध देखते रहे। दूसरे ही क्षण कठोर विचार का मेघ उनके रौबीले मुँह पर छा गया। यह वही काँटा है जिसे उन्हें बेरहमी से उखाड़ फेंकना होगा। कठोर स्वर में वे बोले—"जनार्दनजी हैं क्या?"

"जी!" परुष मेघ गर्जन के बाद कहीं कोयल कुहुँकी हो। उसके मार्ग दिखाने की प्रतीक्षा किए बिना ही तिवारीजी सीधे भीतर चले गए, पीछे-पीछे भयभीत पग रखती शोभा भी गई। तिवारीजी को अचानक पूर्व-सूचना दिए बिना आते देख जनार्दनजी अज्ञात आशंका से हड़बड़ा गए। आइए आइए, कहकर वह उन्हें सम्मानसहित भीतर ले गए।

गोदावरी के पलंग के पास ही पड़ी कुर्सी पर तिवारीजी बैठ गए। "कहिए, कैसी तबीयत है", स्नेहपूर्ण स्वर में उन्होंने कहा। सशंकित दृष्टि से गोदावरी ने पति की ओर देखा। आँखों ही आँखों में जैसे पूछ रही हो, यह आज कैसे आ गए? शोभा का हृदय काँप रहा था, कहीं उन्होंने उसे सतीश के साथ देख तो नहीं लिया या सतीश ने उन्हें भी जोश में आकर अपनी सगाई तोड़ने का संकल्प तो नहीं लिख दिया? तिवारीजी मीठी-मीठी राजनीतिज्ञ की बातों से किसी अप्रीतिकार प्रसंग की पृष्ठभूमि की रचना कर रहे हैं, यह स्पष्ट था। शोभा बाहर जाना चाहती थी, किन्तु जनार्दनजी की कुर्सी दरवाज़े के पास ही लगी थी। वह खिड़की से सटकर खड़ी हो गई।

"मैं आज एक अनुरोध करने आया हूँ।"—वे बोले, पर खिड़की के पास खड़ी शोभा पर दृष्टिपात करते ही राजनीति के क्षेत्र का साहसी सेनानी सहसा अपना वाणी-विन्यास खो बैठा। जनार्दनजी ने जब कहा, "कहिए," तो वे घर से सोचकर आया अपना सब उपालम्भ भूल गए। वे यही कहने आए थे कि सतीश पर उनकी राजसी-मोहर लग चुकी है और उसका अन्य किसी के साथ घूमना उन्हें नहीं रुचता। जाते समय सतीश ने उनसे मिलना भी उचित नहीं समझा जबकि उसकी नियुक्ति उन्हीं की कृपा का फल थी। हजारों की भीड़ को अपनी वक्तृता की मीठी डोर से बाँध लेनेवाले तिवारीजी उस सरल सौम्य मूर्ति जनार्दन के सम्मुख किसी भाँति बातें घुमा-फिराकर नहीं कर सके। राजदूत की कूटनीति जैसे अवश हो गई। अपनी निष्कपट दृष्टि उठाकर जनार्दनजी फिर बोले, "कहिए, मैं आपकी क्या सेवा कर सकता हूँ?"

"सतीश क्या चले गए?" तिवारीजी का स्वर कठोर थप्पड़ की तरह जनार्दनजी के मुँह पर लगा। लज्जा और ग्लानि से उन्होंने सिर झुका लिया, पुत्र की ओर से मूक क्षमायाचना के भाव चेहरे पर उभर आए। गोदावरी ने पति की ओर एक बार देखा, सरल स्वभाव के जनार्दनजी बातें बनाना नहीं जानते थे। गोदावरी का तकिया सहारा लेकर अधलेटी बैठी थी, नम्र स्वर में बोली, "हाँ, आपसे मिल ही नहीं सका, बड़ी हड़बड़ी में गया बेचारा। एक ही घंटे में हमने तैयारी की। कह गया था, अम्माँ, तिवारीजी से क्षमा माँग लेना।"—पुत्र की क्षमायाचना गोदावरी की कोरी मनगढ़ंत थी। तिवारीजी की घनी मूँछों की हँसी में व्यंग्य स्पष्ट था।

"क्यों, क्या कहीं चला गया था, जो तार देर में मिला?" तिवारीजी ने कनखियों से शोभा की ओर देखा। बेचारी लड़की का संगमरमर-सा सफेद

मुँह रक्तहीन था। तिवारीजी ने सन्देह की पुष्टि की—"तो यही थी कल कार में।" मन ही मन वे जल गए और गुरुगम्भीर स्वर में बोले, "मैं चाहता हूँ, वह छह महीने से पहले भी एक बार आ जाए। बैसाख के बाद कोई लग्न नहीं है। मैं शायद दुबारा विदेश जा रहा हूँ, उससे पहले ही सविता के हाथ पीले कर दूँ, यही इच्छा है। फिर 'शुभस्य शीघ्रम्'—शुभ कार्य में विघ्न डालनेवालों का क्या कभी अभाव रहता है?"

एक कुशल राजनीतिज्ञ की पैनी दृष्टि की छुरी फिर निरीह शोभा पर चली, वह पत्ते-सी काँप उठी। निमेष-मात्र में अपने देश की कितनी ही जटिल समस्याएँ एक साथ सुलझानेवाले चाणक्य की बुद्धि सजग हो उठी। इस सामान्य दरिद्र लड़की को पुत्री के सौभाग्य-द्वार से अविलम्ब हटाना होगा, उनका अन्तःकरण लौह-संकल्प कर उठा, इस माह के अन्त में विवाह करना ही होगा। शोभा खिड़की की रेलिंग पकड़े थी, उसकी कमरे में उपस्थिति तिवारीजी को खलने लगी। वे बोले, "आपसे कुछ अकेले ही में निवेदन करना था।" जनार्दन की समझ में नहीं आया पर तिवारीजी का संकेत शोभा की ओर था, गोदावरी यह समझ गई।

"तुम बाहर चली जाओ, बेटी!" उसने कहा। शोभा पर्दा उठाकर बाहर निकल आई। ठंडी हवा के झोंके ने उसकी अलकावलि का स्पर्श किया। इधर कई दिनों से अपने को अत्यन्त दुर्बल अनुभव कर रही थी। तीन-चार दिन के तीव्र ज्वर से वह आधी भी नहीं रही थी। वह बाहर तो निकल आई पर अपने कमरे तक जाने में उसके पाँव डगमगा गए। मंजरी अभी लौटी नहीं थी, वह बरामदे की रेलिंग पकड़कर खड़ी हो गई। तभी एक छाया उसके पास सट गई और धीरे-धीरे उसके कन्धे में हाथ रखकर दूसरे कमरे में खींच लाई। उसी छाया ने उसे मोढ़े पर बिठा दिया पर वह पैरों का काँपना रोक नहीं पा रही थी, हठात् वह पैर जैसे किसी और के हो गए हों, उन पर उसका कुछ वश नहीं रहा था। उस छाया ने उसके ओठों के पास पानी का गिलास लगा दिया, बेहोश की तरह वह गटगट कर गटक गई। कितना भयंकर स्वर था! 'विघ्न डालनेवालों का क्या कभी अभाव रहता है?'—वह छाया बोली, "इस तरह सत्य से भागोगी तो काम कैसे चलेगा, शोभा! अभी तो भाग्य-दैत्य से डटकर लड़ना है।" वह एकदम हड़बड़ाकर उठ बैठी। वह छाया और कोई नहीं अविनाश था, वह फिर बोला, "पागल की तरह वहाँ ठक-ठक काँप रही थीं, शोभा! इधर देखो, सतीश मेरा मित्र ही नहीं, मुझे अपने

रक्त-मांस के भाई से भी अधिक प्रिय है। मैं उसे जितनी अच्छी तरह जानता हूँ, उतना शायद उसे गर्भ में धारण करनेवाली मौसी भी नहीं जानती होगी। उसमें सब गुण हैं, विद्या है, विनय है, किन्तु नहीं है आत्मविश्वास। वही आत्म-प्रवंचना उसका सर्वनाश कर देगी। तुम्हें उसे बचाना होगा, शोभा!''

शोभा ने आँखें पोंछ लीं, सतीश का पत्र अविनाश को दे दिया। इतने ही में कमरे में मंजरी ने प्रवेश किया, अविनाश ने आगे बढ़कर उसका हाथ पकड़ा। ''ठीक हुआ तुम आ गई। तिवारीजी आए हैं, चाची के कमरे में बड़ी देर से बातें हो रही हैं। सतीश के विवाह की तिथि निश्चित हो रही है। तुम्हें उसका यह पत्र तो पढ़ा ही चुका हूँ, अब जल्दी जाओ, मंजरी, घर में आग लगने को ही है''–उसका अधीर स्वर छोटे कमरे की दीवारों से गूँज उठा–''देख क्या रही हो, संकोच और लज्जा का समय नहीं है, पिताजी से जाकर कहो। लो, यह पत्र ले जाओ।''

''क्या अभी जाऊँ?'' दुविधा में पड़ी मंजरी सीढ़ियों पर चढ़ने से हाँफ रही थी।

''हाँ-हाँ, अभी, फाँसी से पहले ही तो फाँसी की अपील होती है।'' झुँझलाकर अविनाश ने कहा। इतने ही मैं तिवारीजी बाहर आ गए। उनकी तेजस्वी मुखमुद्रा पर सन्तोष की रेखा थी, किसी को कुछ न समझनेवाले अधमुँदे नयन प्रसन्न थे। उन्हें देखकर तीनों सहम गए–जैसे शैतान बालक माँ की दृष्टि बचाकर कुछ षड्यन्त्र की रचना करते हठात् रँगे हाथों पकड़े गए हों। तेजस्वी 'नरसिंह' के सम्मुख उनको अपनी लघुता ज्ञात हुई। अपक्वबुद्धि, अज्ञानी बालक की भाँति अविनाश नतमस्तक खड़ा रह गया। जिनका प्रताप सारे देश के दिगृदिगन्त में प्रसारित था, उनके सामने मुँह खोलकर उन्हीं के विरुद्ध कुछ कहने का दुःसाहस किसी को नहीं हुआ।

मंजरी को देखकर तिवारीजी हँसे, ''बेटी, कभी-कभी उधर भी आया करो।'' मंजरी ने सिर झुका लिया। ''अच्छा मैं चला, जनार्दनजी, ईश्वर करे शुभ कार्य निर्विघ्न सम्पन्न हो।'' भावी समधी की ओर दोनों हाथ जोड़कर तिवारीजी ने अभिवादन किया और अपनी कार में आ बैठे। अविनाश और मंजरी गोदावरी की ओर चले गए। ''अम्माँ!''–मंजरी का स्वर तिरस्कारपूर्ण था–''क्या भैया के विवाह की तिथि निश्चित कर दी, कम से कम मेरे लिए तो रुक जातीं।''

''क्यों री, भला तू कौन-सी पंडिता है?''–हँसकर गोदावरी ने कहा।

उसके हृदय में दुःख का जो सागर उमड़ रहा था, उसका भाव भी उसने अपने मुँह पर नहीं आने दिया—"विवाह तो होना ही था ना? उनका कहना भी ठीक है, लड़की का विवाह हँसी-खेल थोड़े ही है; फिर वह भी एक बड़े आदमी की पुत्री का!" कहते-कहते गर्व से उसका स्वर भारी हो उठा।

शुद्ध हृदय से जनार्दनजी बोले, "मंजरी, आज ही एक पत्र सतीश को लिखना होगा। तिवारीजी ने कहा है, यदि उसे छुट्टी मिलने में कोई कष्ट हो तो वह अविलम्ब सूचित करे, वे छुट्टी दिलवा देंगे। यही नहीं कहते थे, बोले कि, बेलौर में उसे भेजना तो लोगों का मुँह बन्द करना था। वे तो उसे अपने मित्र एक अन्य राजदूत के साथ काबुल भेजना चाहते हैं।"

अविनाश ने कुछ कहने को मुँह खोला पर गोदावरी के रौबीले चेहरे की दृढ़ता देखकर चुप रह गया। उन आँखों की कल्पनातीत हृदय-भेदी दृढ़ता में सतीश का भविष्य लिख चुका था। अब कुछ कहना व्यर्थ था।

गोदावरी बोली, "मंजरी, कल को ही पिताजी के साथ बैंक जाकर मेरे गहनों का बक्सा लाना होगा। मुझे तो ईश्वर ने पंगु बना दिया है, न जाने कब प्राण निकलेंगे।" एक दीर्घ निःश्वास लेकर वह मुँह फेरकर लेट गई। अल्पभाषी जनार्दन एक हाथ ठुड्डी पर रखकर गहरी सोच में डूबे थे। मंजरी माँ के पैरों के पास एक हाथ पर हाथ धरे गुमसुम बैठी थी। अभी-अभी जो इस कमरे में विवाह जैसी उत्साहपूर्ण योजना का श्रीगणेश हुआ है, किसी को देखकर भी उसका आभास नहीं होता था। केवल गोदावरी ही किसी भाँति जिस मिथ्या उत्साह और साहस का नाटक कर रही थी, वह भी कुछ जम नहीं पा रहा था। तीनों को उदास मुँह लटकाए देखकर अविनाश चुपचाप बाहर निकल आया, ठंडी हवा से उसकी घुटन शान्त हुई। उसने जेब से रूमाल निकालकर पसीना पोंछा और बरामदे में रखी अपनी साइकिल उठा ली। बाहर आया और उसने बँगले की ओर देखा, केवल गोदावरी के कमरे में ही बत्ती जल रही थी, बेचारी शोभा किसी अन्धकारपूर्ण कमरे में पड़ी होगी। वेदना एवं सहानुभूति से उसका हृदय भर आया। बरामदे में रेलिंग पकड़कर हवा के झोंके में क्षीण लता-सी काँपती बेचारी शोभा, यमराज से भी कठोर तिवारीजी, सरल जनार्दन और दोनों हाथों से मुँह ढाँपे पड़ी महत्त्वाकांक्षिणी माँ गोदावरी। इतने अभिशप्त प्राणों की धड़कनें अपने में छिपाए वह विशाल बँगला उसे श्मशान-सा लगा।

गोदावरी की अकुलाहट का पार नहीं था। वह रात-भर उधेड़बुन में पड़ी

रही। बार-बार उसके कानों में मातृ-स्नेही सतीश का स्वर गूँज रहा था : "तुम्हें वचन देता हूँ अम्माँ, मैं कुछ नहीं कहूँगा।" वह मन ही मन जान गई थी कि उसने पुत्र के आनन्दोपवन को स्वयं सुखा डाला था। अब उस अरण्य में सुख की आशा आकाश-कुसुम चयनमात्र है।

शोभा सवेरे नित्य की भाँति चाय का प्याला लेकर उसके कमरे में आई। बड़े प्रयत्न से वह प्रफुल्लित मुँह बनाकर आई थी। "यहीं रख दे।" कहकर गोदावरी ने दीवार की ओर मुँह फेर लिया। शोभा को लगा, जैसे मौसी ने कसकर उसके गाल पर चाँटा जड़ दिया हो। अन्य दिन वह उसे हाथ का सहारा देकर स्वयं चाय पिलाती थी, आज उसके हाथ से चाय पीने की यह अनिच्छा क्यों? शोभा चाय रखकर चौके में चली आई। उसको भी चाय कड़वी लगी, बिना पिए प्याला खिसकाकर वह जलते स्टोव को अन्यमनस्क-सी देखती रही।—वही तो है अपराधिनी। इस घर की शान्ति को उसी ने तो विनष्ट कर दिया है। स्नेहमयी मौसी को उसने शत्रु बना दिया है, घर के एकमात्र पुत्र को, जिस पर किसी और का अधिकार था, उसी ने तो छलनामयी बनकर बाँध लिया था। कितने हृदयों की अशान्ति का कारण बन गई है वह। परसों से उसकी फाइनल परीक्षा थी, सात दिन पश्चात् परीक्षा समाप्त होते ही वह मौसी के चरणों की पावन धूलि माथे पर लगाकर चुपचाप चली जाएगी। जैसे एक दिन सूचना दिए बिना वह आ गई थी वैसे ही इतनी हलचल मचाकर वह काल-वैशाखी के तूफान की भाँति अपनी ही दिशा में सिमट जाएगी।

"शोभा बेटी, आज चाय नहीं मिलेगी क्या?" क्लान्त स्वर में जनार्दन ने पूछा। नित्य शोभा उन्हें उन्हीं के कमरे में चाय दे आया करती थी, आज अपनी उधेड़बुन में पहली बार अपने कर्तव्य से चुकी थी, घबड़ाकर बोली, "अरे आप यहाँ क्यों चले आए मौसाजी, चलिए, कमरे में लिए आती हूँ।"

"नहीं बेटी, तू क्या मुझे सदा कमरे तक चाय पहुँचा देगी। तू भी तो चली जाएगी किसी दिन इस बूढ़े बाप को छोड़कर।" घुटनों में ठुड्डी टिकाकर शोभा चाय बना रही थी। जनार्दनजी के हाथ में चाय का गिलास थमाकर उसने स्टोव पर दूध उबलने रख दिया। उसके आने के पश्चात् जनार्दनजी की उलझी गृहस्थी में जो सुव्यवस्था आ गई थी, वह उनसे छिपी नहीं थी। भंडार की चाभी से लेकर दिन भर के धेला-पाई का हिसाब तक शोभा ही के पास रहता। बिस्तर पर लेटी पंगु गोदावरी गृहस्थी की झंझटों से निश्चिन्त

थी। कब गेहूँ आए और कब आकर पिस गए, वह जान भी न पाती। धोबी कितने कपड़े लाया, कितने बाकी हैं, शोभा ही जानती। दूध कब नहीं आया और कब अधिक लिया गया, शोभा ही इसका लेखा रखती। कब उस शान्त-सौम्य लड़की ने आकर जनार्दन की गृहस्थी का भार अपने दुर्बल कन्धों पर ले लिया, कोई जान भी न पाया। सतीश के विवाह की तिथि अचानक निश्चित होने से शोभा का जाना भी अब प्रायः निश्चित ही था। जनार्दन मन ही मन सोच रहे थे, सविता बड़े घर की इकलौती पुत्री है। सम्भव है, वह सास-श्वसुर के साथ रहना पसन्द न करे, फिर शोभा तो उसकी आत्मीया भी नहीं थी। फुर्ती से चाय बनाकर शोभा ने चौका साफ कर लिया। "नहाने का पानी रख दूँ, मौसाजी?" मृदु स्वर में उसने पूछा।

"नहीं बेटी, मैं आज देर से नहाऊँगा, तू पढ़ने जा। अब तू चाय का काम रामसिंह को सौंप दिया कर, बेटी, वह कुछ काम न करने से आलसी हो गया है।"

हँसकर शोभा अपने कमरे में चली गई, मंजरी अभी पड़ी सो ही रही थी। शोभा ने किताबें सामने रख लीं। पहले पेपर में मेघदूत ही आएगा, पुस्तक खोलते ही उसकी दृष्टि पड़ी :

मामाकाश-प्रणिहित-भुजं निर्दयाश्लेषहेतोः।
लब्धायास्ते कथमपि मया स्वप्न-संदर्शनेषु ॥
पश्यन्तीनां न खलु बहुशो न स्थली देवतानाम्।
मुक्ता स्थूलास्तरुकिशलयेस्वश्रुलेशाः पतन्ति ॥

उसने पुस्तक बन्द कर रख दी। गवाक्ष से आती बालसूर्य की अरुण रश्मियाँ उसके कमलिनी से कुम्हलाए मुँह पर पड़ रही थीं। क्या कोई उसे भी कठिनता से स्वप्न में पाकर शून्य गगन में बाँहें फैलाता होगा? क्या वनदेवियाँ उसके दुर्भाग्य पर भी तरु-किसलयों पर आँसू की मोती-सी बड़ी बूँदें गिराती होंगी? मेघदूत की विरहिणी का तो वियोग चिर-वियोग नहीं था। किन्तु उससे तो कोई नहीं कहेगा—"मा गमः कातरत्वम्।"

मंजरी की आँखें खुल गईं, अलसाई नींद से उठते ही उसकी दृष्टि शोभा पर पड़ी। उसने देखा, वह गोद में बन्द पुस्तक लिए उदास बैठी है। एक ही रात में उसके प्रफुल्ल मुख की कान्ति मन्द पड़ गई थी। आँखों के नीचे काली रेखाएँ खिंच गई थीं। वह एक हाथ से स्पर्शक्लिष्ट वेणी से खेल रही थी। मंजरी का हृदय भर आया, "शोभा!" स्नेहपूर्ण स्वर में उसने पुकारा।

चौंककर शोभा ने बन्द पुस्तक खोल ली और पढ़ने का प्रयत्न करने लगी। मंजरी चादर फेंककर उठ गई और बोली, "चल शोभा, कहीं घूम आएँ, पढ़ाई तो फिर होती रहेगी, ऐसा सुन्दर दिन फिर नहीं आएगा।" वास्तव में गरमी और उमस के पश्चात् काले-काले मेघ घिर आए थे। ठंडी-ठंडी हवा चल रही थी, सड़क भी लोगों के चलने-फिरने से मुखर हो उठी थी। मंजरी नहाकर आ गई और चप्पल डालकर शोभा उसके साथ बाहर घूमने निकल आई। दोनों समानान्तर रेखाओं-सी दूर तक घूमकर लौट आईं। वर्षा की हल्की फुहार के पश्चात् निर्मल आकाश धुलकर स्वच्छ दर्पण-सा चमक रहा था। मार्ग भर शोभा चुपचाप चलती रही, मुखरा मंजरी ने एक-दो बार बोलने की चेष्टा की, पर स्वयं उसे भी लगा, जैसे कुछ भी कहना व्यर्थ था। मंजरी से उसने केवल इतना कहा, "मैं ज़रा प्रोफेसर दासगुप्ता से मिलने जा रही हूँ। उसने कुछ नोट्स देने को कहा था।"

मंजरी का परिहास-रसिक चित्त क्षण भर को जागृत हो उठा, बोली, "ओ हो, बड़ी कृपा है प्रोफेसर साहब की! हमसे तो सीधे मुँह बातें भी नहीं करते। लगता है, तुम्हारे रूप का जादू चल गया है उन पर!"

शोभा ने फीकी हँसी हँसकर छाता उठा लिया। "अच्छा, मैं जा रही हूँ मंजरी!" कहकर वह चली गई। संध्या से पहले जब लौटी तब मंजरी स्टोव जला रही थी। अनभ्यस्त अनाड़ी हाथों की छाप पूरे चौके पर थी, कहीं चाय का डिब्बा खुला पड़ा था, कहीं चीनी बिखरी थी। साड़ी का आँचल पानी से सना जा रहा था। "ओफ ओ, यह स्टोव है कि कनस्तर!"—झुँझलाकर उसने कहा। दूसरे ही क्षण शोभा को द्वार पर खड़ी देखकर वह अधजला स्टोव छोड़कर उठ खड़ी हुई—"लो भई, बनाओ चाय, मुझसे तो नहीं बनती, उधर अम्माँ अलग कब से चाय-चाय की रट लगाए हैं कि शोभा होती तो कब की चाय बन जाती।"

शोभा हँसकर चप्पल उतारकर चौके में आ गई और एक हाथ से मंजरी को हटाकर बोली, "जाओ, मैं अभी बना लाती हूँ। तुम ज़रा प्याले दे दो।" चाय बनाकर वह मौसी के कमरे में देने गई तो स्वयं उसे झिझक-सी हुई। जिसने अपना सर्वस्व, अपने बहुमूल्य कोष की चाबी तक उसे विश्वासपूर्वक सौंपी थी, उसी को उसने छलकर लूट लिया, उसका कोष रिक्त कर दिया—अब वह कौन-सा मुँह लेकर उसके कमरे में जाए? डरते-डरते उसने पर्दा हटाकर प्याला बढ़ाया।

"आज दिन भर कहाँ रही, पगली?" क्षीण स्नेह-पगे स्वर में गोदावरी ने पूछा। शोभा ने उत्तर देने के लिए मुँह खोलने की चेष्टा की पर आशा के विपरीत गोदावरी का स्नेहपूर्ण उपालम्भ सुन उसका कंठ भर आया, उसने कुछ उत्तर न देकर प्याला मेज़ पर रखा और सहारा देकर गोदावरी को चाय पिलाने के लिए उठाने लगी। बदलियों से समय के कुछ पूर्व ही संध्या का आगमन हो गया था।

"बत्ती जला दूँ?" शोभा ने पूछा।

"नहीं-नहीं।" उजाले में वह क्या शोभा का मुँह साहस कर देख सकेगी?

"मुझसे रूठकर मेरे कमरे में नहीं आई, बेटी?" करुण स्वर में उसने कहा। अब शोभा अपने को नहीं रोक सकी, गोदावरी ने खींचकर उसे छाती से लगा लिया। उस मूक आलिंगन में दोनों के कलपते अशान्त हृदयों ने एक-दूसरे की भाषा समझ ली। कर्तव्य की डोर से बँधी और वचन के बोझ से दबी गोदावरी, जिसके हृदय में पुत्र के सुख, सम्मान और कीर्ति की महत्त्वाकांक्षा के बीच घोर संघर्ष चल रहा था और कृतज्ञता के भार से लदी शोभा, जो मन ही मन आत्मग्लानि और लज्जा से दुःख के विशाल समुद्र में निःसहाय तुच्छ तरणी-सी डगमगा रही थी। अपने को गोदावरी से विलग कर शोभा ने आँचल से आँखें पोंछ लीं। गोदावरी क्षण भर के लिए आवेश में बह गई थी। फिर तटस्थ हो गई। उसका कर्तव्य-ज्ञान सतर्क हो गया। उसने गर्व से सिर ऊँचा किया और संस्कारशील सत्तापूर्ण स्वर में वह बोली, "शोभा, मुझसे कुछ छिपा नहीं है पर मैं किसी को दोष नहीं देती, मेरी ही भूल थी जो मैंने आग और घी को साथ रखा। जिस दिन मेरे पैर छूकर मेरे पास खड़ी हुई थीं उसी दिन मेरे कान में कोई कह उठा था : 'इतना रूप सर्वनाश का मूल है।' काश, उसी दिन मैं समझ जाती!" एक लम्बी साँस खींचकर उसने फिर कहा, "हे नारायण!" लज्जा, अपमान और तिरस्कार के थपेड़े सहती शोभा निश्चल खड़ी रही। क्षीण रस्सी पर चलते नट जैसी फुर्ती से गोदावरी ने अपने को एकाएक संयत किया। उसका रौबीला स्वर धीमा पड़ गया। अनुनय-भरे स्वर में वह एकाएक याचक की दीनता से बोली, "शोभा, तू उसे अपने बन्धन से मुक्त कर दे, बेटी! तू अविलम्ब घर चली जा, उसने मुझे वचन दे दिया है। तू सामने न होगी तो मैं उसे मना ही लूँगी। मैं उसे जानती हूँ। वह आज भी मेरे सम्मुख भय से काँपता है। मेरी आज्ञा का उल्लंघन करे, ऐसा साहस उसमें नहीं है।" गर्व से उसकी वाणी झंकृत हो

उठी।

अन्धकार में मनुष्य की वाणी निर्भीक हो जाती है। शोभा जब बोली तो उसके स्वर में कहीं आवेश, दुःख या दौर्बल्य का लेश भी नहीं था। "मौसी, मैं आपको वचन देती हूँ, परीक्षा समाप्त होते ही मैं चली जाऊँगी।"—इतना कहकर वह तीर की भाँति कमरे से बाहर निकल आई। जिस गृह के प्रति उसे अपने गृह से भी अधिक ममत्व था, वही उसके लिए असह्य हो उठा। अब उसे एक रात काटना भी दुर्लभ लग रहा था। घर की प्रत्येक भित्ति उसकी ओर शत्रु की भाँति भाला ताने खड़ी लग रही थी। अब तक उसके जाने के विषय का भेद केवल गोदावरी तक ही सीमित था। मंजरी के स्वभाव को वह जानती थी, उसके परीक्षा समाप्त होते ही कार्यान्वित होनेवाले न जाने कितने प्रोग्राम बनाए थे। उसके जाने का निश्चय सुनकर वह मृतप्राय हो उठेगी।

जिस दिन परीक्षा समाप्त हुई उस दिन शनिवार था। वह संध्या को गोदावरी को अकेला पाकर बोली, "मौसी, आप आज्ञा दें तो मैं आज ही चली जाऊँ। मंजरी भी कहीं गई है। मौसाजी से पूछ लूँगी।"

जिस सरल-निष्कपट भाव से उसने पूछा, उसे देखकर गोदावरी की आँखें भर आईं। विह्वल होकर वह बोली, "छिः-छिः, शनिवार को तो शत्रु को भी विदा नहीं देते, बेटी! कल चली जाना। सतीश सोमवार को आ रहा है। उसके आने के पूर्व ही मैं तुम्हें किस कारण से भेजना चाहती हूँ, तुम जानती ही हो। तुमने मंजरी से कुछ कहा तो नहीं है ना? वह तो तूफान खड़ा कर देगी।"

"नहीं मौसी, शनिवार को घर जाने में तो कुछ भी दोष नहीं है।"

"नहीं-नहीं, तुम कल ही जाओगी शोभा, अभी मैंने उनसे भी तो कुछ नहीं कहा है।" गोदावरी का मुँह लटक गया। चिन्ता करने के अतिरिक्त उसके लिए कोई मार्ग नहीं रह गया था। मंजरी, अविनाश, सतीश और जनार्दन सबके विरुद्ध उसे अकेले ही मोर्चा लेना होगा। "शोभा, नीचे दीया जला दिया?" उसने पूछा। गृह के बड़े दरवाज़े के पास एक चौरे पर तुलसी का घेरा था, वहीं नित्य संध्या होते ही शोभा या मंजरी दीया जलाकर रख आया करती थी।

"जा रही हूँ मौसी।"—कहकर वह दीया जलाने चली गई। हवा के तीव्र

झोंकों के प्रवाह से दीये की क्षीण लौ को आँचल से बचाती, वह मंथर पद रखती सीढ़ियाँ उतर रही थी। उसका ध्यान दीये की लौ पर ही केन्द्रस्थ था। नीचे सीढ़ी पर कोई एकटक उस स्वप्न सुन्दरी के अनुपम सौन्दर्य को देख रहा था। वायु के झकोरों से अस्थिर दीये की लौ में यह चन्द्रबिम्ब देखकर अब वह अधिक धैर्य नहीं रख सका, हाथ का सूटकेस सीढ़ी पर ही रखकर उसने हँसकर आगे बढ़, दीया फूँक दिया और छलाँग मारकर शोभा को अपनी बाँहों में भर लिया। "हे विधाता, यह क्या हो गया, अब मैं क्या करूँ!" सोचती टूटी शाखा-सी शोभा सतीश की बाँहों में काँप उठी। सतीश ने उसे अपने कमरे में जाकर बाँहों के बन्धन से मुक्त कर दिया। विस्मयमुग्ध दृष्टि से उसे शोभा ने ऐसे देखा जैसे वह अन्तिम बार अमृत का घूँट पी रही हो।

"आप आज ही क्यों आ गए?" विद्युत के प्रकाश में उसका पीला मुँह देखकर सतीश अवाक् रह गया। कुछ ही दिनों में वह सूखकर आधी हो गई थी, शरीर का ब्लाउज़ लकड़ी में झूल-सा रहा था। उसकी पतली बाँहों पर नीली नसें नक़्शे में नदी की रेखा-सी उभर आई थीं।

"वाह! क्या ही अच्छा स्वागत है!" तनिक व्यंग्य से हँसकर सतीश बोला, "तुम्हारे प्रश्न से तो लगता है, मैं तुम्हें शत्रु-सा अप्रिय हो गया हूँ। कितनी कठिनता से छुट्टी लेकर आज आ सका हूँ, पता है? पर यह तो बताओ, अम्माँ की तबीयत तो ठीक है ना?—पिताजी के तार ने तो मुझे घबरा ही दिया था।"

शोभा के सोचने की शक्ति एकाएक विलुप्त हो गई, "अम्माँ तो ठीक हैं।"

"और मंजरी कहाँ गई है आज?"

"वह अविनाश के साथ सिनेमा गई है।"

"अच्छा, मैं अम्माँ के कमरे में जा रहा हूँ। जल्दी एक प्याला चाय पिलाओ, शोभा, गला सूख रहा है।"

आनन्दी स्वभाव का सतीश गोदावरी के कमरे की ओर चला गया। उसके हँसमुख चेहरे पर कहीं भी सन्देह का मेघ नहीं था। पर इस जीवन का चरम उल्लास भी शोभा को स्पर्श नहीं कर सका। उसके सन्तप्त हृदय पर अन्धकारमय भविष्य का आवरण पड़ गया। अब वह क्या करे? काश, वह कल ही चली जाती, पर अभी तो समय है, सिनेमा आध घंटे बाद छूटेगा, सतीश अभी अम्माँ के कमरे में गया है। पर टिकट? उसके पास तो एक

पैसा भी नहीं है। उसकी दृष्टि सतीश के कोट पर पड़ी—पहाड़ की गाड़ी जाने में अभी बीस मिनट थे।—चोरी? कलेजा काँपकर मुँह तक आ गया पर अब सोचने का समय नहीं है—बहुमूल्य दो सेकंड बीत चुके हैं।

शोभा हड़बड़ाकर उठी तो चोर की भाँति उसके हाथ काँप गए। कोट की जेब में सतीश का पर्स (Purse) था। दस-दस के तीन नोट उसकी पसीने-से तर हथेली में अपने-आप सिमट गए। कोट के स्पर्श ने उसे पहननेवाले का स्मरण दिलाया। उसने एक प्याला गरम चाय माँगी थी। हाय रे दुर्भाग्य! लौटकर वह इसी कमरे में आएगा, "शोभा, चाय बन गई?"—नहीं, नहीं, उसने काँपते पैर घसीटकर चप्पलें डाली, आँखें मूँद दोनों हाथ माथे से लगाकर न जाने किसे प्रणाम किया और निःशब्द दबे पैरों से पीछे की सीढ़ियाँ उतर आई। अन्तिम बार उसने उस विशाल अट्टालिका को ममत्वपूर्ण दृष्टि से देखा। झर-झर कर उसकी आँखों से आँसू बह चले। आँखें पोंछने का प्रयास किए बिना ही वह अन्धी-सी चली जा रही थी। भय से, लज्जा से उसके डगमगाते पैर तिरछे पड़ रहे थे।

"बिटिया!"—रामसिंह हाथ में दही का दोना लिए आश्चर्य से देख रहा था। बिखरे बाल, आँखों से बहते आँसू, अँधेरी रात में अकेली शोभा को देख घर का पुरातन भृत्य अवाक् रह गया। "इस रात में कहाँ चली जा रही हो?"

"रामसिंह"—शोभा का स्वर काँप रहा था। रामसिंह उसे कितना स्नेह करता था वह जानती थी। उसने सतीश को गोद में खिलाया था। शोभा के प्रति सतीश का अनुराग भी बुड्ढे की दृष्टि से छिपा नहीं रहा। इसी से वह निःसहाया, अश्रु बहाती शोभा को देखते ही सब समझ गया, उसने सतीश को आते भी देख लिया था। आते-जाते वह गोदावरी और शोभा की बातें भी सुन चुका था। वह समझ गया कि शोभा घर छोड़कर जा रही है। "घर लौट चलो।"—शासन के स्वर में उसने कहा।

"रामसिंह, तुम्हारे पैरों पड़ती हूँ।" घर में किसी से मत कहना कि मैं तुम्हें मिली थी—मुझे देर हो रही है।"

बुड्ढे का माथा ठनका, कहीं यह लड़की कुछ अनहोनी तो करने नहीं जा रही है? क्या पता, गोमती में ही कूद पड़े? पर इतने में ही शोभा का स्वर सुनाई पड़ा। "मैं घर जा रही हूँ, ट्रेन के कुल दस मिनट हैं। तुम इतना कह देना, रामसिंह, कि शोभा प्रो. दासगुप्ता के यहाँ पढ़ने गई है, थोड़ी देर

में लौटेगी। कह दोगे न?"—शोभा बालक की भाँति गिड़गिड़ाकर कह रही थी। एक रिक्शा जा रहा था, रोककर वह उसमें बैठ गई और बोली, "ज़रा तेज़ चलना, पहाड़ की गाड़ी पकड़नी है।"

रामसिंह हाथ में दही का दोना लिए किंकर्तव्य-विमूढ़-सा खड़ा रिक्शे में जाती शोभा को देखता रहा। "आहा, ऐसी सोने की लक्ष्मी को मालकिन ने हाथ से गँवा दिया! और अब इस घर का भला कभी नहीं हो सकता!" मन ही मन खीझता उदास बूढ़ा भृत्य घर की ओर चला गया।

शोभा जब स्टेशन पर पहुँची तब गाड़ी छूटने में पाँच मिनट थे, भागती-पड़ती वह टिकट लेकर लेडीज़ डिब्बे में बैठ गई। वह बार-बार भय से इधर-उधर देख रही थी। डिब्बे में दो-तीन मुस्लिम स्त्रियाँ बुर्का डाले बैठी थीं। उसका भय त्रस्त भाव उनसे छिपा नहीं रहा। बिखरे बाल, सूजी आँखें, पीला उड़ा-उड़ा चेहरा, लापरवाही से लपेटी साड़ी, न बिस्तर, न बक्स। "कहाँ जा रही हो, बेटी?" बुर्क़ा उठाकर एक प्रौढ़ा मुसलमान महिला ने पूछा।

"काठगोदाम।" शोभा ने कहा।

"बड़ी घबराई हुई हो, क्या कोई बुरी खबर पाकर जा रही हो?"

गार्ड ने झंडी दिखा दी थी। फक-फक, फक-फक कर गाड़ी लखनऊ छोड़ रही थी। स्नेह के बन्धन की अन्तिम डोर कट गई, शोभा की आम के फाँक-सी उदास आँखें भर आईं। सिर हिलाकर उसने कहा, "हाँ!"

आँसू उसके गालों पर टपकने लगे। लखनऊ का मेडिकल कॉलिज, वेगवती गोमती, इमामबाड़े का चिर-परिचित गुम्बद—सब एक-एक कर प्रिय आत्मीयों की भाँति उससे गले मिलकर विदा ले उठे। अन्धकार को चीरकर ट्रेन राजमहिषी जैसे गौरव से चली जा रही थी। ऐशबाग, डालीगंज और सिटी स्टेशन छोड़कर जब ट्रेन लखनऊ की सीमा पार करने लगी तो शोभा की सिसकियाँ रुक नहीं सकीं। घुटनों में सिर डालकर वह बालक की भाँति सुबकने लगी। उसे यह भी ध्यान नहीं रहा कि डिब्बे में दो मुसलमान स्त्रियाँ बुर्क़ा उठाए आश्चर्य से उसे देख रही हैं। वे मुसलमान स्त्रियाँ सम्भवतः देहात के किसी सम्भ्रान्त ज़मींदार परिवार की थीं। उनमें दो नवयुवतियाँ थीं और प्रश्न पूछनेवाली प्रौढ़ा उनकी सास थी। प्रौढ़ा ने आगे खिसककर शोभा के झुके माथे पर स्नेह से हाथ रख़ा और लम्बी साँस खींचकर कहा, "या परवरदिगार!" स्नेह से उसकी पीठ पर हाथ फेरती वह चुप रही, उसकी दोनों पुत्रवधुएँ उससे शोभा के उस दुःख का कारण पूछने के लिए आँखों से इशारा

कर रही थीं पर उसने कुछ नहीं कहा। रोने से उसका जी हल्का हो जाएगा, बस यही आँखों से ही बता दिया।

अगले स्टेशन पर गाड़ी रुकी तो शोभा ने चौंककर सिर उठाया, सहानुभूति की दो आँखें उस पर पड़ीं। "कौन बीमार है बेटी, तुम्हारा आदमी?"

"हाँ।" शोभा के मुँह से निकल गया, पर असल में वह प्रश्न ठीक से सुन नहीं पाई थी।

"या मेरे अल्ला"–बुढ़िया ने एक दर्द-भरी साँस खींचकर कहा, "मैं तो तुम्हें देखते ही समझ गई थी कि और किसी के लिए ऐसा रोना नहीं हो सकता। इन दो अभागनों को भी ऐसे ही बिखलते देख चुकी हूँ। आज की नमाज़ में इस दुखिया के लिए खुदा से दुआ माँगो, मेरी बेटियो, कि घर जाकर इसे इसका सुहाग सही-सलामत मिले।"

चादर बिछाकर तीनों ने घुटने टेक लिए। शोभा के हृदय के घाव पर किसी ने शीतल जल का फाहा-सा रख दिया। आँखें बन्द कर तीनों उसके सुहाग के लिए लाख-लाख दुआएँ माँग रही थीं। ट्रेन पूरे वेग से दौड़ती चली जा रही थी। नमाज़ पढ़कर प्रौढ़ा स्त्री अपनी बड़ी पुत्रवधू से बोली, "नजमा, कटोरदान निकालकर खाना खा लो।" छोटी पुत्रवधू वयस में नितान्त बालिका-सी लग रही थी। अल्प वयस में ही वैधव्य ने उसके कमनीय चेहरे पर एक पवित्र घेरा-सा डाल दिया था। वही दोनों में अधिक सुन्दरी थी, साथ ही अल्पभाषिणी भी। स्वच्छ छोटी-सी टॉवेल बिछाकर उसने कटोरदान खोल दिया। एक डिब्बा खोलकर बड़े-बड़े पराठे और दूसरे से कबाब निकालकर वह सुराही से पानी निकालने लगी। बड़ी ने शोभा का हाथ पकड़कर कहा, "आओ बहन, तुम भी थोड़ा पानी पी लो।"

प्रौढ़ा ने डरते-डरते कहा, "क्यों बेटी परहेज़ तो नहीं है?"

"नहीं," शोभा ने कहा। जिसने उसे बिना किसी पूर्व परिचय के, स्नेहपूर्ण संवेदना से अपनाया उससे परहेज़ कैसा!

"बड़ा गोश्त हम नहीं खाते बेटी, बकरे का है।" वह फिर बोली।

"मेरा जी नहीं कर रहा है," शोभा ने कहा।

"खा लो बहन, भूख तो मरी दुःख में भी नहीं मरती।" बड़ी बोली। उसने शोभा को एक पराठा थमा दिया तो वह ना नहीं कह सकी। प्रौढ़ा की स्नेहभरी आँखें उसे देख रही थीं। उसे लगा, यह देवता का प्रसाद है, ग्रहण न करने पर उसका अपमान होगा। पराठा खाकर वह बैठी तो प्रौढ़ा ने अपनी

सुनाई। वह बाराबंकी के एक गाँव के प्रसिद्ध ज़मींदार की पत्नी थी। शिकार में हाथी से गिरकर जब उसके पति की मृत्यु हो गई तब वह आसन्नप्रसवा थी। दोनों लड़कों को उसने बड़े लाड़-प्यार से पाला; बड़ा डॉक्टर था, छोटा जर्मनी से डेयरी-फॉर्मिंग का डिप्लोमा लेकर लौटा था। दोनों के लिए उसने दीया जलाकर बहुएँ ढूँढ़ीं, चाँद के टुकड़े। दोनों लड़के जब सेहरा बाँधकर लौटे तो क्या पता था कि उन मनहूस सेहरों पर मौत मँडरा रही है। शादी के बाद दोनों भाई माँ और अपनी नई ब्याही दुलहिनों का जोड़ा लेकर नैनीताल घूमने गए और वहीं एक दिन नाव की सैर करने चले। माँ ने बहुत कहा, बेटा, उतर चलो, मेरी दाई आँख फड़क रही है। पर अंग्रेजी पढ़े बेटे हँसकर रह गए। दोनों ने डाँड़ उठा लीं और नाव चलाने लगे, नाववालों को उतार दिया। नाव ताल के बीच में थी कि तेज़ हवा के साथ मूसलाधार बारिश होने लगी। तूफान में डोलती-डालती नाव उलट गई। जब आँखें खुलीं तो सब लुट चुका था। वे चले गए, और जिन्हें जाना था वे पिछड़ गईं। वैभव का आज भी अन्त नहीं है पर उस मीलों तक फैली हवेली में प्रेतात्माओं-सी वे तीनों अकेली रहती हैं, उनके बुर्क़ों के भीतर ही उनका संसार सीमित है। लखनऊ में किसी रिश्तेदारी के विवाह में सम्मिलित होने गई थीं।

"रात बहुत बीत चुकी है, अब सो जाओ बेटी!"—वृद्धा ने कहा और खिड़की का सहारा लेकर वही पहले लेट गई। धीरे-धीरे गाड़ी के झकोलों के बीच शोभा को भी नींद आ गई। सवेरे जब उसकी आँखें खुलीं तब तक वह मुस्लिम परिवार उतर चुका था। एक मोटी-सी मैली औरत अपने बच्चे को लेकर इधर-उधर घूम रही थी। दो क्रिश्चियन लड़कियाँ उससे सटकर बैठी थीं। एक लेस बुन रही थी, दूसरी पैकेट से निकाल-निकालकर तश्तरी में सेंडविच लगा रही थी। दोनों काली, बदसूरत, जुड़वाँ बहनें-सी लग रही थीं। बीच-बीच में शोभा की ओर देखकर पहाड़ी में बातें भी कर रही थीं। "यह कोई कश्मीरिन लगती है। मवाली जा रही होगी। देखती नहीं, सूरत और कन्धे की हड्डियाँ!"

दूसरी बोली, "खाँस भी रही है, ज़रा खिसककर बैठ न!" शोभा को मन ही मन हँसी आई। वह पहाड़ी है, यदि वह उनसे कह दे तो? अच्छा मज़ाक रहेगा। उनमें से एक ने सेंडविच की प्लेट उसकी ओर बढ़ाई, "लीजिए।"

शोभा को भूख लग आई थी, पर वह बोली, "धन्यवाद, मुझे बस में बहुत उल्टी होती है, इसी से मैं कभी कुछ नहीं खाती।"

"नी खानी झन खै–नहीं खाती तो मेरी बला से।" वह हँसकर अपनी बहन से बोली, "ओच्छी छू ओच्छी।–यह तो बड़ी घमंडिन है री।"

शोभा का मुँह लाल हो गया पर वह चुप रही। सेंडविच खाकर दोनों अपना फटा, उधड़ा सूटकेस खोलकर शृंगार करने लगीं। पहले साबुन से घिस-घिसकर मुँह धोया और अब एक सस्ते पाउडर का डिब्बा निकालकर उसे मुँह पर पोतने लगीं।

"ओरी, आज तो हेनरी स्टेशन पर ज़रूर आएगा। तू पीली साड़ी पहन ले।" पहली ने दूसरी से कहा।

"तेरे सामने मुझे हेनरी क्यों देखेगा, री? पीली पहनूँ या लाल, तेरे सामने कहाँ टिक सकती हूँ, मुली।"–लम्बी साँस खींचकर पहली बोली और आईने में अपना पाउडर-रंजित मुँह देखकर घोर असन्तोष से उसने दूसरी ओर देखा।

पहली अपने रूप की प्रशंसा सुनकर खिल गई, "Don't be silly Lizy!" वह बोली, "Where you, where I!–'कहाँ तुम कहाँ मैं'–का ऐसा सुन्दर प्रयोग सुनकर शोभा अपनी हँसी नहीं रोक सकी। दोनों सखियाँ अब कपड़े बदल चुकी थीं। काठगोदाम आते ही हेनरी की प्रतीक्षा में वे दरवाज़े के बीच एक-दूसरे के कन्धे पर हाथ रख खड़ी हो गईं। दुःख में भी शोभा हेनरी को देखने का लोभ संवरण न कर सकी। नीली पैंट पर सतरंगे रंग का स्वेटर पहने हेनरी सशरीर स्टेशन पर उपस्थित था। "Oh Darling!" कहकर दोनों उससे ऐसे प्रेम से लिपट गईं कि बेचारा दुर्बल हेनरी प्रेम का यह आकस्मिक उच्छ्वास-भार सँभाल नहीं सका, लड़खड़ाकर उसने खम्भा पकड़ लिया। "बच के बादशाहो!" एक काने सरदार ने निर्लज्ज स्वर में ताना कसा।

"Hello Hello!–खिसियाए स्वर में हेनरी बोला, "Where is your luggage! पर वह शोभा की ओर देख रहा था। खीझकर लिज़ी और मुली उसे खींचकर बस स्टैंड की ओर ले चलीं।

काठगोदाम को देखते ही शोभा को अचानक घर की निकटता ज्ञात हुई। वह जो पागल-सी बिना सामान लिए ही चली आई है–अम्माँ क्या कहेगी, मिट्ठू पूछेगा, "दीदी, मेरे लिए क्या लाई?" उसने स्टेशन से ही कुछ फल और खिलौने टोकरी में भर लिए। बस चली और पहाड़ की हवा के पहले झोंके ने उसकी अलकों का स्पर्श किया। गागर, मुक्तेश्वर की परिचित पहाड़ियाँ, पहाड़ की चोटी पर गुलदस्ते-सा सजा नैनीताल देखकर उसे लगा, मानो बहुत दिनों से बिछुड़े बन्धु ने उसे गले लगा लिया हो।

दो वर्ष बाद वह गाँव लौट रही थी। इन दो वर्षों ने उसके जीवन को कितनी भिन्न-भिन्न तूलिकाओं से रंग दिया था! सुख की उत्तुंग चोटी से गिराकर नियति उसे फिर उसी के द्वार पर लाकर छोड़ गई थी और कह रही थी, ''बेवकूफ लड़की, बहुत सपने देख लिए, अब आँखें खोल, यहीं तू पली है, ये ही तेरे खेत-खलिहान हैं।''

कई घंटों की बस-यात्रा के पश्चात् वह अपने ग्राम पहुँची तो अँधेरा हो चला था, बस स्टेशन पर कोई नहीं था। आता भी कौन? उसने तो लिखा था कि वह सोमवार को पहुँचेगी। वह घर की ओर बढ़ी तो उसे पधान का लड़का मिला। ''अरे खिलुआ, तू तो बहुत बड़ा हो गया है रे, मिट्ठू से कह तो आ दौड़ के, दीदी आ गई है।'' खिलुआ-मिट्ठू की मैत्री सन्तोषजनक नहीं थी। वह निरुत्साह के स्वर में बोला, ''मैं नहीं जाऊँगा।'' और तेज़ी से भागकर अपने घर में घुस गया। आगे बढ़ी तो रमिया दुकानदार मिला, ''लली जी आ गईं।'' वह बोला।

''क्यों रमिया चाचा, अम्माँ, भैया सब ठीक हैं ना? एक महीने से अम्माँ की कोई चिट्ठी नहीं मिली।'' रमिया ने कुछ उत्तर नहीं दिया, सिर झुकाकर वह निरुत्तर खड़ा रह गया।

कुछ देर को शोभा का हृदय घड़ी में पैंडुलम की भाँति डोल उठा, ''क्यों, बोलते क्यों नहीं चाचा?'' वह सरल ग्रामीण पढ़ा-लिखा नहीं था, आँसू की धाराएँ उसके झुर्री-पड़े गालों पर बह चलीं, ''देर में आई, बिटिया, बड़ी देर कर दी!'' वह बोला।

शोभा पागल की भाँति घर की ओर दौड़ी। कैसे देर कर दी, अम्माँ को कुछ हो तो नहीं गया? घर का दरवाज़ा खुला देख उसके डूबते प्राण लौट आए। खूँटी तोड़कर भागे बछड़े की भाँति वह आँगन में बैठी माँ से चिपट गई। रमिया चाचा की उखड़ी बातों ने उसे कितना डरा दिया। ''अम्माँ ठीक है, अम्माँ, माँ, माँ'' वह ज़ोर से कह उठी। उसके आने का समाचार बिजली की भाँति सम्पूर्ण ग्राम में फैल गया था। गोद में बच्चे लटकाए बहुएँ, बड़ी-बूढ़ियाँ—सबसे आँगन भर गया।

माँ की गोद से सिर उठाकर शोभा बोली, ''अम्माँ, चुप क्यों हो, कुछ तो कहो?'' माँ की आँखों से आँखें मिलते ही उसके शरीर का रक्त जम गया। माँ हँसी, कैसी भयावनी हँसी थी। ''तीनों का ब्याह एक लग्न में करूँगी।'' अम्माँ बोली, ''रुपयों का मुझे क्या लेना-देना! तीनों चाँद-सी बहुएँ

यहीं पर डोलेंगी, एक चूल्हा जलाएगी, एक ताँबे के कलशे में पानी भरेगी, एक धान कुटेगी। मैं रानी की तरह ऐसे बैठी रहूँगी।'' कहकर वह पैर पर पैर रखकर अट्टहास कर उठी। हँसते-हँसते उसकी आँखें बाहर निकल आईं। उलझे बालों की जटाएँ उन्मत्त चेहरे पर फैल गईं। ''ही-ही-ही-ही, तीन-तीन बहुएँ, राजा-सा दामाद!'' किसी समय देवांगनाओं के सौन्दर्य को मन्द करनेवाला रूप विकराल हो उठा। लाल-लाल आँखों से घूरकर उसने शोभा को देखा, ''कौन है तू, जा, भाग जा!'' दूसरे ही क्षण माथे पर आँचल खींचकर नवोढ़ा जैसी लज्जा-भरी चितवन से रमिया चाचा की ओर देखकर वह बोली, ''क्या कहा देवर, मिट्ठू के बाबू आए हैं? जाओ बुला लाओ। कहो, बहुओं का मुँह देख जाएँ।'' पधान की बूढ़ी माँ ने शोभा को खींचकर छाती से लगा लिया, बोली, ''अभागिन, तीनों भाइयों की राख भी तो नहीं पाएगी अब।''

''अम्माँ री!'' कहकर शोभा चीखकर भू पर लोट गई। 'मेरा मिट्ठू, राजा भैया, दादी झूठ मत बोलो, ऐसा नहीं हो सकता।'' सारे गाँव की पलकें भीगी थीं। नन्दादेवी में बलिदान हुई बकरी-सी शोभा जब आँगन में तड़फड़ा रही थी, उसकी माँ ज़ोर-ज़ोर से बैठे गले से घोड़ी गा रही थी, ''धीरे चलो थोड़ी रंग भरी। शहज़ादे की घोड़ियाँ, प्यारे की घोड़ियाँ। धीरे चलो थोड़ी रंग भरी।'' अचेतप्राय शोभा को उठाकर औरतों ने बाहर लिटा दिया। उसके सिरहाने बैठकर पधान की माँ ने बताया, कैसे एक ही रात में गाँव की बरात से लौटने पर तीनों भाई हैज़े की चपेट में आ गए। उसी दिन से तेरी माँ का यह हाल है। खेतों के धान खेतों में ही सूख गए। तुझे तार नहीं दिया, रमिया ने कहा, वह इम्तहान दे रही होगी।'' बड़ी देर तक पधान दादी उसके साथ बैठी रही, जब वह चली गई तो उसने द्वार बन्द कर लिया। थोड़ी देर वह एकान्त चाहती थी, किसी की संवेदना नहीं।

पागल की भाँति वह कमरों में ढूँढ़ने लगी तीनों भाइयों के स्मृति-चिह्न, जिन्हें छाती से लगाकर वह जी भर रो ले। तीनों पाटियाँ, तेल से काली टोपियाँ, कटी पतंग का माँजा, काँच की गोलियाँ उसे मिल गईं, माँजे की बँधी एक कागज़ की पुड़िया पर अपना नाम देखकर चौंकी। पुड़िया खोली, ''प्रिय दीदी''—आँसू का बादल पुड़िया पर बरस पड़ा—''तुम कब आओगी? जल्दी आओ, मुझे तुम्हारी बड़ी याद आती है।'' मिट्ठू का गुलाबी गोरा मैला मुँह शोभा की आँखों के सामने आ गया। वह पागल हो जाएगी। अम्माँ की भाँति वह गोद में सब खज़ाना रखकर न जाने कब तक बिलखती रही। बड़ी

देर तक रोने के पश्चात् उसके जी का भार हल्का हुआ। उठकर बाहर आई तो कोई द्वार खटखटा रहा था। अम्माँ बन्ना गा रही थी। शोभा ने द्वार खोला तो हाथ में दो बड़े-बड़े गिलास लेकर पधान दादी खड़ी थी, ''ले बेटी, मैं दूध लाई हूँ।''

''नहीं, दादी'' कहकर शोभा ने आँखों पर आँचल रख लिया। ''पगली कहीं की, ऐसे दुनिया चलती है कहीं। पापी पेट को तो कुछ देना ही होगा ना। आ चल।'' पुचकारकर वह उसे भीतर ले गई। एक गिलास उसने शोभा की माँ के हाथों में थमा दिया। लपककर उसने पधान दादी के हाथों से गिलास छीनकर मुँह से लगा लिया और एक साँस में गटक गई और फिर बन्ना गाने लगी। ''अम्माँ, अन्दर चलो''–शोभा उसके पास बैठ गई–''बड़ी ठण्ड है अम्माँ!'' उसका कंठ भर आया।

''हूँ?'' प्रश्नसूचक स्वर में माँ बोली, ''ठंड? ठंड तो उन तीनों को कपिलेश्वर में भी लग रही होगी।''

कपिलेश्वर ग्राम का श्मशान था। शोभा ने काँपकर माँ की गोद में मुँह छिपा लिया। बड़ी कठिनता से पधान दादी ने उसे दूध पिलाया। माँ, बेटी और पधान दादी ने ठंडी रात बैठे ही बैठे बिता दी। तीन दिन शोभा मुर्दा-सी पड़ी रही। गाँव की सहृदय औरतें उसे बारी-बारी से चाय-दूध आदि पिला जाती थीं, पधान दादी खाना खिला जाती। तीन दिन तक उसके शरीर पर भी मानसिक दौर्बल्य छा गया था, चौथे दिन उसने अपने को बहुत कुछ संयत कर लिया, कमरे झाड़-बुहारकर उसने पड़ोस से गोबर लाकर लीप दिए, माँ की फटी साड़ियाँ धोकर सूखने डाल दीं। अपने बालों को रीठे से धोकर सुखाने बाहर धूप में बैठी तो डाकिया तीन पत्र दे गया–एक अविनाश का था, दूसरा मंजरी का, तीसरा गोदावरी का। काँपते हाथों से शोभा ने अविनाश का पत्र खोला :

'शोभा,

तुम इतनी बड़ी कायर निकलीं। हम तुम्हें चेष्टा कर पानी के गहरे भँवर से खींचकर बचा रहे थे, किनारे आकर तुमने स्वयं डुबकी लगा ली; पर साथ ही सतीश को भी ले डूबी हो, यह भी कभी सोचा है? अब यह जीवन-भर नहीं उबर सकता। सतीश को मैं जानता हूँ, जिसको बाल्यकाल से ही माँ के कठोर शासन ने आत्मविश्वास का पाठ भुला दिया है वह अब कभी माँ के विरुद्ध नहीं जाएगा। तुम यहाँ होतीं तो वह तुम पर निर्भर होकर जीवन की

इस परीक्षा में विजयी निकल आता। पर धिक्कार है तुम्हें शोभा, थोड़े-से अपमान और मिथ्या कृतज्ञता ने तुम्हें कायर बना दिया।'

मंजरी के पत्र की एक-एक पंक्ति आँसुओं की लड़ी थी। सतीश उसके जाने के पश्चात् अपने कमरे से ही नहीं निकला। गोदावरी के बहुत रोने-पीटने पर वह दूसरे दिन बाहर आया। गोदावरी द्वार पर ही कुर्सी लगाकर सिसक रही थी। वृद्ध जनार्दन दुःख और चिन्ता से अर्द्धविक्षिप्त-से मूक खड़े थे। एक-दो दिन में ही सतीश के मुँह पर जैसे किसी ने स्याही फेर दी थी। पहले सतीश की तो चिता जल चुकी थी और उसी चिता की राख से बना एक और सतीश खड़ा था। "अम्माँ," उसने गम्भीर स्वर में पूछा, "तुम्हीं ने उसे भेज दिया न?" सिसकती गोदावरी ने चोट खाई सर्पिणी-सा मस्तक उठाया। वे ही आँखें फिर चमक उठीं। वह बारह वर्ष पहले की गोदावरी थी जिसने एक बार स्कूल से भाग आने पर सतीश को भूखा-प्यासा दो दिन तक एक ऐसे अँधेरे कमरे में बन्द कर दिया था, जहाँ घर के नौकर भी भूत के भय से नहीं जाते थे, जहाँ वर्षों पूर्व घर की महरी को साँप ने काट लिया था, अब वहाँ बक्स रखे जाते थे। कमरा स्वच्छ था किन्तु महरी की आत्मा का भय बड़े सयाने लोगों को भी कँपाता था। शासन में गोदावरी किसी सत्तापूर्ण, कठोर, हृदय-हीना साम्राज्ञी से कम नहीं थीं। "सतीश," उसने कहा, "मैं अब और कुछ नहीं सुनना चाहती। क्या अब बूढ़े बाप की लाश पर चलना चाहता है? मैं अपने इस सौभाग्य-चिह्न मंगलसूत्र की शपथ खाकर कहती हूँ कि यदि तू आज से विवाह न होने तक शोभा की बात भी ज़बान पर लाया तो मैं विष खा लूँगी।"

कमरे में मौत का सा सन्नाटा छा गया। गोदावरी की वाणी में दृढ़ता थी। सतीश उसी दिन बेलौर चला गया। विवाह की तिथि 17 ता. को निश्चित हो चुकी थी। 15 दिन और हैं। इन दिनों में मंजरी यन्त्रचालित की भाँति बाज़ार से औरंगाबादी, चन्देरी और बनारसी साड़ियों के ढेर लगा रही है। कुन्दन जड़े कंकण, पुखराज के हार, नीलम की अँगूठियाँ आदि बनवा रही है। आँखें बन्द करते ही उसकी आँखों के सामने दो कंकण-विहीन दुबली कलाइयाँ आ जाती हैं।

"कैसे कर पाऊँगी मैं यह सब, शोभा?"—उसने अन्त में लिखा था, 'तुम्हारे

जाने के पश्चात् अविनाशजी ने भी रूठकर आना छोड़ दिया है। उनका कहना है कि, मैं चाहती तो तुम्हें न जाने देती। किन्तु सच कहना मार्बल, क्या तुमने स्वयं ही शहीद बनना नहीं चाहा? रवीन्द्रनाथ की वह पंक्ति जो तुम मेरे आटोग्राफ में लिख गई हो, तुम्हारे लिए की गई भविष्यवाणी सिद्ध हुई—'जीवनेर सुख खूंजी बारे गिया, जीवनेर सुख नाशा।' जीवन-सुख के संधान में तुम जीवन के सुख को ही समूल विनष्ट कर गई हो किन्तु तुम्हें क्या दोष दूँ? भैया यदि चाहते तो क्या तुम्हें खोजकर नहीं ला सकते थे? अब अपनी ही जलाई आग में स्वयं झुलस रहे हैं वे। जब करवट लेते ही तुम्हारा खाली पलंग देखती हूँ तो कलेजे पर सौ-सौ साँप लोट जाते हैं। तुम्हारी साड़ियाँ खूँटी पर वैसे ही टँगी हैं; तुम्हारी पुस्तकों पर, तुम्हारे हाथ की खींची लाल पंक्तियों पर अभी तुम्हारा स्पर्श ताज़ा है। घर की हर दीवार के चूने के साथ तुम घुल-मिल गई हो। तुम्हें कैसे भूलें?—तुम्हारे इस दुःख के यज्ञ में तुम्हारा गौरव कितना ही अक्षय-अमर क्यों न हो उठे, तुम्हारी आत्मविडम्बना तुम्हें जीवन-भर त्रास देगी, शोभा—पत्र का उत्तर दोगी?'

शोभा ने आँसू पोंछकर तीसरा पत्र खोला। केवल एक पंक्ति थी :

'शोभा, तुम जहाँ भी रहो, ईश्वर तुम्हारे दुःखी हृदय को शान्ति दे।

—गोदावरी'

शोभा ने तीनों पत्र पास ही रखी रामायण के पृष्ठों में दबाकर रख दिए। रामायण की पवित्रता में उन पत्रों को शान्ति मिलेगी। मंजरी के पत्र से उसके धूसर जीवन की म्लान गोधूलि कुछ क्षणों के लिए आलोकित होकर फिर म्लान हो गई। खिलुआ को बुलाकर उसने कहा, "खिलुआ, मेरे लिए एक लिफाफा ला देगा, भैया?" खिलुवा ने सिर हिलाकर सम्मति दी। उसके हाथ में पैसे थमाकर वह कमरे में चली गई। जब पहले कभी लिफाफे की आवश्यकता पड़ती थी तो तीनों भाइयों में डाकखाने की यात्रा के लिए युद्ध होने लगता। फी लिफाफा एक पैसे का कमीशन मिलता था और रमिया चाचा की दुकान में एक पैसे की एक मिश्री की डली मिलती थी। आज एक पैसे के लिए लड़ते तीनों भाइयों के दूध से धुले उजले चेहरे उसके स्मृति-द्वार को झकझोर गए। अब उसकी आँखों के आँसू सूख गए थे, हृदय की पीड़ा वहीं उठकर शान्त हो जाती। पद-पद पर स्मृतियों से घायल होता उसका हृदय अवश हो उठा था। इधर माँ की खाँसी बढ़ रही थी। दिन-रात उच्च स्वर में गाने से उसका

गला बैठ गया था, आँखें सूजकर भयंकर हो गई थीं। सतीश के पर्स से लिए रुपयों में से केवल दस बचे थे। कब तक वह ग्राम की भिक्षा ग्रहण करती रहेगी? भंडार की हाँडियों में धूल भरी थी। चूल्हे के ऊपर मकड़ी का परिवार बसा था। उसने झाड़-झूड़कर चूल्हा लीप लिया, हाँडियों को धोकर धूप में रख दिया, फिर ग्राम की एकमात्र दुकान से चाय, चीनी, आटा, दाल ले आई। रात को नित्य की भाँति पधान की माँ मड़वे की गरम-गरम रोटी पर पालक का साग धरकर लाई तो शोभा बोली, "दादी, कब तक मुझे लज्जित करोगी, आज मैं सब सामान ले आई हूँ।" पधान दादी ने शोभा के पिता की छठी की पूड़ियाँ खाई थीं और उसकी माँ के विवाह के पिछौड़े में लाल 'रंगवाली' (लाल बुंदकियाँ रखना) की थी, वह कुछ रिश्ता न होने पर भी उससे सगी दादी का-सा स्नेह करती थी। पास ही रखी लकड़ी पर उसने रोटियाँ रख दीं और पटले पर बैठ गई—"पगली! दुःख-सुख में ही काम नहीं लगूँगी तो कब लगूँगी, री? शहर में रहकर बड़ी-बड़ी बातें करना सीख आई है। सुना है, 16वें दर्जे का इम्तहान दे आई है री तू?"

हँसकर शोभा बोली, "दादी, अब मैं नौकरी ढूँढ़ने की सोच रही हूँ। ऐसे तो काम नहीं चलेगा।" पधान दादी ने आश्चर्य से आँखें फाड़कर पूछा, "नौकरी! छिः-छिः, ऐसी चाँद का-सा टुकड़ा जवान लकड़ी कहीं नौकरी करती है, री? मैंने हरकू से कह दिया है, वह तेरे लिए लड़का ढूँढ़ेगा। सोमेश्वर, काली कुमाऊँ, बागेश्वर जहाँ भी हो, ऐसी लड़की के लिए तो कम से कम पटवारी तब भी चाहिए। हाँ, साफ कह दिया है मैंने, मास्टर या दुकानदार से काम नहीं चलेगा।"

सरलहृदया दादी की दृष्टि में पटवारी ही उसके योग्य वर हो सकता था। "रोटी खा ले और चुपचाप सो जा, नौकरी-चाकरी भला लड़कियाँ करती हैं?" कहकर अपना लहँगा एक हाथ से सँभालती दादी चली गई। मड़वे की रोटी का कौर पालक के साग के साथ तोड़कर उसने माँ को खिला दिया, बची रोटी खाकर पानी पीकर बाहर आई। 'छिलुके' (एक प्रकार की पहाड़ी लकड़ी जिसे मोमबत्ती की भाँति जलाकर प्रकाश के लिए उपयोग में लाते हैं) के क्षीण प्रकाश में, अम्माँ दालान में बैठी लड़की के ब्याह का करुण गीत गा रही थी :

"पूरब ढूँढूँ बेटी, पश्चिम ढूँढूँ न पायो लाडी सूं कंत ए।"

"ए मेरी पुत्री, तेरे लिए पूरब-पश्चिम वर ढूँढ़-ढूँढ़कर हार गई हूँ पर ऐ

मेरी लड़ैती, तेरे लिए कन्त नहीं मिला।'' बड़ी देर तक वह करुण स्वर में गुनगुनाती क्लान्त होकर सो गई।

शोभा छिलुका लेकर उसके पास गई, उसका मुँह थोड़ा-सा खुल गया था और नीचे का ओठ रूठे बालक की भाँति लटक रहा था। ठंड में ठिठुरती माँ को दालान में छोड़कर रज़ाई ओढ़कर सोने को उसका मन नहीं हुआ, वह भीतर जाकर कागज़-कलम ले आई और माँ के पास ही बैठकर मंजरी को पत्र लिखने लगी। पर कैसे लिखे वह अपने दुर्भाग्य की कहानी? बड़ी देर तक वह हाथ में कलम लिए बैठी रही। घर की दीवार पर उल्लू बोल रहा था, खीझकर शोभा ने कागज़ फाड़कर फेंक दिया। गोद का लिफाफा फर्र-फर्र करता आँगन में गोल-गोल उड़ती पत्तियों के साथ उड़ने लगा।

रात के सन्नाटे में साँय-साँय हवा के झोंकों से खिड़की पटापट बन्द हो रही थी। दीया बुझ गया था, पर बीच-बीच में चमकती बिजली के प्रकाश में उसे माँ का मुँह दिख रहा था। हड्डियाँ उभर आई थीं, गालों पर झुर्रियाँ पड़ गई थीं, बालों की जटा-सी बनकर ऊपर उठ आई थीं। एक दिन उसने तेल डालने की चेष्टा की तो वह बन्दर की फुरती से उछलकर दाड़िम के पेड़ पर चढ़ गई थी। बड़े कष्ट से शोभा ने उसे खिलुवा की सहायता से नीचे उतारकर उसके अर्धनग्न शरीर पर साड़ी लपेट दी थी। बड़े प्यार से माँ ने उसे देखा और उसके बाल सँभालने लगी, उसे गले से लगा लिया। उन्मत्त आँखों से उन्माद चला गया। वहीं पर खड़ा दस वर्ष का बालक खिलुवा और अन्तरिक्ष से झाँकते भगवान सूर्यदेव ही माता-पुत्री के इस अद्भुत मिलन को देख रहे थे। खिलुवा ने फटी कमीज़ की बाँह से आँखें पोंछ लीं और अंशुमाली भी बादलों में छिप गए। लेकिन दूसरे क्षण ही शोभा को ढकेलकर वह फिर बन्ना गाने लगी थी।

शोभा नित्य ही नैनीताल जाकर नौकरी ढूँढ़ने का संकल्प करती पर माँ की ओर दृष्टि करते ही उसके सब संकल्प चूर्ण हो जाते। एक दिन उसने अपना जी कड़ा किया, नैनीताल में उसके एक दूर के रिश्ते के मामा रहते थे। जब शोभा के पिता जीवित थे, वे प्रायः जाड़ों में लखनऊ आकर उनके साथ रहते थे। ब्राह्मण-वृत्ति से ही वे अपना जीवन चला रहे थे किन्तु बड़े-बड़े घरों में उनके यजमान थे। उनकी सरल स्नेहालु आकृति का स्मरण करते ही शोभा को लगा, वे अवश्य उसे कहीं न कहीं एक मूँठ अन्न जुटा देंगे।

माँ सो रही थी। बहुत दिनों के पश्चात् धूप निकली थी, ग्राम की छतों

पर कपड़े सूख रहे थे, गाय-भैंसों के गले की घंटियों का स्वर बार-बार सुनाई दे रहा था, बहुत दिनों से गौशाला में बँधी गाय-भैंसें बाहर धूप में निकलकर आनन्द से सींगे हिला-हिलाकर गले में बँधी घंटियाँ और मोती मालाएँ हिला रही थीं।

गाँव में बहुत दिनों के बाद मौला बक्स चूड़ीवाला आया था, लड़कियाँ, बहुएँ, बूढ़ियाँ उसे घेरकर बैठी थीं। 'मौला आ गया, मौला आ गया' कहकर लड़कियों की भीड़ जुटने लगी।

"दूर हटो चेलियो (बेटियो), चादर तो बिछा लूँ।" बुड्ढ़े ने मुलायम, मीठे, मिश्री-घुले स्वर में कहा।

लड़कियों का घेरा दूर हट गया, बड़े अन्दाज़ से अपनी मैली चादर झटककर मौला ने उसे बिछाना आरम्भ किया, कोने खींच-खींचकर उसने शिकनें दूर कीं। बाँहें ऊपर चढ़ाकर लड़कियों से परिचय नवीन किया—"अरी मोतिया, तू तो दो ही महीने में इतनी लम्बी हो गई! सरुली, ब्याह हो गया लगता है? बड़ा 'चर्यो' पहना है री! वौहे! बस चेलियो, आज ऐसी चूड़ियाँ लाया हूँ कि आ हा हा! फिरोजाबाद से सीधा अभी चला आ रहा हूँ। पीतल के वह कड़े हैं, पधान दादी, बिटिया को एक जोड़ा दिला दो, जो काले पड़ें तो, खुदा कसम, मूँछें मुँड़वा दूँ।"

"और दाढ़ी?" पधान दादी की सोलह वर्ष की सुन्दरी चुलबुली बहू बोली। साथ ही भीड़ में हँसी की फुलझड़ी छूट गई।

"हत हरामी, कल तक इसी कुरते से तेरी नाक पोंछी थी, आज मुँह लगती है। कहती है, दाढ़ी मुँड़वा दो।" मौला को अपनी दाढ़ी से विशेष प्रेम था, उस पर वह कैसा भी व्यंग्य नहीं सह सकता था। पधान दादी ने बालिका पुत्रवधू को आँखें दिखाई—"मुसली दाज्यू (मुसलमान भाई), बच्चा है, नादान है। माफ कर दो, बड़ी मुँहजोर हो गई है!"

"हूँ" कहकर मौला ने मेहँदी से रँगी दाढ़ी पर हाथ फेरा, फिर चादर के कोने खींचे। वह इच्छा करके चूड़ियों की पोटली खोलने में विलम्ब कर रहा था। हाथ में लटकाई लाल साधारण डिज़ाइन की चूड़ियों की माला उसने नीचे रख दी, लड़कियों की भीड़ अधीर हुई जा रही थी। पधान दादी कलई के चमचमाते लोटे में चाय ले आई।

"अहा लछमी", मौला ने प्रसन्न स्वर में कहा, "इसी चाय के लोभ से तो आता हूँ इस गाँव में। चाय तो कुछ भी कहो, अमृत बनाती हो। ये कल

की छोकरियाँ क्या जानें चाय बनाना? अब इस कल की छोकरी अपनी बहू को भी देखो, कैसा टके-सा जवाब दे गई मुझे।''

बूढ़े ने वेग से काँच का गिलास निकाला, पधान दादी ने उसमें चाय उँड़ेल दी। पोटली खोलने में और विलम्ब हुआ। द्वार खोलकर शोभा भी बाहर आ गई। उसे देखते ही मौला चाय छोड़कर उठ गया, ''अरे शोभा बिटिया, कब आई तू, अच्छी तो है ना!'' स्नेह से उसने शोभा के माथे पर हाथ फेरा, ''कितनी बड़ी हो गई है, बेटी! पर है बिलकुल वैसी ही। क्यों लछमी, बेटी मेरी किसी बड़े हाकिम की बीबी बनेगी!—आ-आ, बैठ बेटी!'' कहकर उसने चूड़ी रखने का यत्न से बिछाई गई चादर खिसका दी।

''सात साल की थी लछमी, जब इसकी माँ को चूड़ी पहनाने आया था। आहा हा, क्या मक्खन-मुलायम हाथ था दुर्गा का, एक भी चूड़ी पहनने में टूट जाए। अब इन छोकरियों के हाथ देखो, ऐसे कड़े जैसे चक्की के पाट हों।'' लड़कियाँ मुँह फेरकर हँसने लगीं।

''शोभा बिटिया अड़ गई कि मैं अम्माँ जैसी सतरंगी चूड़ियाँ पहनूँगी। उस 'सैज' की छोटी चूड़ी नहीं, अब यह बिलख-बिलखकर रोए जाए। मेरे पीछे भागती-भागती कोसी तक पहुँच गई। मुझे इसकी चीं-चीं से जो गुस्सा आया तो मैंने एक थप्पड़ कस दिया, ज़रा देर तक मेरी ओर टुकुर-टुकुर देखती रही, फिर डर के मारे भाग गई।'' शोभा सिर झुकाकर हँसने लगी।

''मौला बक्स, पेटी खोलो न।'' एक लड़की अधीर स्वर में बोली।

धीरे-धीरे मौला ने पहली गाँठ खोली। वह चतुर बाजीगर की भाँति अपनी जादू की डोर से भीड़ को बाँध रहा था।—''ऐ ले।'' कहकर उसने पिटारा खोला। नीली, पीली, हरी, लाल जगमगाती चूड़ियाँ निकल आईं।

''ए कैसे दी? कितने पैसे की है यह? मैं तो इधर-उधर नीली, बीच में पीली लूँगी।—अम्माँ, ये लहरदार ले दो मुझे।''—पुत्रियाँ माताओं का आँचल खींच रही थीं, बाकी पुत्रवधुएँ भयभीत दृष्टि से सास की ओर देख रही थीं।

घंटों बीत गए, पर मौला की चूड़ियों की पिटारी बन्द नहीं हुई। चूड़ियों के साथ टिकुली, आईने, रंग, रंगीन साबुन, धड़ाधड़ बिक रहे थे। बहुत दिनों बाद शोभा को बीते दिनों का स्पर्श मिला था। वह भी ऐसे ही माँ का आँचल पकड़कर मचलती थी। फिर कई वर्षों बाद वह पिता की मृत्यु होने पर गाँव लौटी। बुड्ढ़ा मौला बक्स उसकी माँ की रिक्त कलाई को देखकर रो पड़ा था। बिना पैसों के वह मिट्ठू को कई काँच की गोलियाँ दे गया था। शोभा

की गीली आँखें बुड्ढ़े ने देख लीं। भीड़ छँट गई, फैली चूड़ियों को सँजो-सँजोकर उसने पेटी में रख लिया। अपनी सफेद पलकों को उठाकर उसने शोभा को देखा।

''बेटी'', वह बोला, ''जी छोटा मत कर।'' आसमान की ओर हाथ उठाकर बोला, ''उस परवरदिगार की मर्ज़ी थी, मिट्ठू तो फरिश्ता था। वे तीनों ही फरिश्ते थे मेरी बेटी, इसी से उसने बुला लिया। चल, तेरी अम्माँ से मिल आऊँ।'' पोटली उठाकर वह शोभा के साथ भीतर गया। दौड़कर अम्माँ द्वार पा आ गई।

''मौला आ गए? देखो तो सब चूड़ियाँ टूट गईं। छह-छह नीली और एक-एक कड़े पहना दो। कल तीनों की बारात जाएगी और मेरे सुहाग के लिए यह अपशकुन हुआ।'' मौला की आँखें भर आईं, कितने वर्ष पहले इसी दाड़िम के पेड़ के नीचे उसने अपनी एक पोटली खोली थी। मुँह का घूँघट हटाती एक सुन्दरी, चंचल, नव-विवाहिता बालिका उसके सामने कलाई बढ़ाकर बैठ गई थी और अवगुंठित मुँह उठाकर बोली, ''मैं तो नीली चूड़ियाँ पहनूँगी।'' आज उसी को वह देख रहा था उन्मादिनी के रूप में।

''या अल्लाह, रहम कर!'' कह उसने अपनी पोटली सँभाली और उठ खड़ा हुआ। ''खुदा हाफिज़, बेटी, कभी नैनीताल आओ तो मिलना, गुप्ता ब्रदर्स के सामने मेरी चूड़ी की दुकान है।''

''चाय तो पी जाओ, काका,'' शोभा बोली, ''बैठो'', कह उसने तिब्बती आसन झटककर बिछा खटिया खींच दी। पोटली रखकर मौला बैठ गया। शोभा एक तश्तरी में दो पीठे के लड्डू धरकर ले आई। चूल्हे में आग जलाकर उसने चाय रख दी। मौला एकटक छज्जे पर बैठी दुर्गा को देख रहा था। उसकी लाल-लाल आँखें अंगारे-सी दहक रही थीं और वह भूखी बाघिन की भाँति बार-बार अपनी सूनी कलाइयों को देख रही थी। एक उन्मादिनी के साथ अकेली शोभा को देख उसे बड़ा कष्ट हुआ। पहले भी वह ऐसे ही चूड़ियाँ बेचने के बाद इसी खटिया पर बैठता था। दुर्गा स्वयं चाय बनाकर ले आती, कभी नई ब्याई गाय का दूध लोटा भर रख जाती। छोटा मिट्ठू उसकी गोद में बैठ जाता, ''मौला काका, हमें भी नैनीताल ले चलो।'' आज यही घर श्मशान-सा लग रहा था। शोभा साड़ी के आँचल से गरम चाय का गिलास पकड़कर ले आई—''काका, चाय पी लो, अरे लड्डू तो धरे ही रह गए, खाकर तो देखो, काका, कल शमी चाची दे गई थीं!''

"बेटी!"—मौला ने भारी गले से कहा।

"क्या काका?"

"ऐसे कब तक गुज़र होगी? इससे तो तुम दुर्गा को लेकर नैनीताल आ जाओ। मेरी दुकान में तीन कमरे हैं, मैं, तेरी चाची, सुलेमान और बहू। एक कमरा और चौका मैं तुम्हारे लिए खाली करवा दूँगा। वहाँ दुर्गा को डाक्टरनी को भी दिखा सकती हो, फिर खुदा की दुआ से मैं दो पैसे कमा लेता हूँ। सुलेमान भी नेक बेटा है, जो कुछ कमाता है मेरे ही हाथ में धर जाता है। तुम्हें कोई तकलीफ नहीं होगी।"

"काका!" शोभा का कंठ कृतज्ञता से रुद्ध हो गया—"माँ को इस हालत में लेकर कहाँ जाऊँ?—देख रहे हो ना।" दुर्गा कूदकर मौला के पास बैठ गई, कूदने से बाल सारे मुँह पर फैल गए।—"लालटेन!" वह चीख उठी—"कौन ले गया मेरी लालटेन, ऐ हरामी, ऐ कबाड़ी, ऐ यू डैम फूल साहब का बच्चा, गोरी पलटन का लाल सिपाही, ब्लडी! हम बोलता है, लालटेन लाओ।" कहकर वह तनकर खड़ी हो गई। उत्तेजना से मुँह लाल हो उठा। ओठ फुलाकर बड़बड़ाती हुई फिर छज्जे पर ही चढ़ गई और फूट-फूटकर रोने लगी—ऐसा हृदय विदारक विलाप कि सुननेवाले के शरीर के रोंगटे खड़े हो जाएँ, करुण, मर्मभेदी विलाप कर वह सिर धुनने लगी।

मौला अब बैठ नहीं सका, पोटली उठाकर खड़ा हो गया। "मेरी बेटी," उसने शोभा के माथे पर अपना जर्जर काँपता हाथ रखा—"खुदा तुझे रहम का साया दे। कभी जरूरत पड़े तो याद रखना, मौला अभी जिन्दा है।" शोभा ने माँ को देखा, वह छज्जे पर ही बैठी थी—"अम्माँ, उतर आओ, चाय पी लो।"

विलाप का स्वर धीमा पड़ गया था। धीरे से माँ का हाथ पकड़ शोभा ने उसे उतारकर खाट पर लिटा दिया। वह निरीह बालक की भाँति लेट गई। शोभा ने माथे पर हाथ रखा तो तवे-सा तप रहा था। घबड़ाकर वह भीतर से कम्बल ले आई, उसे उढ़ाकर वह दौड़कर पधान दादी को बुला लाई। दादी ने आकर सोई दुर्गा की नाक के पास दो अँगुलियाँ रखीं और सिर हिलाकर बताया कि ज्वर बहुत तीव्र है।

निरन्तर ओस में पड़ी रहने से दुर्गा को ठंड लग गई थी। शोभा कई बार उसे भीतर सुलाने की चेष्टा कर हार गई थी, वह भीतर जाते ही बिलबिलाकर बाहर भाग आती थी।

शोभा अपनी खाट खींचकर बाहर ले आई, ''दादी, तुम बैठो, मैं वैद्यराजजी को बुला लाती हूँ।''

हरदत्त ग्राम के एकमात्र वैद्य थे। उनकी वैद्यक की योग्यता या आयुर्वेद-ज्ञान कितना था, यह गाँववाले नहीं जानते थे। एक दिन वे अपनी पत्नी सहित गाँव में कहीं से आ गए, उन दिनों गाँव में शीतला का घोर प्रकोप था। उनकी औषधि ने कितनों ही को जीवन-दान दिया। उसी दिन से गाँव में उनकी प्रसिद्धि हो गई। उन्हीं वैद्यराज ने आकर नाड़ी देखी, बोले, ''जैसे भी हो, रोगिणी को हवा से बचाना होगा। इस खुली हवा में किसी भी औषधि का प्रभाव नहीं होगा।''

''महाराज, ये तो भीतर रहना ही नहीं चाहती''—दादी बोली, ''रहे भी कैसे अभागिन! भीतर के रतन तो चले गए, सब।''

''खाट में बाँधकर ही रखना होगा, अन्य कोई उपाय नहीं है।'' वैद्यराज बोले।

चीखती-चिल्लाती दुर्गा को रस्सी से खाट पर जकड़कर भीतर ले गए। उन्माद चरम सीमा को पहुँच चुका था। वह उठ-उठकर रस्सी को काटने की चेष्टा कर रही थी, ज्वर का तीव्र प्रकोप था। तीन दिन तक वह निरन्तर चीख-चीखकर बन्धनमुक्त होने के लिए प्रार्थना करती रही। चौथे दिन ईश्वर ने उसकी प्रार्थना सुन ली। शोभा चाय का गिलास लेकर माँ को पिलाने आई तो वह निश्चेष्ट पड़ी थी। रस्सी के बन्धन अब उसे नहीं बाँध सके। ''माँ-माँ'' कह वह लाश पर गिर पड़ी। उसकी चीख-पुकार सुनकर नहाना छोड़ पधान दादी भागी आई। ''दीनानाथ'' कहकर बुढ़िया ने आकाश की ओर हाथ जोड़कर माथे से लगा लिए। मन ही मन वह मानो ईश्वर को उस अभागिन की मुक्ति के लिए धन्यवाद दे रही थी। माँ की लाश से उठाकर पधान दादी उसे अपने घर ले आई। अपना दो महीने का पोता उसकी गोद में डाल दिया और बहू का हाथ पकड़कर साँकल लगा, दुर्गा की अर्थी का प्रबन्ध करने चली गई। कुनकुनाकर अपनी छोटी बन्द मुट्ठी ऊपर को उठा नन्हे बालक ने जम्हाई ली। ''ऐसा ही मिट्ठू था। गाल से लगाने पर गुदगुदी रुई का टुकड़ा। कैसी प्यारी-प्यारी दूध की खुशबू है!'' प्यार से शोभा ने उसे उठाकर गाल से लगाया। उसे लगा, नन्हे बालक की दूध-भीनी सुगन्ध संसार की सबसे सुन्दर सुगन्ध है। रस्सी से जकड़ी माँ का निश्चेष्ट शरीर, तीन रातों से अमानुषिक ज्वर में चीखती माँ, सत्यनारायण की कथा के दिन रेशमी

लहँगे-दुपट्टे में सुन्दरी माँ, मिट्ठू की वर्षगाँठ के दिन घर की सबसे बड़ी कढ़ाई में पुए पकाती माँ, अन्तिम दिन उसे बस स्टैंड पर छोड़ने आई माँ–अभी मानो उसे स्नेहपूर्ण ममतामयी दृष्टि से दूर किसी अन्तरिक्ष से निहार रही है।–''माँ, माँ'' वह व्याकुल हो उठी, वह भागकर अर्थी रोक लेती, पर उसकी गोद में पड़ा शिशु उसकी छाती में अपना मुँह लगा-लगाकर अपनी माँ को ढूँढ़ने लगा और निराशा से रो पड़ा। शोभा उसे छाती से चिपटाकर चुपाने का प्रयत्न करने लगी, क्लान्त होकर शिशु उसकी गोद में सो गया।

साँकल खोलकर पधान दादी आई। उसने देखा, छाती से उसके पोते को चिपकाए शोभा सिसक रही है। बड़ी देर तक बुढ़िया दुविधा में खड़ी रही। दुर्गा की अर्थी अपनी चिर यात्रा के लिए चलने ही को थी कि पधान ने सबको रोक दिया कि ''एक ही तो लड़की है, उसने हाथ से छुआकर चन्दन का टुकड़ा छाती पर रख दो।''

अर्थी कन्धों से उतार दी गई, पधान दादी की उपस्थिति से स्वयं ही शोभा सजग हो गई, शिशु भी जगकर चिहुँक उठा। दादी ने उसे गोद में ले लिया, ''उठ बेटी, अपनी माँ का मुँह देख ले, नहीं तो शान्ति नहीं मिलेगी।''

शोभा काँपते पैरों बाहर आई। माँ का शान्त मुँह देखकर वह अपने को नहीं रोक सकी, अर्थी से लिपटकर नन्ही बालिका-सी बिलखने लगी। रमिया ने उसे अलग हटाकर पधान दादी की फैली बाँहों में दे दिया।

'राम नाम सत्य है' की करुण ध्वनि से ग्राम के दिग्दिगन्त कम्पित हो उठे। वर्षों पहले जिसकी डोली आँगन पर आकर उतरी थी, उल्लास से बालिका नव-वधू का घूँघट उलटकर सास ने रोली का टीका लगाया था, आज वही रस्सियों से जकड़ी फिर कन्धों पर ही चली जा रही थी। वियोग के उन दुखद क्षणों में शोभा को सहसा भान हुआ, अब वह नितान्त असहाय है, कोई भी उसका अपना नहीं है।

माँ की तेरहवीं के दिन वह मन्दिर में दीया जलाकर लौटी। घर को दादी ने ही लीप दिया था। आँगन में गुग्गल धूप जल रही थी। गाँव की औरतें बारी-बारी से आकर उसे संवेदना दे गई थीं। अब केवल दादी ही पोते को गोद में लिए बैठी थी।

''दादी'', शोभा ने कहा, ''आज मैं तुमसे एक चीज़ माँगने का संकल्प करके आई हूँ।''

"क्या री?" आश्चर्य से सफेद भवें उठ गईं।

"तुम्हें मुझे सौ रुपए देने होंगे दादी! नौकरी मिलते ही मैं तुम्हें भेज दूँगी। आज मैंने सोच लिया, मैं नैनीताल केदारी मामा के पास जाऊँगी।"

दादी उसकी ओर टुकुर-टुकुर कर देखती रही, शोभा को वे सीप के बटन-सी सफेद आँखें भावहीन लगीं। उसकी आशा का बाँध टूट गया था। अब वह कहाँ जाएगी, किससे माँगेगी?

"बेटी, तू जो केदारी के पास जा रही है, उसे क्या लिख दिया है?"

"नहीं तो, दादी, क्यों?"

"यह तूने ठीक नहीं किया बेटी! उसकी बहू को तो जानती है, वह तो हवा से भी लड़ती है। सात-सात बच्चे हैं, आठवाँ होनेवाला है। मेरी ही भतीजी की तो जेठानी है वह। नौकरी तुझे जाते ही तो मिलेगी नहीं, और केदार की बहू बिना कहे आना तो तूफान का भी नहीं सह सकती। एक चिट्ठी डालकर पूछ ले, तब जाना।"

"न दादी, अब मैं और नहीं रुक सकती। तुम बताओ मुझे सौ रुपए दोगी?"

"चल।" कहकर दादी उसे अपने साथ लिवा ले गई। बहू खेत पर थी, पति-पुत्र भी नहीं थे। नितान्त होकर बुढ़िया ने साँकल चढ़ा दी। हाथ में छिलुका जलाकर वह शोभा को एक अँधेरी कोठरी में ले गई। पुआल के गद्दे को उठाकर अपने हाथ से थोड़ी मिट्टी हटाकर एक डालडा का टीन निकाला। उसमें कई गुदड़ों में छिपी दुअन्नी, चवन्नी, अठन्नी, चाँदी के रुपए अँधेरे में चमचमा उठे। दादी का सम्पूर्ण बैंक शोभा की गोद में था, गिने तो साठ रुपए निकले। शोभा के आँचल के कोने में बाँधकर दादी बोली, "लौटाने की चिन्ता मत करना बेटी, भगवान ने चाहा और मेरी जिन्दगी रही तो अगले साल मैं तीरथ-यात्रा को जाऊँगी, इसी विचार से रख छोड़े थे। ईश्वर के नाम का रुपया है, इससे तेरा कल्याण ही होगा, बेटी!"

शोभा ने कृतज्ञता से दादी के पैर पकड़ लिए—"तुमने मुझे उबार लिया दादी, भगवान ने चाहा तो मैं दो ही माह में लौटा दूँगी!"

घर आकर उसने अपनी दो धोतियाँ थैले में रख लीं। माँ की रामायण पर धूल जमी थी। ठाकुरजी को नहलाकर एक डिब्बे में रख लिया। रामायण की धूल झाड़कर उसने माथे से लगा ली। प्रथम पृष्ठ खोलते ही उसकी दृष्टि पड़ी :

रक्तोम्भोज-दलाभिरामनयनं, पीताम्बरालंकृतम् ।
श्यामांगं द्विभुजं प्रसन्नवदनं श्री सीतयाशोभितम् ॥

उसके हृदय में अद्भुत प्रेरणा का संचार हुआ। जानकी वल्लभ का स्मरण कर उसने रामायण थैले में डाली और रूखे बालों की चोटी कर उसने हाथ-मुँह धो लिए। रमिया चाचा ने एक मोटी धोती का जोड़ा ला दिया था। कोरी धोती पहनकर पैरों में चप्पल डाली, बस का समय हो चला था। थैला लेकर उसने घर-द्वार पर ताला डाल दिया। दादी और रमिया चाचा बस-स्टैंड तक छोड़ने आए। दादी ने उसे गले गला लिया। "बेटी, अच्छी तरह..." कहते उसका गला भर आया।

बस प्रायः खाली जा रही थी। जब वह नैनीताल पहुँची तो दिन छिपने को था। बस के रुकते ही कुलियों की भीड़ के घेरे से बड़े कष्ट से बाहर निकलकर शोभा कुछ देर इधर-उधर देखती रही। मामा तल्लीताल में ही कहीं रहते थे, रिक्शा करने की तो आवश्यकता नहीं होगी। वर्षों पूर्व वह एक बार पिता के साथ आई थी। केदारी मामा के मकान के पास कहीं एक बर्तनों की दुकान है, इतना उसे स्मरण था। थैला लेकर वह चलने लगी। सीजन की भीड़ के रेलमपेल को चीरकर वह हाथ में थैला लिए चली जा रही थी कि उसी भीड़ में उसने अपनी सहपाठिनी रमला सक्सेना को देख लिया। नाइलोन की साड़ी पर काला शाल डाले रमला ही तो थी। रमला सक्सेना, सविता की अन्तरंग मित्र। आश्चर्य, वह यहाँ कैसे! शोभा ने तार के खम्भे की ओट में छिपने की कोशिश की। अपनी कोरी मोटी धोती माथे पर खींचकर घूँघट-सा खींच लिया, कुशलता से हाथ की ट्यूडर घड़ी भी खोलकर थैले में डाल ली। रमला के शरीर से आती यूडीकोलन की लपट उसके बिलकुल ही निकट आ गई, वह अब और नहीं छिप सकी।

"मार्बल!" रमला ने कहा, पर मोटी धोती के घूँघट और दुःख से कुम्हलाए पीले चेहरे पर दृष्टि पड़ते ही वह सहम गई। उसकी दृष्टि के नीचे शोभा अपनी दीन वेशभूषा का स्मरण कर क्षण भर को लाल हो गई, पर दूसरे ही क्षण अपने को संयत कर बोली, "आपने मुझे पहचाना नहीं शायद, मेम साहब।"

"क्या?" रमला ने अपनी पेंसिल से अंकित भौवें उठाकर कहा, "क्या तुम शोभा जोशी नहीं हो?"

"जी नहीं"—हँसकर शोभा ने सूजी पलकें झुका लीं। "मैं तो नैना देवी की मालिन हूँ मेम साहब, फूलों की वेणियाँ लीजिएगा? मैं बड़ी अच्छी बना लेती हूँ, चार आने से लेकर सवा रुपया तक की। आज तो पूरी थैली बिककर खाली हो गई। आप कहें तो कल बँगले पर ही ले आऊँ।"

"How strange, how very very strange! रमला अपने-आप बड़बड़ाने लगी, "बिलकुल वही नाक, वहीं आँखें, सिर्फ रंग वह नहीं है! ठीक है भाई, मुझे वेणी नहीं चाहिए।"

सिर का घूँघट और खींचकर थैला झुलाती शोभा आगे निकल गई। घूँघट के भीतर उसके ओंठ भय से काँप रहे थे, कहीं रमला उसके पीछे-पीछे तो नहीं आ रही है। पोस्ट ऑफिस के पास आकर उसने मुड़कर देखा, रमला कहीं नहीं थी। घूँघट हटाकर वह मामा का घर खोजने तल्लीताल की चीनारखान लाइन में पहुँच गई। टीन की छतों पर स्त्रियाँ बड़ियाँ डाल रही थीं, कहीं-कहीं बरामदों में उधड़े पुराने ऊन की धुली लच्छियाँ सूख रही थीं। शोभा इधर-उधर मामा का मकान खोजती चली जा रही थी। एक भूरी कार्डराय की पैंट और 'ऍक्ट्रेस-एक्टर'—छपी बुश्शर्ट पहने एक दुबला-पतला युवक उसे गौर से देख रहा था। हाथ की सिगरेट फेंककर वह उसकी ओर बढ़ा—"Excuse me,"—आप क्या किसी का मकान ढूँढ़ रही हैं? "Can I help you?"

शोभा ने दृष्टि उठाई, तेल से चिकने बालों का घोंसला-सा बना था, उन्हीं पर हाथ फेरकर गले का रेशमी स्कार्फ ठीक कर वह फिर बोला, "आप शायद पहली बार नैनीताल आई हैं?"

शोभा ने उसके प्रश्न का उत्तर न देकर पूछा, "क्या केदारदत्त पंतजी यहीं कहीं रहते हैं?"

"ओह, आप ठीक उसी घर के नीचे तो खड़ी हैं। यही तो है केदारदत्तजी का मकान। आइए, ये सीढ़ियाँ चढ़ जाइए, ज़रा सँभलकर आइएगा।

नीचे बर्तनों की दुकान का मालिक भोला साह हुक्का पी रहा था। छोड़कर उठ आया, "अरे, यह तो दुर्गा की लड़की लगती है! क्यों बेटी, तुम देवीदत्त की पुत्री तो नहीं हो?" सीढ़ी चढ़ती शोभा रुक गई, "जी हाँ।" उसने कहा।

पानों से सने अपने गजदन्त दिखाकर साहजी बोले, "आहा! कैसा पहचाना, देख, रामी, बिलकुल दुर्गा की शकल है, आहा! कल ही तो सुना कि दुर्गा भी नहीं रहीं।"

:

शोभा सीढ़ियाँ चढ़ने लगी। प्रत्येक पग रखते समय उसे भय हो रहा था कि वह गिर पड़ेगी। पानी और काई से सड़ी सीढ़ियाँ बुड्ढ़े के दाँतों-सी हिल रही थीं। किसी भाँति काठ के बक्से जोड़-जोड़कर पैर रखने भर का स्थान बना दिया गया था। अन्तिम सीढ़ी पर पाँव रखते ही एक तीव्र दुर्गन्ध ने उसका स्वागत किया। काठ के सँकरे बरामदे में तार पर कुछ मैले-फटे गूदड़ सूख रहे थे, पुराने ऊन की भीगी लच्छी से पानी में भीगे कुत्ते-जैसी दुर्गन्ध आ रही थी। एक मैले बोरे में चने की दाल सूख रही थी। एक लँगड़ी तिपाई पर एक गिलास में दूध या चाय का कुछ अंश रह गया था, उसी पर सहस्रों मक्खियाँ भिनभिना रही थीं। एक मरियल-सी कुतिया तख्त पर सो रही थी, उसके पदशब्द से जगकर भौंकने लगी।

"चुप रह क्वीनी," कहकर युवक शोभा से बोला, "बैठिए, मैं दीदी को बुला लाऊँ।"

शोभा खड़ी ही रही। कहाँ बैठे, वह समझ ही नहीं पा रही थी। एक तिब्बती ऊनी आसन बिछा था परन्तु उस पर जमी धूल की पर्तें देखकर लग रहा था, कमरों में कई दिन से झाड़ू का स्पर्श भी नहीं हुआ है। उधर सीलन और सड़ाँध से उसका माथा फटा जा रहा था। वह साहस कर उसी आसन पर बैठने जा रही थी कि, "चुप साले, चुप साले" कहते और लड़ते-लड़ते दो जुड़वाँ-से लड़के उसके पैरों के पास उलझकर गिर पड़े। वह भय से पीछे हट गई, आँधी से गुत्थमगुत्था करती वह जोड़ी अकस्मात् कहाँ से कहाँ आ गई वह देख भी नहीं पाई, "सूअर के बच्चे, मेरा पैसा छीन लिया, कबाड़ी कहीं का, कमनीयत, कमबख्त! मैंने तेरी आँख नहीं फोड़ी तो अपने बाप का बेटा नहीं!"

दोनों भाइयों का द्वन्द्व देखने गृह के अन्य बालक घेरा-सा बनाकर खड़े हो गए, तभी उस घेरे को चीरकर रामी और रुक्की आए। दोनों को लड़ते देख रुक्की का पारा गरम हो गया। लात खींचकर उसने दोनों को छुड़ा दिया, फिर लाल आँखें दिखाकर अश्रु-गैस का-सा काम लेकर बच्चों की भीड़ हटा दी। कुशल रौबीले थानेदार जैसी मुद्रा से उसने कमर पर हाथ रखकर सिर से पैर तक शोभा का निरीक्षण किया, "ओह, शोभा हो न? दुर्गा ल़ली की लड़की?"

"जी।" कहकर शोभा ने मामी के चरण छुए। "बैठो," कहकर रुक्की ने आसन खींच दिया और रामी से बोली, "जा रे रामी, पावभर चीनी तो ले

आ उधार, घर में कुछ हो तो चाय भी बने।''

युवक को दीदी का यह दारिद्र्य-प्रसंग बड़ा बुरा लगा। वह बड़े ध्यान से शोभा को देख रहा था, कुछ-कुछ 'मीनाकुमारी' से शकल मिलती है, पहाड़ी तो लगती ही नहीं। उसने अपनी जेब से पर्स निकाल लिया और उछालकर बोला, ''अभी लाती हूँ, एक सेर ले आऊँगा, बाद में और आ जाएगी।''

दीदी ने कर्कश स्वर में नाराज़ी ज़ाहिर की, ''जा-जा, बातें मत कर, पर्स में तो धेली भी नहीं है। लाला से कहना कि केदारदत्तजी के हिसाब में लिख दें। जीजाजी कहीं मिलें तो कहना, ज़रा जल्दी पधारें।''

एक मनहूसी से घिरी शोभा थोड़ी देर गुमसुम बैठी रह गई। वह क्या बोले, समझ नहीं पा रही थी। इतने में ही द्वार खुला। सौम्य देवमूर्ति केदारदत्त स्वयं लाल वस्त्र में लिपटी पूजा की पुस्तकें लिए खड़े थे। शोभा ने उठकर पैर छुए। ''अरे शोभा बेटी, कब आई? बैठ-बैठ, इसे चाय पिलाई, रुक्की?'' स्नेह से उद्विग्न स्वर में उन्होंने पूछा।

''हाँ, रुक्की के बाप का तो चाय का बगीचा है जिससे कि एक मन चाय आई है। जाती हूँ, बनाती हूँ!'' पैर पटक रुक्की उठकर भीतर चली गई। केदारदत्तजी अतिथि रूप में आई भाँजी का यह स्वागत देख क्षुब्ध हो गए, पर मुँह पर उन्होंने कोई ग्लानि का भाव नहीं आने दिया।

''मामाजी,'' शोभा ही ने निस्तब्धता भंग की, ''अम्माँ की मृत्यु के बाद मुझे आपका बार-बार स्मरण हो आता था, इसी से मैं भागकर आप ही के पास चली आई। आप मुझे कहीं नौकरी दिलवा दीजिए।''

केदारदत्त आँखें मूँदकर बैठे थे, बोले, ''तूने अच्छा किया, चली आई। पर सुना है, जिनके पास तू रहकर पढ़ती थी वे लोग बहुत बड़े आदमी हैं। क्या कहीं अच्छी नौकरी का प्रबन्ध नहीं कर देंगे?''

शोभा का मुँह लाल हो गया। ''मामाजी, उन्होंने दया कर पढ़ा दिया। अब कहाँ तक उन्हें कष्ट दूँ? मैंने इसी वर्ष संस्कृत में एम.ए. किया है। यहाँ तो सुना है, कई कॉलेज हैं, क्या कहीं भी नौकरी नहीं मिलेगी?''

''तू आज तो आराम कर बेटी, हाथ-मुँह धोकर चाय पी ले। बिस्तर खोलकर आराम कर, फिर नौकरी की सोचेंगे। पर तू तो बड़े लोगों के साथ रही है। मैं इस छोटी-सी तंग गली में रहता हूँ। इतने बड़े परिवार में तुझे बड़ा कष्ट होगा।''

इतने ही में चाय के दो गिलास लेकर रुक्की आ गई। पति के हाथ में

गिलास थमाकर वह बोली, "चाय का गिलास तो थाम ही लोगे पर यह भी नहीं पूछोगे कि चाय कैसे बनाई। सुबह कह दिया था कि लकड़ी बिलकुल नहीं है। अब क्या हाड़ जलाकर चूल्हा सुलगाऊँ?"

कलह-प्रिया रुक्की की ओर अपनी शान्त दृष्टि उठाकर वे बोले, "अभी चाय पीकर ले आता हूँ, रुक्की! मैं बिलकुल ही भूल गया था, आज तीन-चार घरों में नवदुर्गा-स्थापना करने जाना था। तू मामी के साथ बैठ, शोभा! अभी आया।"

केदारदत्त वर्षों से नैनीताल में ब्राह्मण-वृत्ति करते थे। जन्म-दिन, विवाह, उपनयन, रुद्री, पार्थिव पूजन आदि से उन्हें जो कुछ दक्षिणा प्राप्त होती उसी से उनका विशाल कुटुम्ब पल रहा था। परिवार बड़ा था, उस पर गृहिणी स्वभाव की उग्र और आलसी थी। इसी से गृहस्थी में अव्यवस्था की छाप थी। बच्चे दिन भर स्कूल से भागकर गुल्ली-डंडा खेलते थे। पर रुक्की का उन पर कोई शासन नहीं था। रुक्की का भाई भी उन्हीं के साथ रहता था, पर उसे अपनी सिगरेट और सिनेमा से ही समय नहीं मिलता था। केदारदत्त अपने दुर्भाग्य को अपना ही ग्रहदोष समझकर चुप रह जाते। अब अचानक शोभा के आने से वे सोच में डूब गए। शोभा उन्हें, सगी बहिन की पुत्री न होने पर भी, सगी भाँजी से अधिक प्रिय थी। दुर्गा ने बचपन में न जाने कितनी बार उनकी फीस के लिए पैसे जुटा-जुटाकर दिए थे, पर आज उसी की पुत्री उनकी आश्रिता बनने आई तो उसे निश्छल प्रेम से अपनाने में उन्हें स्वयं भय और संकोच हो रहा था कि रुक्की दिन-रात के व्यंग्यबाणों से उसका जीवन दूभर कर देगी।

शोभा स्वयं रुक्की के हृदय के भावों को समझ गई थी। उसे शीघ्र नौकरी मिलते ही अन्यत्र रहने का प्रबन्ध करना होगा। बच्चों के कमरे में ही एक काठ के तख्त पर शोभा के सोने की व्यवस्था कर रुक्की बोली, "तुम्हें तो पलंग या खाट पर सोने का अभ्यास होगा, पर हमारे यहाँ तो एक भी खाट खाली नहीं है।"

"नहीं, मामी!" मृदु स्वर से शोभा बोली, "मामी आप चिन्ता न करें, मुझे तो तख्त पर सोना भी बड़ा अच्छा लगता है।"—कुछ भी उत्तर न देकर रुक्की चौके में चली गई। शोभा भीरु पगों से उसके पीछे-पीछे चल दी।

रुक्की एक बड़ी-सी परात में आटा निकाल रही थी। "लाइए मामी, मैं गूँथ दूँ।" बड़े उत्साह और विनय से शोभा ने कहा।

"रहने भी दो, आजकल की लड़कियों का क्या ठिकाना। हम तो भाई छूत-छात मानते हैं, तुम्हें काम ही करना है तो यह गरम राख पड़ी है, गिलास मल डालो।"

शोभा का मुँह लाल हो गया, पर उसने गिलास उठा लिए। नल की ठंडी धार ने हाथों पर छुरी-सी चला दी। पानी क्या था, बरफ का टुकड़ा था। गिलास चमकाकर वह साफ ही कर रही थी कि रुक्की का भाई रामी आ गया। शोभा को गिलास मलते देख उसे अपनी दीदी पर बड़ा क्रोध आया। यह भी क्या कि बेचारी लड़की को आते ही चौके में झोंक दिया, बोला, "दीदी, कहो तो मैं एक छोटा छोकरा ढूँढ़ लाऊँ, बर्तन भी मलेगा, चाय भी बना लिया करेगा। मेरे दफ्तर के चपरासी का भाई है..." वह वाक्य भी पूरा नहीं कर पाया था कि चूल्हा जलाती रुक्की ने कमर में आँचल खोंसकर पैंतरा-सा बदला। कमर में हाथ रखकर बोली, "अहा हा! किस लाट साहब के दफ्तर में काम करते हैं आप, साहबज़ादे? 'शौक़ीन बुढ़िया चटाई का लहँगा!' आज सत्ताईस साल से बर्तन मल रही हूँ, छोकरा नहीं आया। आज छोकरा चाहिए, कल रसोइया आएगा, परसों बटलर। मैं कहती हूँ, किस हरामज़ादी को चाहिए छोकरा?"

इसी बक-झक में अधजले चूल्हे की आग बुझ गई और धुएँ के गुबार से छोटा चौका भर गया। रामी बिना कुछ कहे बाहर चला गया और शोभा सिर झुकाए चुप खड़ी रह गई। चिमटा-सड़ाँसी पटक-पटककर रुक्की ने ऐसा सुरम्य संगीत प्रस्तुत कर दिया कि शोभा धीरे-धीरे बाहर खिसक आई। आज से दो वर्ष पूर्व का यही वैशाख था जब वह आश्रिता के रूप में एक और द्वार पर खड़ी हुई थी। कितना अन्तर था उस स्वागत में!

"Oh this smoke?"—रामी का स्वर सुनकर वह चौंककर मुड़ी। रामी रेशमी रूमाल से आँखें पोंछ रहा था।

"बड़ा धुआँ है", वह फिर बोला। "अब हम जल्दी ही यह मकान बदल लेंगे, आपको भी बड़ा कष्ट हो रहा है ना?"

"नहीं तो।" सकुचाकर शोभा बोली।

"बात असल में यह है," दबे स्वर में रामी ने कहा, "बच्चे अधिक होने से दीदी कभी Temper Loose करती है, पर At heart, she is not bad (पर दिल की बुरी नहीं है।)।"

शोभा कुछ नहीं बोली। उसे भय हो रहा था कि मामी कहीं स्वयं न आ

जाएँ और फिर बेचारे रामी की कपाल-क्रिया शुरू हो जाए।

रामी को शोभा से बातें करने में अद्‌भुत रस मिल रहा था। कितनी सुन्दर लड़की है, और कितनी शान्त! वह फिर बोला, ''आपको यदि किसी बात का कष्ट हो तो मुझसे कहने में संकोच मत कीजिएगा।''

एक बार कृतज्ञता से उसकी ओर देखकर शोभा ने दृष्टि झुका ली। उसी दृष्टि से निहाल होकर रामी बड़ी उमंग से बाहर निकल आया और कमरे के एकमात्र टूटे दर्पण में किसी भाँति अपने बालों का घोंसला सँवारकर सीढ़ियाँ उतर गया और पास ही के 'कूर्मांचल होटल' से आती गोश्त की प्यारी-प्यारी खुशबू खड़े-खड़े तृप्ति से सूँघने लगा।

रामी सोचने लगा, आज दीदी अवश्य मूली की सब्जी बनाएगी। जब कभी रुक्की का पारा गरम होता, केदारदत्त और रामी के प्रति वह अपना अमोघ अस्त्र चलाती है—मूली की सब्जी के रूप में! वह जानती थी कि दोनों ही मूली की बदबूदार सब्जी से चिढ़ते हैं। बेचारी शोभा! वह कैसे यहाँ रह पाएगी और कैसे उस तख्त पर सो सकेगी? उस तख्त पर बिछा गद्दा घर-भर में अपनी दुर्गन्ध के लिए प्रसिद्ध था।

शोभा रामी के जाते ही कुछ देर बरामदे में खड़ी रही। फिर बच्चों के कमरे में चली गई। तख्त का दुर्गन्धमय गद्दा पलटकर रुक्की की पूरी बाल-सेना रेल चला रही थी। सबसे पहले इंजन के रूप में रुक्की का ज्येष्ठ पुत्र गदाधर उच्च स्वर में नाक से सीटी बजा रहा था। अन्य भाई-बहन धुएँ और रेल की गड़गड़ाहट का सुरम्य पार्श्व-संगीत प्रस्तुत कर रहे थे। उसे देखते ही इंजन बोला, ''आ गई मेम, आ गई मेम!'' भ्राता की रसिकता से प्रफुल्लित होकर रेल के डिब्बे 'ही ही' कर हँसने लगे। शोभा ने हँसकर पूछा, ''किसने कहा रे, मैं मेम हूँ?'' ढीठ गदाधर बोला, ''वाह! मेम ही तो हो, हाथ में घड़ी बाँधती हो, सिर नहीं ढकतीं, छोटे रूमाल से नाक पोंछती हो और...''

''और क्या रे?''

''और गोरी हो।''

''अच्छा,'' हँसकर शोभा बोली, ''अच्छा, चलो, तुम सब उठ जाओ तो, मैं बिस्तर लगा दूँ।''

उसके कहने का कुछ प्रभाव नहीं पड़ा, गदाधर पूर्ववत् बड़े वेग से ट्रेन चलाने लगा। ट्रेन की तीव्र गति से तख्त हिल रहा था, एक हाथ में छड़ी लेकर उस पर माँ का जूट का पेटीकोट हिलाता हुआ बोला, ''गार्ड की झंडी

है, जब तक हिलती रहे ट्रेन मत रोकना।'' शोभा को अधिक प्रभावित करने के लिए गदाधर ने ट्रेन की गति और भी तेज कर दी, नाक की सीटी का स्वर भी आवश्यकता से अधिक तीव्र हो गया।

हाथ में जलती लकड़ी लेकर रुक्की आई, बोली, ''गदाधर के बच्चे, आ तेरी चरबी गलाकर रोटी चुपड़ूँ, आ तेरे हाड़ जलाकर चूल्हा सुलगाऊँ। आज सारे घर को क्या हो गया है, ले लो मेरे प्राण! ले लो, फूँक आओ रुक्की रांड को।'' वह लकड़ी बरामदे में फेंक जमीन में चित्त लेट गई। आँखें अस्वाभाविक रूप से ऊपर को कर अजीब ढंग से हाथ-पैर पटकने लगी।

इंजनारूढ़ गदाधर अम्माँ की यह दुर्दशा देख सहमकर हाथ का पेटीकोट फेंक नीचे उतर आया। अम्माँ को गों-गों करते देख बोला, ''अरे वही 'हिस्ट्रिया' हो गया। जूता सुँघाओ जल्दी।''

शोभा को यह सब एक भद्दा-सा अस्वाभाविक नाटक-सा लग रहा था। वह एक गिलास में पानी ले आई, रुक्की के मुँह पर छींटे डालते ही उसने आँखें खोल दीं और सहसा चूल्हे पर रखी मूली का स्मरण आते ही वह 'उँह', 'आँह' कहकर काँपती उठी और चौके में चली गई।

धीरे-धीरे शोभा उस अशान्त वातावरण की अभ्यस्त हो गई। रुक्की ने एक-एक करके घर से सारे विभाग शोभा को सौंप दिए और परम निश्चिन्तता से इधर-उधर पड़ोस में घूमने लगी। चौका-बासन से छुट्टी पाकर शोभा अधिकतर अकेली ही रह जाती। बच्चे स्कूल चले जाते, रुक्की हाथ में एक-आध अधबुना मोजा या स्वेटर लेकर पड़ोस में बैठने चली जाती। रामी का 'दफ्तर' होता। शान्ति के वे कुछ अमूल्य क्षण शोभा को बड़े भले लगते। काठ के बरामदे को उसने झाड़-पोंछकर साफ बना लिया था! यही नहीं, पिस्सुओं-भरी मैली क्वीनी भी शोभा के आने से स्वच्छ और सुन्दर बन गई थी। कृतज्ञता से कूँ-कूँ करती वह उसके पैरों के पास पड़ी रहती। कमरे के गूदड़ों को यथाशक्ति साफ-सुथरा कर शोभा के दक्ष हाथों ने चमका दिया था। बरामदे में एक तिपाई लगाकर वह खिड़की के पास बैठ जाती। नैनीताल के उस छोटे-से बाजार में भी हजरतगंज जैसी रौनक रहती। संध्या होते ही केदारदत्त अपना बस्ता लेकर आ जाते। मामा का हाथ-मुँह धोने का पानी रख, शोभा फिर चौके में जुट जाती। एक दिन बस्ता लेकर केदारदत्तजी समय

से पूर्व ही आ गए। शोभा घर में अकेली थी। मामा के मुँह पर आनन्द की रेखा देखकर उसने सोचा, आज शायद मामा को किसी यजमान की विशेष दक्षिणा मिली है।

"बैठिए मामा, मैं चाय ले आऊँ!" वह बोली।

"नहीं, नहीं, चाय मैं नहीं पीऊँगा। तू बैठ, शोभा! आज बड़ी अच्छी खबर लाया हूँ, बेटी! तेरे लिए एक नौकरी मिल गई।"

"सच!" प्रसन्नता से शोभा की शान्त उदास आँखें चमक उठीं। इधर कई दिनों से वह निराश हो उठी थी।

"हाँ, बेटी! 'ईस्टलिन' में एक महारानी रहती हैं, नेपाल के राजवंश की हैं। मैं उनके यहाँ वर्षों से पूजा-पाठ किया करता हूँ। आज बातों ही बातों में बोलीं, 'जोशीजी, मुझे किसी सम्भ्रान्त घर की सुशिक्षित शान्त लड़की ढूँढ़कर दो। मेरी सेक्रेटरी की आज ही चिट्ठी आई है कि उसका विवाह हो रहा है। अब वह छुट्टी शेष होने पर लौटकर नहीं आएगी। मैं ऐसी लड़की चाहती हूँ जो अंग्रेजी पढ़ी हो। मेरे कपड़ों की देख-रेख करे, मुझे दवा दे। यही सब छोटे-मोटे काम कर सके।' बेटी, मैं अपनी आँखों के आँसू रोक नहीं सका। मैंने मन ही मन कहा—हे माता दुर्गा भवानी, तेरी महिमा अपार है। हे करुणामयी जननी, मेरी शोभा का सौभाग्य-द्वार तूने खोल दिया!"

सरल स्निग्ध दृष्टि से शोभा को निहारकर वे बोले, "रानीजी साक्षात् दया की देवी हैं। उनके वैभव का अन्त नहीं है। वे तुझे पुत्री से भी बढ़कर रखेंगी। आज ही उन्होंने तुझे बुलाया है। मामी के आने पर हम लोग चल देंगे। बड़ी दूर है, चढ़ाई भी। पहुँचने में थोड़ा समय भी तो लगेगा।"

शोभा का हृदय प्रसन्नता से विभोर हो गया। विधाता आज तक उदासीन थे, किन्तु फिर करुणामय दीनबन्धु को उसका स्मरण हुआ है। मामी के आने पर उसने अपनी नई नौकरी का समाचार दिया तो रुक्की का मुँह लटक गया। केवल 'हूँ' कहकर उसने गोदी के बच्चे को दो-तीन निरर्थक चाँटे जड़कर रुला दिया। 'दीनानाथ', 'नारायण' कह और दुख की लम्बी साँस खींचकर केदारदत्तजी ने रोते शिशु को उठा लिया। रुक्की ने हाथ की बुनाई ले ली। सहमी-सी शोभा बिना कुछ कहे फिर सीढ़ियाँ उतर गई। शोभा के आने के पश्चात् उसकी अव्यवस्थित गृहस्थी में जो सुव्यवस्था आ गई थी वह फिर लुप्त हो जाएगी, यह सोचकर वह विक्षिप्त-सी हो गई। मन ही मन उसे अपने पति की मन्द बुद्धि पर क्रोध भी आ रहा था। क्या पड़ी थी इतनी

जल्दी नौकरी ढूँढ़ने की? रामी से उसके विवाह का निश्चय वह न जाने कब का कर चुकी थी। जल भरने के लिए उसे शोभा की सेवा बिना माँगे मिलती रहती। दिन-भर पड़ोस में बैठकर और सहस्र कंठों से शोभा की निन्दा करके उसे जो थोड़ी-सी शान्ति उपलब्ध हुई थी वह भी घर में पाँव रखते ही चली गई।

गदाधर का तार-सप्तक में रुदन उसने नीचे ही सुन लिया था। उसकी अनुपस्थिति में कोई घटना ऐसी अवश्य घटी होगी जिसमें गदाधर महाशय को रोना पड़ा। गदाधर परिवार के सब सदस्यों में रुक्की का सबसे अधिक स्नेहभाजन था। माँ के पैसे भी चुराता, उसे गालियाँ भी देता। तीन वर्ष से अनवरत एक ही कक्षा में, किसी वीर सेनानी की भाँति भव्य साहस से अडिग खड़ा, अध्यापकों के निरन्तर व्यंग्य-बाण सहता वह बड़े धीरज से ज्ञान-वृद्धि कर रहा था। किन्तु माँ का कहना था कि उसके अध्यापक बदमाश और घूसखोर हैं। वह दीन पिता की अति दीन सन्तान है, इसी से उसे प्रमोशन नहीं दिया जा रहा है। वह गदाधर का करुण कंठ-स्वर सुनकर जल्दी-जल्दी सीढ़ियाँ चढ़ने लगी। गदाधर खड़ा-खड़ा ऐसे चीख रहा था जैसे दूसरी चीख के साथ ही उसके फेफड़े भी बाहर निकल आएँगे, उसकी नाक से रक्त बह रहा था, केदारदत्तजी पानी से रक्त धो रहे थे। एक ओर साइकिल पड़ी थी। उदास भयत्रस्त-सी रामी छोटे भाँजे को गोद में लिए था। माँ को देखते ही गदाधर—"अम्माँ री, मुझे मार डाला!" कहकर फिर चीख उठा...।

रुक्की ने दौड़कर उसे चिपटा लिया, "किस हरामी ने मारा है मेरे लाल को! कौन बदजात है हिजड़ा! कमीना, कुत्ते की औलाद! नाम बता, मेरे बेटे।"

"रामी मामा ने!" कहकर गदाधर ने फिर रक्त पोंछा। रुक्की ने गदाधर को छोड़ दिया और पागलों की भाँति रामी का झोंटा पकड़ लिया, "मेरी थाली में खाकर उसी में छेद करता है, कमीने!"

"क्या करती हो!" झिड़ककर केदारदत्तजी ने हाथ पकड़कर छुड़ाने की चेष्टा की। मामी का भयंकर रणचंडी का वास्तविक रूप शोभा ने पहली बार देखा। रामी की दुर्दशा देखकर गदाधर के छोटे भाई-बहन समवेत कंठ से रो पड़े सब।

पास की खिड़की से झाँककर दुर्गा साह की विधवा युवा पुत्रवधू ने देखा। भीतर से उसका स्वर स्पष्ट सुनाई पड़ा, "पड़ोस की पंताइन है अम्माँ, जवान

भाई को मार रही है। भगवान बचाए इस चुड़ैल से!''

रुक्की ने भाई का झोंटा छोड़ दिया। खिड़की खोलकर पड़ोसिन की ओर स्वर का बाण खींचकर बोली, ''चुड़ैल तू, तेरा बाप, तेरा ससुर, तेरा मरा खसम, तेरा भर्तार वह संडमुसंड बाबा जिसके चरण दाबती है! तेरे त्रिकालदर्शी बाबा को तो नहीं मारा? मैंने मारा तो अपने ही भाई को। रानी, अब क्यों नहीं निकलती बाहर! मैं भी गला फाड़-फाड़ तेरी कीर्ति पूरे नैनीताल में फैला दूँगी!''

दुर्गा साह की युवा विधवा पुत्रवधू प्रसिद्ध बाबा की भक्तिन थी, उसे ही लक्ष्य कर भद्दी बातें कहकर रुक्की को बड़ी शान्ति मिली। गदाधर माँ के नूतन गृहयुद्ध में भाग लेकर नाक की चोट भूल गया था।

''क्यों बोलेगी अब, चोट्टी हरामजादी खसमखानी...!'' कहकर विजय-गर्व से रुक्की पुनः रणक्षेत्र में गरजी, ''क्यों रे गदाधर, क्यों मारा इस हरामी ने तुझे?''

केदारदत्तजी और रामी भीतर चले गए थे। शोभा पानी का लोटा रखने के बहाने उठकर चौके में चली गई, गदाधर ने माँ को जो घटना सुनाई वह कुछ इस प्रकार थी : दफ्तर से लौटते समय रामी कहीं से किसी मित्र की एक साइकिल ले आया। काठ के बरामदे में वह उसी साइकिल को चलाकर दिखा रहा था। सामने शोभा दीदी बैठी थी। वह देख नहीं रही थी, इसी से मामा ने दोनों हाथ छोड़कर साइकिल चलाना आरम्भ कर दी...शोभा दीदी हँसने लगी। रामी मामा ने साइकिल मोड़ी, इधर गदाधर तौलिया लेने आया, साइकिल मय सवार उस पर चढ़ गई।

''उसकी यही आदत तो जनम-भर नहीं जाएगी,'' दाँत पीसकर रुक्की बोली, ''जहाँ कोई लड़की देखी तो सिर नीचे और पैर ऊपर कर लेगा। दो दाँत भी टूट जाते तो मुझे बड़ी खुशी होती और भला उन शोभा महारानी को ही हँसने की क्या पड़ी थी? अब है कहाँ वह नट का बच्चा?''

रामी पीछे के रास्ते से उतरकर चला गया था। आज शोभा के सम्मुख उसका घोर अपमान हुआ था, अब वह कैसे उसे मुँह दिखाएगा? संध्या को शोभा को वह कहीं नहीं दिखा तो करुणा से उसका हृदय भर आया। जाते समय उससे मिल भी नहीं पाई।

'ईस्टलिन।' ऊँचें अयारपाटा के वक्ष स्थित एक विशाल बँगला था। ''यह रहा ईस्टलिन!'' फूलों से घिरे एक लाल प्रसाद की ओर लक्ष्य करके केदारदत्तजी बोले। बँगले में विचित्र कक्ष-गवाक्ष बने थे, नीले झालरदार रेशमी पर्दों से ढँकी खिड़कियों पर डूबते सूर्य की किरणें पड़ रही थीं। इतनी ऊँचाई पर स्थित एकान्त निर्जन बँगला जिसमें उसे आत्मीय परिजनों से दूर, अपनी वयस से दुगुनी वयस की महिमामयी रानी के साथ रहना होगा, सोचते ही शोभा को सहसा भय हुआ।

एक गोरी चिपटे मुँह की युवती ने आकर उसकी अभ्यर्थना की, ''आइए, आइए हुजूर, सरकार ऊपर हैं।'' वह हाथ जोड़कर बोली। दासी की रेशमी साड़ी और मखमली चप्पल देखकर शोभा को अपनी वेशभूषा की हीनता ज्ञात हुई।

सीढ़ियाँ पार करके दोनों गोल कमरे में पहुँचे। गहरे लाल मखमली पर्दों से ढँके कमरे में, बड़ी-बड़ी रानी एलिजाबेथ के जमाने की कुर्सियों पर गुदगुदे चीनी कुशन रखे थे, सोफे पर एक छोटा झबरा कुत्ता सो रहा था। दीवार पर पाश्चात्य शैली में अंकित एक नग्न स्त्री का तैल चित्र टँगा था, अपने गहन सुनहरे केशपाश से वह अपने नग्न सुडौल वक्षस्थल को ढँकने का प्रयत्न कर रही थी। चित्र इतना सुन्दर था कि शोभा मुग्ध होकर उसे निहारने लगी।

केदारदत्तजी भीतर रानीजी के पास गए थे। शोभा कमरे की प्रत्येक वस्तु को ठगी-सी देख रही थी। बीच की मेज पर एक सोने के धूपदान में धूप जल रही थी। कमरे का पर्दा खोलकर केदारदत्तजी के साथ रानीजी ने प्रवेश किया।

''बैठो बा!'' मृदु शान्त स्वर से चौंककर शोभा ने हाथ जोड़े।

हँसती हुई रानीजी की दिव्य मूर्ति सहसा उसके भयान्धकार में विद्युत-सी चमकी। स्थूलांगिनी रानीजी का स्वर सुनते ही झबरा कुत्ता कूदकर उनके पैर चाटने लगा और उनके सोफे पर बैठते ही उनकी गोद में चढ़कर बैठ गया। उसे प्यार से सहलाकर रानीजी बोलीं, ''कहिए, केदारदत्तजी, इतनी दूर एकान्त में आपकी भाँजी का मन तो लग जाएगा न?''

''मन नहीं लगेगा सरकार? आपके चरणों में रहेगी, यह तो उसका सौभाग्य होगा।''

शोभा ने पहली बार रानीजी को भली प्रकार देखा। उनकी मांसल, गोल, गोरी कलाइयों पर हीरे के बहुमूल्य कंकण जगमगा रहे थे। काले-काले बालों

की पत्तियाँ काट-काटकर बड़े यत्न से शुभ्र ललाट पर गोंद से चिपकाई-सी लग रही थीं। गोरी गोल ठुड्डी के नीचे ही एक दूसरी गोलमटोल ठुड्डी-सी थी। छोटी-सी नाक पर हीरे की लौंग चमक रही थी, अँगुलियों में माणिक विद्रुमादि की अँगूठियाँ। कमरे में मखमली लाल पर्दों की रक्तिम आभा उनके गौर-स्फटिक-से चरण युगल पर पड़ रही थी।

"मैं चलता हूँ सरकार, इसे आपको सौंपकर! आज मेरी आत्मा को कितनी शान्ति मिली, मैं आपसे क्या कहूँ।"

"आप निश्चिन्त रहिए पंडितजी, इन्हें कोई कष्ट नहीं होगा। शिवकली!" मीठे गले से रानी ने अपनी प्रिय दासी को पुकारा। स्वच्छ साड़ी का आँचल सँभालती, चाँदी का चँवर लिए शिवकली आ गई। उज्ज्वल गौर वर्ण की नेपाली शिवकली की कलाइयों पर अन्य दासियों की भाँति बहुमूल्य कंकण थे।

"शिवी, मिस जोशी को इनका कमरा दिखा दो।"

शिवकली शोभा को अनेक कमरे पार कर जिस कमरे में ले गई वह चारों ओर से गोल 'समर हाउस' जैसा था। दक्षिण की ओर खुली खिड़की से चाइना पीक के नीचे ब्रुकहिल की लाल छत स्पष्ट दीख रही थी, दूसरी खिड़की से ताल पर छोटी नावें बतख-सी तैरतीं दीखती थीं। एक बहुत बड़ी जहाज-सा पलंग पर रेशमी बिछावन बिछा था। उस पर रखे दो ऊँचे रेशमी तकियों पर धुले, बगुले के पंख-से गिलाफ चढ़े थे। दीवार पर सूली पर टँके ईसा का एक चित्र टँगा था। रुक्की के तख्त के दुर्गन्धमय गद्दे का स्मरण आते ही शोभा को लगा, जैसे वह सहसा स्वर्ग में पहुँच गई हो। चारों ओर खिड़कियों से घिरा वह कमरा हवादार भी बहुत था।

"पिएँगी दीदी?" शिवकली ने हँसकर सोने का सिगरेट केस खोलकर शोभा की ओर बढ़ाया तो वह चौंककर पीछे हट गई "नहीं नहीं!" उसको सिगरेट से इतना चौंकते देख आनन्दी शिवकली उच्च स्वर में हँस पड़ी।

"तुम कपड़ा बदल लो, दीदी, फिर चाय की मेज पर चलना होगा।" वह बोली।

शोभा क्षण भर को धर्मसंकट में पड़ गई। कपड़े? अपनी दो-तीन मोटी धोतियाँ वह थैले में ले तो आई थी, पर उस विशाल प्रासाद के वैभव में वह पैबन्द किस साहस से लगाए। उसे छोड़कर शिवकली बाहर चली। गुसलखाने का द्वार खोलकर पुनः वैभव एवं विलास का स्पर्श हुआ। स्वच्छ झक-झक

करती संगमरमर की मेज़ पर चाँदी की साबुनदानी में नई साबुन की टिकिया थी, कई छोटी-छोटी शीशियों में सुगन्धित 'बाथ साल्ट' था। एक धुली तौलिया लटक रही थी। उसने हाथ-मुँह धोया, द्वार खोलकर कमरे में आई तो बिस्तर पर सिल्कन पेटीकोट, ब्लाउज और एक नई मैसूर सिल्क की साड़ी रखी थी। एक मखमल के केस में एक जोड़ी मगरमच्छ बने कड़े और एक मूँगा-जड़ी सोने की अँगूठी थी। वह थोड़ी देर तक एकटक देखती रही। बहुत दिन पहले बचपन में पढ़ी सुखिया-दुखिया की कहानी का स्मरण हो आया, जब रुई तूनती सुखिया को चन्द्रमा-निवासिनी बुढ़िया ने गहने-कपड़ों से लाद दिया था।

वह अवाक् अपने नूतन ऐश्वर्य को देख रही थी कि हँसी से कमरा गुलजार करती शिवकली आ गई। "देखता क्या है दीदी, यह आपका है, जल्दी पहनो, फिर रानीजी के साथ चाय पीएगा। टैम क्या है, देखो तो जरा?" कह उसने अपनी कलाई की रौलेक्स घड़ी शोभा की ओर कर दी।

यह क्या! उसे घड़ी देखना भी सच नहीं आता होगा या बन रही है? पर उन सरल आँखों में बनावट नहीं थी। सिर्फ What is the time? रूपी प्रश्न ही था। घड़ी-सा चपटा मुँह हँसी से और फैल गया। शिवकली की सुरुचिपूर्ण वेशभूषा, कटे बाल, हाथ की घड़ी देखकर कोई भी उसे उच्चशिक्षिता समझने की भूल से वंचित न रहता किन्तु मुँह खोलते ही भूल समझने में देर न लगती।

"पाँच बजे हैं।" शोभा बोली।

शिवकली ने कटी भौंहें उठाईं, "जल्दी कपड़ा पहनो दीदी...।" विवश होकर शोभा ने कपड़े बदले, ढीले बालों को लपेटकर जूड़ा बना लिया, शिवकली से बोली, "चलो, अब कहाँ चलना होगा..."

ड्रेसिंग टेबल की ओर अँगुली दिखाकर शिवी बोली, "उधर, पौडर लगाओ, क्यूटैक्स 'पिटिक्स' (लिपस्टिक)!"

उसके कहने के ढंग पर शोभा को हँसी आ गई। मेज की ओर बढ़कर उसने अपने प्रशस्त गौर ललाट पर एक कुमकुम की छोटी-सी बिन्दी रख ली।

शिवकली आश्चर्य से मुँह फाड़े उसके निराभरण, शृंगार-विहीन सौन्दर्य को एकटक देख रही थी। कुमकुम की एकमात्र बिन्दी ने शोभा के सौन्दर्य को द्विगुणित कर दिया था। शोभा को लेकर शिवी चाय की मेज पर गई।

गोल मेज पर दो कुर्सियाँ लगी थीं। एक पर बहुमूल्य सितारे-टँकी नाइलोन की साड़ी पर काश्मीरी शाल ओढ़े रानीजी बैठी थीं। शोभा दूसरी कुर्सी पर बैठ गई थी। रानीजी बड़ी देर तक उसकी ओर ऐसी प्रशंसापूर्ण मुग्ध दृष्टि से देखती रहीं कि वह लज्जा से लाल हो गई। चाय के प्याले में चम्मच चलाकर रानी बोलीं—''मिस जोशी, तुम्हें आज मेरे साथ क्लब चलना होगा। शिवी, बीबीजी को मेरी चाबी दे देना।''

''जी सरकार!'' कहकर शिवी चँवर डुलाती रही।

रानी अल्पभाषिणी थीं किन्तु उनकी सरल-स्निग्ध हँसी सर्वदा उनके मुँह पर विराजती रहती। उनकी उपस्थिति ही शोभा को अभयदान दे रही थी। उसे लगा, जैसे कड़ी धूप के पश्चात् वह किसी विशाल बरगद की शीतल छाया में बैठ गई हो। चाय पीकर वह अपने कमरे में आई। पीछे-पीछे शिवकली भी आ गई। ''दीदी, तुम तैयार हो लो, क्लब का टैम तो हो गया है, डाँडी आती ही होगी।''

''तैयार!'' शोभा की आँखें आश्चर्य से उठ गईं।

''अभी तो तुम्हारे सामने तैयार हुई हूँ।''

''हा-हा!'' शिवकली अपने चपटे मुँह को और भी फैलाकर बोली, ''इस ड्रैस में आप क्लब जाएगा? धामपुर का रानी, पीलीभीत का रानी, डूँगरगढ़, धरमपुर सबका रानी लोग आएगा, आप ऐसी 'ऑरडीनरी' साड़ी में जाएगा...! दीदी, आज तो हुजूर अभी आपको नया ड्रेस देगा।''

शोभा को पहली बार ऐसा लगा, जैसे अब उसकी अपनी इच्छा-अनिच्छा कुछ भी नहीं रही। वह एक रानी की क्रीतदासी मात्र है। उसके कुछ कहने के पूर्व ही रानीजी की दक्षिणी दासी कुरम्मा एक ब्राउन बैग में उसकी नूतन साड़ी लेकर आ गई। ''सरकार ने कहा है, आप यह साड़ी बदलकर जल्दी ही उनके कमरे में आ जाइए।'' शोभा ने थैला लिया। ''देखूँ, देखूँ'' कहकर चंचल शिवकली ने थैला खोलकर साड़ी निकाल ली, कांजीवरम् की मयूरखंडी साड़ी का सुनहला पल्ला चमक उठा, ''देखा, हम क्या बोला था, कितना सुन्दर साड़ी है!''

अत्यन्त अनिच्छा से उस भड़कीली साड़ी को पहनकर शोभा दर्पण के सम्मुख खड़ी हुई, बालों में कंघी फेरकर वह बाहर निकल आई।

रानीजी अपने कमरे में तैयार होकर उसकी प्रतीक्षा कर रही थीं। किसी विदेशी सेंट की तीक्ष्ण सुगन्ध से कमरा महक रहा था....रानीजी की बैमबर्ग

ज्यौर्जेट की बड़ौदा ज़री चकमका रही थी। उनके काले घुँघराले बालों में कुरम्मा ब्रुश कर रही थी। शोभा ठिठककर द्वार पर ही खड़ी रह गई। शोभा का प्रतिबिम्ब दर्पण पर पड़ा, रानी उसे देखकर बोलीं–"वाह, बहुत सुन्दर, जरा इधर तो आना।"

लजाती शोभा आगे बढ़ी। अपना पफ़ लेकर रानीजी ने उसके रक्तहीन कपोलों पर फेर दिया और रूज लगाने को बढ़ीं तो शोभा पीछे हो गई। "क्षमा कीजिए, मैंने यह कभी नहीं लगाया!"

"ओह," हँसकर रानीजी ने कहा–"पर इसके बिना तो तुम बहुत ही एनीमिक लगोगी, मिस जोशी...अच्छा, कोई बात नहीं...चलो।"

बाहर दो डाँडियाँ खड़ी थीं, एक पर रानीजी बैठ गईं, दूसरी पर शोभा। शोभा के पैर थरथरा रहे थे। इतनी घबराहट उसे मन्त्रीजी के पुत्र के जन्मदिन की पार्टी पर भी नहीं हुई थी। यदि मार्ग में कहीं मामाजी या रुक्की मिल जाए तो? बोटहाउस क्लब के पास आकर डाँडी रुक गई। रानीजी उतरीं और शोभा को साथ लेकर भीतर गईं।

"अहा, रानीजी!" कहकर एक रंग-पाउडर से पुती अधेड़-सी महिला ने रानीजी को खींचकर अपने सोफे पर बिठा लिया। महिला के आधे बाल सफेद और आधे खिजाब से रँगे थे, सफेद भौंहों को पेंसिल से यथाशक्ति सँवारा गया था। बिना बाँहों की चोली के नीचे झुर्री पड़ी कमर अनावृत्त थी।

"लेडी सक्सेना।" रानीजी बोलीं।

शोभा ने दोनों हाथ जोड़े। अब तक लेडी सक्सेना ने शोभा को नहीं देखा था, मुड़कर उसने शोभा को खींचकर अपने पास बिठा लिया–"रानी साहबा, आपकी रुचि की प्रशंसा करना ही व्यर्थ है, आपकी तो हर चीज़...सेक्रेटरी भी ढूँढ़ी तो आहा–She is poem–बैठो, बेटी!"

"जी।" लजाकर शोभा ने कहा।

लेडी सक्सेना का मोटा कंठ-स्वर आसपास की मेजों तक पहुँच गया। मि. कर्मचन्द, राजा साहब डूँगरगढ़ आदि भी रानी साहबा को बधाई देने लगे।

"We must admire your taste, रानीजी!" उन रँगी-पुती आकृतियों ने उसे क्षणभर में ही अपनी तराजू में तोल-सा लिया, यह देख शोभा लज्जा से लाल हो गई। उस सर्वथा अपरिचित वातावरण में उसका दम घुटने लगा। उसे अपने गाँव के खेत-खलिहान, पधान दादी का झुर्री पड़ा सरल मुखड़ा,

मौला बक्स की स्नेहार्द्र आँखें स्मरण हो आईं।

गिद्ध-सी भूखी दृष्टि से उसे देखकर मि. कर्मचन्द बोले, "मिस जोशी, interested in Bridge?"

"No thanks," कहकर शोभा उठकर खिड़की के पास खड़ी हो गई। मि. कर्मचन्द फिर अपनी मेज़ पर चले गए। किसी भी व्यक्ति को देखकर शोभा पहले इतनी भयभीत नहीं हुई थी। छह फुट लम्बा कर्मचन्द नैनीताल का प्रसिद्ध ठेकेदार था। क्लब में उसकी लोकप्रियता का अन्त नहीं था, राजा साहब का अनन्य मित्र होने के नाते रानीजी को भाभी कहा करता था। उसकी भूरी मूँछें बड़े यत्न से सर्वदा नई दुलहन-सी कसी-सँवरी रहतीं; अँगुलियों में बादाम के आकर का हीरा चमककर, देखनेवालों की दृष्टि उसके भयावने आकर्षक व्यक्तित्व की ओर बरबस खींच लेता। उसकी तीखी नाक के नीचे दो मोटे उठे ओंठ उसके विलासी स्वभाव का स्वतः परिचय देते। उसके चौड़े माथे पर एक तीखा घाव था जो उसके चेहरे को और भी क्रूर बना देता था। कपड़े पहनने में उसके जोड़ का व्यक्ति सहज में मिलना कठिन था। किसी दिन वह बहुमूल्य हैरिस ट्वीड के कोट में आता तो दूसरे दिन हैदराबाद की चूड़ीदार शेरवानी और मछली बने चूड़ीदार में। हाथ की घड़ियों में ट्यूडर और ओरिस नित्य बदलती रहतीं। उसके वैभव का अन्त नहीं था, सामान्य-सी ठेकेदारी से वह अब आधे नैनीताल के बँगलों का मालिक था। क्लब का नारीवृन्द उसके आस-पास भँवरों-सा मँडराता। आज यह नवीन रूपगर्विता शोभा उसका अपमान कर खिड़की पर खड़ी हो गई...वह भी उधर ही जाने लगा तो मुखरा लेडी सक्सेना बोली "कर्मचन्द, लगता है आज ब्रिज नहीं जम रहा है, क्यों।"

"You know, लेडी सक्सेना," बहुत ही निर्लज्ज हँसी हँसकर कर्मचन्द बोला, "आप जानती ही हैं कि जीवन-भर मैं सौन्दर्य और अच्छी पुस्तकों का प्रशंसक रहा हूँ। अब आज फिर 'ब्रिज' बेचारी कैसे जमे?"

"ओ-हो-हो-हो," कहकर लेडी सक्सेना उसकी परिहास-रसिकता पर हँसते-हँसते दुहरी हो गई।

शोभा अनमनी-सी खिड़की पर खड़ी थी। रानी साहबा और लेडी सक्सेना में घुट-घुटकर बातें होने लगीं। लेडी सक्सेना का कंठ-स्वर शोभा के कानों में आया, वह अपने स्वाभावानुसार किसी पर कैंची चला रही थीं। "लड़की की शादी एम्बैसेडर से क्या हो गई रानी साहबा, मिसेज दस्तूर अब आसमान

पर उड़ी जाती हैं। सच पूछिए तो मेरे पैर की जूती के बराबर भी नहीं है। उसका बाप था डिप्टी कलक्टर, पर आपको तो पता ही है, मेरे पिता I.C.S., दादा I.C.S., नाना I.C.S., तीन-तीन I.C.S. का रक्त है मुझमें। पर यह तीन कौड़ी की मिसेज दस्तूर, डिप्टी की लड़की, Conceited fool!!'' हाथ के पेग को बेयरा की ट्रे पर पटककर वे रानी साहबा से कुछ कान में ही कहने लगीं।

बाहर अँधेरा हो आया था, खड़ी-खड़ी शोभा ताल पर चलती नावों को देख रही थी। एक इन्द्रधनुषी आँचल से आकर्षित होकर उसने दृष्टि फेरी...सविता और सतीश! वह बिजली की गति से तड़पकर खिड़की से हट गई। धीरे-धीरे ताल की रहस्यमय नीलम शुभ्रता में नाव की नवल नील रेखा घुल-मिल गई। शोभा को सन्देह नहीं रहा, वे सतीश और सविता ही थे। एक असीम वैराग्य से म्लान नैनीताल की गोधूलि ने सहसा शोभा को चिन्तातुर बना दिया। जिस मोह की डोर को वह प्राणपण से तोड़कर चली आई थी, वही मोहपाश उसे फिर क्यों जकड़ रहा है? अपने हृदय के विचार को धिक्कारकर उसने मन ही मन युगल दम्पती पर शुभकामनाओं की झड़ी लगा दी। सविता की माँग का सिन्दूर अक्षय हो, उसकी गोद सन्तान, धन-सम्पदा से परिपूर्ण हो। खिड़की के पास खड़ी-खड़ी वह भूल ही गई थी कि वह क्लब में खड़ी है और क्लब के कितने ही सदस्यों की आश्चर्य-विस्फारित दृष्टि उसी पर निबद्ध है।

"मिस जोशी, डाँडी मँगवा लो।" रानीजी के कंठ-स्वर से वह चौंकी और बाहर जाने को उठी।

"आप कष्ट न कीजिए, मैं अभी ले आता हूँ।" कहकर कर्मचन्द बाहर चला गया।

लेडी सक्सेना रानी साहबा के कान में कुछ कहकर उच्च स्वर में हँसीं। शोभा लाल हो गई, वह समझ गई कि उसी को लेकर कुछ आलोचना हुई है। डाँडियाँ आते ही एक में रानीजी बैठ गईं, दूसरी डाँडी में शोभा। गढ़वाली कुली पसीना पोंछते डाँडी चढ़ाई पर लिए जा रहे थे। उनके मिले-जुले कदमों से संगीतमय शब्द नपे-तुले से निकाल रहे थे। रानीजी की डाँडी कभी-कभी आगे निकल जा रही थी। मन ही मन शोभा भयभीत हो रही थी कि कहीं सतीश और सविता न मिल जाएँ। गहन अन्धकार को चीरकर जब उसकी डाँडी बँगले तक पहुँच गई तो उसने शान्ति की साँस ली। गेट पर ही हँसती

हुई शिवकली खड़ी थी।

"आ गया दीदी! कौन-कौन आया था क्लब में?" उसने बड़ी उत्सुकता से पूछा।

क्लान्त हँसी हँसकर शोभा बोली, "शिवी, मैं बहुत थक गई हूँ। अभी बतलाती हूँ।"

अपने कमरे में जाकर उसे बड़ी शान्ति मिली। भारी साड़ी खोलकर उसने सूती धोती पहन ली, हाथ-मुँह धोकर पलंग पर लेट गई। कर्मचन्द का भयावह चेहरा बार-बार उसकी आँखों के सम्मुख आ-जा रहा था। दूसरे ही क्षण सविता और सतीश का ध्यान आते ही वह व्याकुल हुई जा रही थी।

"खाना लग गया दीदी!" वह चौंककर उठ बैठी। मेज पर दो चाँदी के थालों में खाना लगा था। छोटी-छोटी चाँदी की कटोरियों से नाना प्रकार के व्यंजनों की सुगन्ध आ रही थी। रानीजी शाल ओढ़कर वहाँ बैठी उसी की प्रतीक्षा कर रही थीं..."हेलो मिस जोशी, क्लब में तुम्हारी तबीयत नहीं लगी न? Poor dear! कोई बात नहीं, तुम्हें अच्छा न लगे तो कल से घर पर ही रहना!"

शोभा की जान में जान आ गई। भय से काँपती वाणी को संयत कर बोली, "धन्यवाद, यह आपकी बहुत कृपा है। मैं आज तक कभी क्लब में नहीं गई हूँ...।"

उस दिन से शोभा को क्लब से मुक्ति मिल गई, घर पर ही वह रानीजी के कितने ही छोटे-मोटे कामों में लगी रहती। धीरे-धीरे उसे अपना काम का पूरा ज्ञान हो गया, कब रानीजी के लिए चाय का ऑर्डर देना चाहिए, कब कॉफी का, कब उन्हें 'उपन्यास' पढ़ना पसन्द है तो कब वे 'ड्रिंक' लेती हैं। शोभा से रानीजी बहुत प्रसन्न भी थीं। अभी कुछ ही दिन बीते थे, पर इसी बीच वह उसे कई बहुमूल्य नई साड़ियाँ उपहार में दे चुकी थीं। चाइनीज शू-मेकर चींग ली स्वयं आकर उसके पैरों का नाप ले गया था। नैनीताल का प्रसिद्ध ड्रेस-मेकर हरिचन्द तीन दर्जन ब्लाउज सीकर ले आया था। शुद्ध दूध, घी और मक्खन की भी बँगले में कोई कमी नहीं थी। फिर रानीजी स्वयं अपने सामने बैठाकर उसे खिलाती थी। क्लब में थोड़ी देर ही सतीश को देखकर शोभा अशान्त हो उठी थी, पुनः उसे कहीं भी न देखकर वह निश्चिन्त हो गई। हो सकता है, वह सतीश न हो।

एक दिन वह रानीजी से छुट्टी लेकर मामा से मिलने गई। उतरते-उतरते

संध्या हो आई, परिचित गृह के द्वार पर क्वीनी बैठी थी, उसे देखते ही वह कूँ-कूँ कर पैरों पर लोटने लगी। उसी का स्वर सुनकर रुक्की बाहर निकल आई और शोभा को देखकर क्षण भर तो अवाक् ही खड़ी रह गई। यह वही लड़की है जो एक माह पूर्व उसके चौके में गिलास धोया करती थी? चन्दन की काठी-सी देह, सिर से पैर तक सोने-सी दमकती उज्ज्वल कान्ति! रुक्की को वह अलौकिक, अपार्थिव सौन्दर्य नितान्त अपरिचित-सा लगा...गदाधर भी बाहर आया और शोभा की ओर देखकर ऊँचे स्वर में गा उठा : "उलझे-उलझे बाल, हाथ में रेशम का रूमाल, ओ तेरा क्या कहना!"

हँसकर शोभा ने मामी के पैर छुए, "मामी, क्या इसी बीच मुझे नहीं पहचान रही हो?"

लम्बी साँस खींचकर रुक्की बोली—"इसे कहते हैं भाग्य! अभी कल तक मक्खियाँ भिनकती थीं और आज, भला तू ही कह गदा, कौन पहचानेगा इसे!"

शोभा ने हाथ की टोकरी गदाधर को दे दी और कहा—"ले गदा, तूने कहा था ना, मिठाई लाना।" टोकरी में दस-पन्द्रह रुपए की मिठाई और सेब देखकर ईर्ष्या से जली-भुनी रुक्की का पारा उतर गया।...गदाधर खड़े ही खड़े मिठाई फाँकने लगा तो रुक्की ने उसके हाथ से टोकरी छीन ली..."सूअर! पहले जनम में जोंक रहा होगा। दलिद्दर कहीं का! निकाल मुँह से लड्डू, आधा मुन्नी को दे दे।" गदाधर ने माँ का अप्रीतिकर प्रस्ताव सुनकर शीघ्रता से लड्डू निगल लिया और मुन्नी भाई के इस अन्याय से क्षुब्ध होकर तारसप्तक में रोने लगी। दोनों भाई-बहनों को वहीं छोड़ रुक्की टोकरी लेकर भीतर चली गई। शोभा सीढ़ी पर ही खड़ी रही चूँकि, मामी का यह स्वागत उसके लिए नई बात नहीं थी। "नमस्कार, अन्दर आइए, बाहर ही क्यों खड़ी हैं!" रामी का स्वर सुनकर वह भीतर गई। "मैं तो यही सोच रहा था कि आप हमें भूल ही गईं।"

शोभा अपनी साड़ी के नवीन संग्रह में से सबसे साधारण एक सूती गुलाबी साड़ी पहनकर आई थी। पर जल्दी में हाथ के कंकण, अँगूठी और कर्णफूल उतारना वह भूल गई थी। इधर रानीजी की स्नेहमयी छत्रछाया में उसकी सूखी देह-लता श्रावण की वर्षा से पनपी वन-लता-सी पल्लवित हो उठी थी। केश एक ही वेणी में गूँथे होने पर भी शिवकली के कुशल हाथों द्वारा बड़ी दक्षता से गूँथे गए थे। प्रशस्त ललाट पर रोली की छोटी बिन्दी

कामदेव की विजय-पताका-सी लहरा रही थी। घनी लम्बी पलकें और भी चिकनी लग रही थीं। चम्पक पुष्प-सी कोमल पतली अँगुलियों से शोभा ने माथे का पसीना पोंछा और मृदु कंठ से बोली, ''आप लोगों ने भी तो मेरी सुधि नहीं ली।''

रामी इस स्नेहपूर्ण उपालम्भ से गद्गद हो उठा। कीचड़ से लथपथ, पिस्सुओं से बदन खुजलाती क्वीनी को झट से गोद में उठाकर उसके बाल सहलाने लगा। वाणी भावना की बाढ़ में बह गई, काँपते गले से बोला, "I am so sorry, so very, very sorry." क्षण भर को प्रेम का आकस्मिक अद्भुत दान पाकर क्वीनी लपककर रामी का मुँह चाटने लगी। रुक्की इसी बीच अपनी पूर्ण बाल-सेना सहित आ गई और कर्कश स्वर में गरजकर बोली—''अरे ओ रमिया, कुतिया से मुँह ही चटवाएगा या कुछ काम भी करेगा? जा, दो आने की चीनी तो ले आ।'' लजाकर रामी क्वीनी को गोदी से उतारकर चीनी लेने चला गया। चाय का पानी चढ़ाकर रुक्की शोभा के पास बैठ गई और उसके गहने देखने लगी—''राम कसम, दस तोले से कम के नहीं होंगे। क्या हमेशा के लिए तुझे ही दे दिए हैं?''

''पता नहीं, मामी!'' संकुचित होकर शोभा बोली।

''एक तेरे मामा भी हैं, जनम इन रानीजी के यहाँ पूजा-पाठ करते बीत गया, कभी आधे तोले की अँगूठी भी नसीब नहीं हुई।'' लम्बी साँस खींचकर रुक्की बोली।

''माँ-माँ, चाय का पानी उबल गया, जल्दी आओ।'' गदाधर का लाउडस्पीकर बज उठा।

''मरे यह पानी, रखते ही उबलने लगा, दो मिनट कहीं निश्चिन्त होकर बैठूँ, यह भी भाग्य में नहीं बदा है।'' बड़बड़ाती रुक्की उठ गई। पानी के अतिशीघ्र उबलने पर उसकी बड़बड़ाहट तो बहाना मात्र था, आज वह शोभा का राजसी वेश देखकर मन ही मन जली-भुनी जा रही थी।

रामी चीनी लेकर आ गया। दो आने की चीनी की पुड़िया रुक्की के क्रोध का द्वितीय लक्ष्य बनी—''करमफूटा, नासपीटा बनिया, देख तो जरा दो आने की चीनी क्या दी है—चिड़िया की बीट। किस लोक में इसका भला होगा! देखना, मेरी ही आँखों के सामने इसके कीड़े न पड़ें तो कहना।'' बनिए का विधिपूर्वक श्राद्ध कर रुक्की चाय बनाने चली गई। कमरा उसके कटु गर्जन-तर्जन के बाद एकाएक शान्त हो गया। रामी फिर शोभा के पास

बैठ गया, "आप तो कभी Flat पर (मैदान में) भी नहीं दीखतीं? क्या कम उतरती हैं?"

"नहीं तो...उतरती तो हूँ पर प्रायः दोपहर को, रानी साहबा संध्या को क्लब जाती हैं, पर मैं नहीं जाती।"

रुक्की चाय लेकर आ गई। दीदी को देखते ही रामी भय से सीधा होकर बैठ गया। चाय से लकड़ी की दुर्गन्ध आ रही थी। रानी साहबा के यहाँ बढ़िया चाय पीने की अभ्यस्त शोभा चुपचाप उसी चाय को पीने लगी। बाहर अँधेरा हो आया था। चाय पीकर शोभा बोली, "मामी, अब मैं चलती हूँ, बड़ी देर हो गई है, फिर कभी आऊँगी।"

रामी उसे बाहर तक पहुँचाने आया, "कहिए तो मैं ऊपर तक छोड़ आऊँ, आप अकेली कैसे जाएँगी।"

"नहीं, नहीं, आप कष्ट न करें, मैं डाँडी ले लूँगी।"

शोभा ने रानीजी से छह बजे तक लौटने को कहा था, सात बज चुके थे। वह तेज-तेज कदमों से चलने लगी, 'स्लीपी हौलो' (Sleepy Hollow) से रानीजी के बँगले का मार्ग निर्जन तथा बीहड़ था, पास में कोई डाँडी भी नहीं दिख रही थी। वर्षा की बड़ी-बड़ी बूँदों से बचने के लिए उसने साड़ी घुटनों तक समेट ली और सिर आँचल से ढँक लिया।..."What beautiful calves, miss Joshi (मिस जोशी, आपके पैर कितने सुन्दर हैं, वाह!)" सुनकर शोभा सिर से पैर तक काँप उठी। अकचकाकर उसने घुटने तक उठी साड़ी छोड़ दी। मि. कर्मचन्द अपने ऊँचे एल्सेशियन को लेकर उसी के पास आ गए..."आहा भागिए मत, मिस जोशी, मैं क्या भेड़िया हूँ जो आपको खाऊँगा। मैं सचमुच आपके सुन्दर Calves की प्रशंसा कर रहा था...सुन्दर वस्तु को सुन्दर कहने में क्या दोष है, आप ही बताइए?"

शोभा चढ़ाई में चढ़ने से बुरी तरह हाँफ रही थी, साथ ही भय से उसके हृदय की धड़कन कानों में बज रही थी। उसमें पशु से भी भयंकर मनुष्य की ओर आँखें उठाकर देखने का भी साहस नहीं था। अँधेरा क्रमशः बढ़ता जा रहा था, वर्षा से भीगकर उसकी पतली चँदेरी साड़ी बदन से चिपक गई थी।

अपनी बाँह उसकी ओर कर निर्लज्ज स्वर में मि. कर्मचन्द बोले, "Take me arm, miss Joshi." (मेरे हाथ का सहारा ले लीजिए!)

"जी नहीं, मैं चली जाऊँगी।" कहकर शोभा ने अपनी चाल और भी तेज कर दी, पर कर्मचन्द अपने कुत्ते को साथ लेकर उसके पार्श्व तक पहुँच गया। बिजली की चमक से उसके अत्यन्त निकट आने पर शोभा ने उसका भयानक क्रूर चेहरा भलीभाँति देखा। 'ब्रौंज' की प्रतिमा जैसा रूखा निर्दय चेहरा, उस पर अंगारे-सी दहकती भूखे भेड़िये-सी दो आँखें! वह सहम उठी। कर्मचन्द ने आगे बढ़कर उसके कन्धे पर अपना फौलादी पंजा रखा ही था कि, "एक तरफ, बच के साहब" कहते अन्धकार चीरती एक डाँडी और दो-तीन घोड़ों की टाप का शब्द हुआ। भय से अधमरी शोभा के प्राणों में साहस का संचार हुआ, डूबते को तिनके का सहारा मिला। वह छाता-बरसाती से ढँकी उसी डाँडी और घोड़ों के पीछे भागने लगी। थोड़ी देर तक, भौंचक्का-सा कर्मचन्द अकेला खड़ा रहा, फिर बड़े जोर से हँसकर अकेला ही ऊपर की ओर चल दिया।

डाँडी के कुलियों की चाल का साथ देना कोई साधारण बात नहीं है। मशीन के वेग से वे डाँडी को हवा में उड़ाए लिए जा रहे थे। साथ ही 'हटना भाई एक तरफ, बच के भैया' का कर्कश स्वर भी वर्षा में गूँज रहा था। भीगती-भीगती शोभा उन्हीं के पीछे दौड़ी जा रही थी। अन्त में एक गढ़वाली कुली को उस पर दया आ गई।

"कहाँ जाएगा मेम साहब?"

"मल्लीताल।" वह काँपते गले से बोली।

"लो मेरा छाता ले लो, भीग गया है, शिव शिव!"

शोभा को छाता थमाकर वह अपने अन्य साथियों से बोला, "जरा धीरे चलो भाई!" उसके अन्य साथी बिगड़ गए, "क्यों चलो धीरे, अब्बी दूसरा सवारी मिलेगा। क्लब का टैम है।" निरुपाय शोभा ने उसे छाता लौटा दिया और पत्थर की बेंच पर थोड़ी देर सुस्ताने बैठ गई। वर्षा का वेग बढ़ता ही जा रहा था, सरल स्कन्ध-स्पर्श करती शीतल बयार उसे बड़ी प्रिय लगी। अब वह कुत्ता नहीं लौटेगा, मल्लीताल के घंटाघर की रोशनी चमक रही थी। उफ! किस भयानक घड़ी में वह आज घर से निकली थी!

पत्तों की खड़खड़ से वह फिर चौंकी, दो लाल ऊँचे घोड़े बरसाती से ढँके सवारों सहित ठीक उसी के पास आकर रुक गए। पत्थर पर बैठी वर्षा में भीगती उसे देखकर ही उन्होंने लगाम खींच ली थी..."आप तो पानी में भीग रही हैं, मेरा घोड़ा ले लीजिए।" एक सवार ने विनय के स्वर में कहा और

घोड़े से उतरने लगा।

"नहीं, नहीं, धन्यवाद, मैं चली जाऊँगी।" कहकर शोभा उठ खड़ी हुई।

उसका कंठ-स्वर सुनते ही चौंककर वह व्यक्ति घोड़े से उतर गया और शोभा के बिलकुल पास आकर प्रायः चीख-सा उठा, "शोभा, By Jove यह तो अपनी मार्बल है सतीश।" अविनाश को अपनी आँखों पर विश्वास नहीं हुआ, इस बीहड़ गहन अन्धकार में, वर्षा में भीगती, पत्थर की बेंच पर अकेली बैठी, थर-थर काँपती शोभा...!

"ओफ ओ, तुम तो बुरी तरह भीग गई हो, यहाँ बैठी-बैठी क्या कर रही थीं?" अविनाश ने मुड़कर देखा, उसका घोड़ा हिनहिना रहा था। सतीश डाँडी आगे निकलती देख पहले ही चला गया था, वह केवल इतना ही देख पाया था कि अविनाश वर्षा में भीगती किसी युवती को भद्रतावश अपना घोड़ा दे रहा था। उसे भद्रता दिखाने का भी अवकाश नहीं था, सविता की डाँडी बहुत आगे निकल चुकी थी।

"चलो, चलो, पहले होटल चलें, वहीं बातें होंगी।" अपने सईस को घोड़ा थमाकर अविनाश ने शोभा से कहा।

"नहीं, मैं तो घर जाऊँगी। मुझे छह बजे पहुँचना था, पता नहीं रानी साहबा क्या सोच रही होंगी। मुझे आप क्या वहाँ तक पहुँचा देंगे?" उसकी बालक की-सी सरल दृष्टि अविनाश का अन्तस्तल स्पर्श कर गई।

"शोभा! कैसी रानी और कैसा घर! कहीं हमसे छिपाकर घर तो नहीं बसा लिया?" हँसकर अविनाश ने कहा।

"मैंने नौकरी कर ली है।" सिर झुकाकर शोभा ने ऐसे कहा, जैसे बड़ा भारी अपराध कर लिया हो। "नेपाल की एक राजवंश की महिला मेरे मामाजी की परिचित थीं, उन्हीं के यहाँ मैं सेक्रेटरी हूँ। आज मामाजी के यहाँ गई थी, वहीं से लौटने में देर हो गई।"

"जानती हो, मेरे साथ दूसरा सवार कौन था?" कुछ भी उत्तर न पाकर अविनाश ही बोला, "डाँडी पर सविता थी और घोड़े पर सतीश। वे दोनों राजभवन के अतिथि हैं, मैं मेट्रोपोल में हूँ। चलो, तुम मंजरी से भी नहीं मिलोगी, क्या?"

"क्या मंजरी भी आई है, अविनाश भैया?"

"और क्या? Another surprise for you (तुम्हारे लिए एक और आश्चर्य-समाचार) मंजरी अब मेरी परिणीता है!"

"सच!" आनन्द के उमड़ते आँसुओं को शोभा रोक ही न सकी।

"चलो भी जल्दी अब!" कहकर अविनाश शोभा का हाथ पकड़ उसे एक प्रकार से खींचता हुआ होटल की ओर ले चला।

"रानीजी..." शोभा ने विवश स्वर में कुछ कहना चाहा।

"मारो गोली रानी को, मेट्रोपोल से फोन कर देना कि मेरी बहन आई है, लौट नहीं सकूँगी।"

वे दोनों जब होटल पहुँचे तो चिन्ता से आकुल मंजरी बाहर ही खड़ी थी, दस बजने को थे और चीना पीक घूमने को गया अविनाश अभी तक नहीं लौटा। मंजरी को देखकर शोभा फिर काँप उठी। अँधेरे में पहले शोभा को मंजरी देख नहीं पाई, पर होटल-द्वार पर लगे सौ पावर के बल्ब के प्रकाश में उसे देखते ही वह दौड़कर उससे लिपट गई।

"शोभा, तू कहाँ से आ गई? शोभा, सच क्या तू ही है?"

वर्षा में भीगता अविनाश दो सखियों के अद्भुत मिलन को देख रहा था। मंजरी शोभा को खींचकर भीतर ले आई। यह शोभा ही है, वह बार-बार उसे छूकर अपने आपको विश्वास दिला रही थी। उधर अवाक् शोभा मंजरी को एकटक देख रही थी। मंजरी की माँग में सिन्दूर की पतली रेखा, गले में पड़ा मंगलसूत्र, उसे पहले की मंजरी से कितना भिन्न बना रहा था! मंजरी सोच रही थी, शोभा कितनी सुन्दर हो गई है। वर्षा से भीगी अलकें उसके गोरे मुखमंडल पर यत्र-तत्र भौंरों-सी बिखरी थीं। उत्तेजना से उसकी साँसें तेज चल रही थीं, उसके हाथों के कड़े, हीरे के कर्णफूल, सुन्दर बहुमूल्य सुरुचिपूर्ण वेश-भूषा, सब उसके वैभवमय जीवन का परिचय दे रहे थे।

"तेरा ब्याह तो नहीं हो गया मार्बल?" घबराकर मंजरी ने पूछा। शोभा उसकी घबराहट देखकर जोर से हँस पड़ी। उसके गालों पर पड़ते सुनहरे गड्ढ़ों को देखकर अविनाश के हृदय में एक टीस उठी। अभागा सतीश! आज वैभव के मद से उन्मत्त वह इस अलभ्य नारी-रत्न को भूल बैठा है। पर क्या इसे देखने पर फिर भूल सकेगा?

"चलो शोभा, पहले भीगे कपड़े बदल डालो।" मंजरी दौड़कर कपड़े ले आई, शोभा अपने कपड़े बदलकर आ गई, मंजरी ने उसके भीगे केश खोल दिए। उसके गले से लिपटकर बोली, "सच मार्बल, मुझे विश्वास ही नहीं हो रहा है कि यह तू ही है! कैसी निष्ठुर बनकर हमें छोड़ आई थी।" मंजरी का उत्फुल्ल मुख विषाद से काला पड़ गया। उसने शोभा को आज भी उसके

पलायन के लिए क्षमा नहीं किया था।

अविनाश बैरे के साथ तीन थालों में खाना ले आया, "बातों से तो पेट नहीं भरेगा। पहले खाना खा लो, शोभा! मैं तुम्हारी रानी साहबा से भी कह आया हूँ फोन पर कि तुम कल तक आओगी।"

खाना खाकर तीनों बैठे ही थे कि मंजरी बोली–"अरे शोभा, अब तो मिट्टू भी बहुत बड़ा हो गया होगा।" इलायची लेने को उठा शोभा का हाथ सहसा काँपकर रह गया। मंजरी और अविनाश के साथ आकस्मिक भेंट से शोभा का उत्फुल्ल हृदय म्लान हो गया। उसके अश्रुपूर्ण नयन देखकर मंजरी अवाक् हो गई। यह क्या! मिट्ठू का नाम लेते ही शोभा की आँखों में आँसू क्यों? किन्तु जब धीरे-धीरे शोभा ने अपनी आपबीती उन्हें सुनाई तो मंजरी की आँखों से भी आँसू बह चले। अविनाश उठकर बाहर चला गया। तीनों भाइयों की आकस्मिक असामयिक मृत्यु, माँ का मस्तिष्क-विकार और अन्त में मृत्यु...। बेचारी शोभा! अविनाश बाहर खड़ा-खड़ा सोच रहा था। उसे मन ही मन सतीश पर खीझ उठने लगी थी। यदि वह अपनी धुन का पक्का होता तो क्या वह शोभा को नहीं पा सकता था? अब सविता के हाथ का पुतला बना, उसके आँचल की डोर से बँधी पतंग-सा उड़ रहा है। विवाह में उसे तिवारीजी ने इतना दिया कि जनार्दनजी का गृह समुद्र-गर्भ के रत्नों-सा भर गया था। नई कार में पार्श्व में बैठी सविता को लेकर वह जिधर जाता, लोग झुक-झुककर सलाम करते।

राजभवन के राज्यपाल उसे बाँहों में भर लेते। मंत्रीगण उसे 'बेटा, बेटा' कहकर पुकारते। दुर्बल हृदय सतीश उस बनावटी प्रेम और वैभव की बाढ़ से शोभा को ही नहीं, अपने माता-पिता को भी भुला बैठा था। हाथ में सिगरेट फेंककर अविनाश भीतर गया तो शोभा और मंजरी धीमे स्वर में बातें कर रही थीं, उसे देखते ही मंजरी हँसकर चुप हो गई।

"लगता है, मेरी ही बातें हो रही हैं।" अविनाश बोला।

"जी हाँ," मंजरी शासन के स्वर में बोली–"आज हम दोनों इस कमरे में सोएँगी, आप अपना बिस्तर लेकर गैलरी में चले जाइए।"

"जो आज्ञा सरकार! मैंने तो आपकी सेवा का व्रत लिया है। उस दिन वर्षा में गोद में लिए उतनी दूर चला आया था गवाह आपके सम्मुख है।" शोभा की ओर अँगुली दिखाकर वह बोला।

शोभा के उदास मुँह पर हँसी खेल गई, "मैं तो उसी दिन जान गई थी,

मंजरी!'' वह लजाए स्वर में बोली।

''अच्छा! बड़ी छिपी रुस्तम निकलीं, मार्बल! अच्छा भई, मैं तो अपना बिस्तर लिए जा रहा हूँ। 'सखी' के मिल जाने से अब बेचारे 'सखा' की दुर्गति है। क्यों क्या कहती हो, शोभा?''

आधी रात बीत चुकी थी, होटल के सब कमरों की बत्ती बुझ गई। मंजरी ने भी बत्ती बुझा दी और शोभा के पास आकर लेट गई। क्षण भर को दोनों को लगा, जैसे वे लखनऊ के उस प्रिय परिचित कमरे में फिर पहुँच गई हैं। मंजरी सतीश के विवाह का पूर्ण विवरण सुना रही थी : ''जब भाभी का वरण कर अम्माँ ने घूँघट पलटा, तब मैंने सोचा—काश! इस घूँघट के नीचे मेरी शोभा होती!'' शोभा के कानों में सतीश के विवाह की शहनाई का स्वर गूँज उठा, उसने अँधेरे में अपने धड़कते हृदय पर रजाई खींच ली। सतीश के प्रति एक अनजानी-सी पीड़ा से वह स्वयं संकुचित हो उठी। राजभवन के किसी विशाल कक्ष में वह सो गया होगा, उसके पार्श्व में सविता होगी...।

''शोभा, सो गई क्या?''

''नहीं तो, सुन रही हूँ मंजरी!'' अपना ही कंठ-स्वर शोभा के कानों में अपरिचित-सा लगा।

''...और भैया के विवाह के कुछ ही दिनों बाद मेरी सगाई हो गई। उसका भी एक इतिहास है। अम्माँ मेरे ब्याह के लिए कितनी उतावली हो रही थी, तुझे पता ही है। एक दिन तिवारीजी ने अपने किसी परिचित एम. पी. के पुत्र की कुंडली पिताजी के पास भेजी। लड़का इंजीनियर था, उस पर तिवारीजी के परम मित्र का पुत्र। अम्माँ ने तो कुंडली मिलते ही हाँ कर दी, पर पिताजी ने एकान्त में मुझे बुलाकर पूछा—'बेटा, विवाह तेरा है और आज तक तेरी ही सम्मति नहीं ली गई, यदि आज मेरी शोभा होती तो मुझे तुझसे नहीं पूछना पड़ता। पर लज्जा-संकोच छोड़कर मुझे बता बेटी, इस सम्बन्ध में तुझे कोई आपत्ति तो नहीं है?—मैं हाँ लिख दूँ?' मैंने बड़ी जोर से गर्दन हिलाकर 'नहीं' कहा और किसी भाँति अपने आँसुओं के उमड़ते वेग को रोककर बाहर भाग गई। उसी समय नित्य की भाँति पिताजी से मिलने अविनाश आ रहे थे। मुझे रोती देख झट मेरा हाथ पकड़कर बोले—'क्या बात है मंजरी, रो क्यों रही हो?' मैं क्षण भर को अपनी शिक्षा, शील-संकोच

सब भूलकर, दोनों हाथों से मुँह ढँक और भी वेग से रो पड़ी। बड़ी चेष्टा से रुलाई रोककर मैंने इन्हें बताया कि मेरा विवाह किसी इंजीनियर से स्थिर हो रहा है, मैं यह विवाह नहीं करना चाहती। उस अन्धकार में क्षण भर को मैं निर्भीक हो गई। मेरी ठुड्डी पकड़कर इन्होंने मुझसे पूछा,...'मंजी, कहने में तो भय हो रहा है, किन्तु यदि यही प्रस्ताव मैं करूँ तो?'... मैंने काँपकर इनकी छाती में मुँह छिपा लिया।

'पिताजी की प्रसन्नता की सीमा नहीं थी। कहते फिर रहे थे कि घर ही में तो रत्न पड़ा था, मैं अब तक काँच बटोर रहा था। केवल अम्माँ पड़ी-पड़ी रोती थी, कहती थी, 'शोभा गई, अब मंजरी भी चली जाएगी।' पिताजी ने कह दिया, 'तो क्या हुआ, बहू तो आ गई है।' कहकर बेचारे खुद ही सहमकर रह गए, अम्माँ पर यह सबसे बड़ी चोट थी।

"भाभी हम सबसे भिन्न हैं, जीमखाना, क्लब, पीना-पिलाना ही उनका जीवन है। साथ ही भैया भी पीने लग गए हैं। जब तक मैं वहाँ थी, एक बार नित्य अम्माँ को देखने जाती थी। अब तो वह घर ही बदल गया है।"...मंजरी का दुःखभरा निःश्वास रात्रि की गहनता में गूँज उठा...

"बड़ी रात हो गई है, सो जा, मंजरी!" शोभा ने करवट बदल ली, पर सवेरा होने से कुछ पहले ही उसकी आँखें लग पाईं।

जब वह जगी तो धूप निकल आई थी, मंजरी उसकी बगल में पड़ी बेखबर सो रही थी, अविनाश अखबार पढ़ रहा था।

"Good morning miss Joshi!"–अविनाश अखबार रखकर बोला–"जरा मेरी मेम साहब को भी तो उठा दो, रात-भर विरह में तड़पता रहा हूँ।"

"उठ मंजरी, देख तो दिन निकल आया है।" लजाकर शोभा उठ बैठी।

मंजरी बड़े कष्ट से 'उँह, आँह' कर काँखती उठी।

"रात-भर तुम्हारी बातों ने जो दक्षिणी संगीत का आनन्द दिया, उधर होटल के पूरे मच्छरों ने मेरे शरीर की यह दुर्दशा की, पतिव्रता स्त्री के कोई भी लक्षण तुममें नहीं हैं, मंजरी।" गम्भीर स्वर में अविनाश बोला।

मंजरी ने हँसकर कहा, "अभी बातें पूरी कहाँ हुईं, आज दिन भर लगेगा, तब कहीं शायद पूरी हों।"

व्यग्र होकर शोभा बोली, "नहीं, नहीं, आज तो मुझे जाना ही होगा। रानीजी न जाने क्या सोच रही होंगी!"

"हाँ मंजरी, शोभा बेचारी को जाने दो। ऐसे सुन्दर सेक्रेटरी का रात-भर ग़ायब रहना ठीक नहीं है!"

"अच्छा, आप पहले चाय तो मँगवाइए, फिर हम दोनों इसे वहाँ तक पहुँचा आएँगे जिससे रानीजी को इसकी बहन के अस्तित्व पर शंका न रहे।"

"यह भी तो ठीक है, पर मैं तो नहीं जा सकूँगा, मंजरी! मुझे आज नौ बजे तुम्हारी भाभी साहबा का ब्लडप्रेशर जो लेना है। नहीं पहुँचा तो सतीश नाराज होगा।"

सतीश का नाम सुनते ही शोभा फिर चौंक पड़ी। व्यग्र होकर बोली, "मैं अकेली ही चली जाऊँगी, मंजरी, रानीजी कभी कुछ भी नहीं कहेंगी।"

"नहीं, नहीं, मैं तुम्हें अकेले हर्गिज नहीं जाने दूँगी। रही इनकी बात, इन्हें जाने दो। हाँ, भाभीजी से जरा इतना ही पूछ लेना कि ब्लडप्रेशर लेने के लिए ही क्या ननदोई का स्मरण होता है?"

भाभी का नाम लेते ही उसके मुँह पर घृणा का भाव स्पष्ट हो गया। वह हाथ में तौलिया लेकर बाथरूम में चली गई। जब वह नहा-धोकर आई तो कुछ क्षण पूर्व के तूफानी बादल उसके उत्फुल्ल मुख-मंडल से उड़ गए थे।

बैरा ट्रे में गर्म चाय और टोस्ट लगाकर रख गया। चाय पीकर दोनों चलने लगीं तो शोभा हँसकर बोली, "अब मंजरी शाम ही को लौटेगी, अविनाश भैया! आज वह मेरी अतिथि रहेगी।"

अविनाश ने हँसकर कहा—"अब जब दिन भर का वियोग सहना ही है तो क्या किया जाए। पर देर मत करना, मंजरी!"

दोनों डाँडियों में बैठ गईं और द्रुत वेग से जाते कुली हवा से बातें करने लगे। जब दोनों बँगले में पहुँची तो हाँफती हुई शिवकली गेट तक दौड़ी आई, "अरे दीदी, कहाँ रह गया तुम, कल शाम राजा साहब भी आ गया है।"

घबराकर शोभा ने पूछा, "क्यों री शिवी, रानीजी नाराज़ तो नहीं हुईं?"

"नाराज?"—चपटे मुँह पर अंकित भँवों को उठाकर आश्चर्य से शिवी ने पूछा, "नाराज़ क्यों होता? तुम अपनी बहिनी के घर रहा, इसमें नाराज़ी का क्या बात! यही तुम्हारी बहिनी है न? My God! how beautiful! (अरे भगवान! इतनी सुन्दर!)

मंजरी को हँसी आ गई, शिवकली फुदकती हुई उन्हें भीतर ले गई।

बँगले की सुरुचिपूर्ण सजावट को कला-प्रेमी मंजरी बड़े गौर से देख रही

थी। शोभा का कमरा छोटा होने पर भी बड़ा सुन्दर था। मेज पर अपनी एक पुरानी-सी तस्वीर देखकर मंजरी हँसकर बोली, "छीः, छीः, तुम्हें क्या इससे अच्छी कोई तस्वीर नहीं मिली?—मुँह तो देखो, लगता है, गाल में फोड़ा उग आया है। पर शोभा, You are really lucky (तुम बड़ी भाग्यवती हो!) कमरा क्या है, बिलकुल मारी आंतोइने का Bedroom है!"

"रानी साहबा की रुचि वास्तव में परिमार्जित है, मंजू। उनका सरल-स्नेही स्वभाव उनकी रुचि से भी सुन्दर है। यही नहीं, काम के नाम पर भी वह मुझे सींक भी नहीं तोड़ने देतीं। कभी मैं जबरदस्ती कॉफी बनाकर पिला देती हूँ, तो कभी कुछ पढ़कर सुनाती हूँ। बस यही मेरा काम है मंजरी! मैं कहती भी हूँ कि मेरे हाथों में मेहँदी थोड़े ही लगी है, पर वह हँसकर टाल जाती हैं।"

"और राजा साहब क्या यहाँ नहीं रहते?"—मंजरी ने पूछा।

"नहीं, वे नेपाल में अपनी जागीर देखते हैं, कभी-कभी सीज़न में चले आते हैं। उनके साथ भी पूरा दल-बल रहता है। उनके ए.डी.सी., सेक्रेटरी, नौकर, रसोइया सब अलग हैं। बस दोनों की एक लड़की है, वह यहीं सेंट मेरीज़ के बोर्डिंग में पढ़ती है।"

हँसती हुई शिवकली ट्रे में कॉफी ले आई, गरमागरम 'परकोलेटेड' कॉफी की एक चुस्की लेकर मंजरी बोली, "वाह! बहुत सुन्दर बनी है, भई!" "Thank you, Thank you, madam!" हँसकर शिवकली बोली—"सरकार भी कहता है, तुम्हारा-सा कॉफी शाला बटलर भी नहीं बनाता।"

"छिः, छिः शिवी, तूने फिर वही कहा"— स्नेह से झिड़ककर शोभा बोली। वह दिन-रात शिवकली को बुरी भाषा के लिए और सिगरेट व मदिरापान के लिए टोका करती थी। "लगता है शिवी, तू आज सवेरे ही से चरणामृत चढ़ा आई है।"

"हा-हा, दीदी,"—हँसकर दोहरी होती ठिंगनी शिवी बोली, "क्या मज़े की बात कुन्छा, दीदी...चरनामिरत, सच, चरनामिरत ही पीकर आया हूँ। सबेरे भुन्सारे ह्विस्की लेकर सरकार के कमरे में गया, पूरा बोतल बिना सोडा के पी गया। एकदम 'नीट'! फिन थोड़ा अपना गिलास में देकर बोला—'पी जा छोकरी'—राजा का चरनामिरत कैसे छोड़ेगा? हम सब पी गया, पेट सब गरम है।" एक अद्‌भुत अनुभूति से सीप के बटन-सी आँखें मूँदकर शिवी बोली—"अहा, कैसा गरम-गरम हो गया।"

शोभा एक लम्बी साँस खींचकर बोली—"यही चरणामृत तुझे एक दिन ले बैठेगा, लड़की!"

आँखें मूँदे शिवकली नशे में बुत-सी हो गई। लार उसके लिपस्टिक पुते मोटे-मोटे ओंठों से होकर नीचे टपकने लगी। लपककर शोभा ने उसे उठाकर अपने बिस्तरे पर लिटा दिया। वह लेटते ही शराबी जैसे खर्राटे लेने लगी।

"देखा, मंजरी!" शोभा बोली, "यही सब देखकर मेरा मन कभी-कभी यहाँ से भाग उठने को करता है। राजा साहब को अभी तक देखा नहीं है, पर जो एक दासी को इतनी शराब पिलाकर मतवाला बना सकते हैं उन पर श्रद्धा नहीं रही। जी करता है, आज ही रानी साहबा से विदा लेकर तेरे साथ चल दूँ।..."

मंजरी उछलकर बोली—"सच, शोभा! तू मेरे साथ चल, अविनाश अभी पूना में ही रहेंगे, बदली की कोई सम्भावना नहीं है। हमारा छोटा-सा बँगला है। हम तीनों साथ ही बड़े आराम से रह सकते हैं। तुझे कोई न कोई नौकरी मिल ही जाएगी। ऐसे मतवाले वातावरण में तेरा रहना किसी तरह नहीं हो सकता। ऐसा भी क्या गहना जिससे गर्दन टूटे, इससे तो रूखी-सूखी ही भली।"

उदास स्वर में शोभा बोली—"एक ही सहारा है। वह हैं रानीजी...वे तो देवी हैं मंजरी, उनके स्नेह की डोर को तोड़ने का साहस नहीं होता। जिस ममत्व से उन्होंने मुझे अपनाया, शरण दी है, उसी से कैसे सम्बन्ध तोड़ूँ?"

"क्या रानी जी नहीं पीतीं?"

"पीना तो इनके यहाँ सुहागिनों के लिए उतना ही आवश्यक है, जितना तुम्हारा यह काला मंगलसूत्र। प्रत्येक सहभोज पर उनके लिए थोड़ी-बहुत मात्रा में पीना अनिवार्य है, पर रानीजी कभी नियम का उल्लंघन नहीं करती। वही नपी-तुली मात्रा में लेती हैं। मैं ही तो उन्हें देती हूँ। एक और गुण है जिसने उन्हें मेरी दृष्टि में देवी-तुल्य बना दिया है। वह है उनकी अटल पतिभक्ति! 'अन्ध बधिर क्रोधी अति दीना' रूप में ही वे पति को पूजती हैं। राजा साहब की जो कुछ कीर्ति शिवी से सुनी है, उससे तो उस नरपशु की ओर रानी साहबा को देखना भी नहीं चाहिए।"

"सच?" मंजरी आँखें फाड़कर सुन रही थी।

"कई बार मैंने उन्हें एकान्त में रोते देखा है, पर मुझे देखते ही आँसू पोंछकर हँसकर पूछती हैं, "ठीक हो बा? रात को नींद आया?"

"मेरी नींद के लिए चिन्तातुर वह स्नेहमयी देवी रात भर करवटें बदलती रही होगी, यह मैं उन भीगी आँखों को देखकर ही समझती हूँ। पर न जाने किस मौन अभिशाप से अभिशप्त वह नारी अपना दुःख शिव के विष की भाँति स्वयं ही पी लेती है। मैं उन्हें छोड़कर चली जाऊँगी तो उनकी क्या दशा होगी, मंजरी?"

शिवकली अचानक आँखें मलकर उठ बैठी, हड़बड़ाकर उसने शोभा के पैरों की धूलि तीन बार अपने माथे पर लगा ली।

"अरे-अरे, यह क्या करती है, पगली!" शोभा बोली।

"दीदी, घोर नरक में जाएगा शाला शिवी, आपका बिस्तर में सो गया...शाला, हरामी, बदजात।" जीभ काटकर उसने बार-बार अपने कान पकड़े और कॉफी के प्याले ट्रे में रखकर बाहर चली गई।

"मुझे तो तुम्हें यहाँ छोड़ने में न जाने कैसा भय हो रहा है, शोभा! इस आदर और स्नेह के बीच मानो कहीं विपत्ति का भयंकर बादल उमड़ रहा है।..."

"अच्छा हटाओ भी, मंजरी, इन बातों को। यह तो बताओ, मौसी का इलाज क्या अभी डॉ. शर्मा ही कर रहे हैं।"

"नहीं शोभा," एक लम्बी साँस खींचकर मंजरी बोली—"बीच में एक बार तिवारीजी ने कहा था कि उन्हें किसी विदेशी विशेषज्ञ को दिखाने जर्मनी ले चलेंगे, पर अब किसे पड़ी है अम्माँ की। बस एक पिताजी ही बड़ी लगन से दिन-रात उनकी सेवा करते हैं। जब तक मैं थी, नित्य अम्माँ को देख आती थी, उनके बाल बना आती थी। एक बार इनकी तबीयत भी खराब हो गई और मैं तीन-चार दिन तक नहीं पहुँच पाई, जब चौथे दिन गई तो देखा—पिताजी अम्माँ की रूखी लटों को अनाड़ी हाथों से सुलझा रहे हैं। मुझे देखते ही बोले—'जब से तू गई है, इसके बालों में जटें पड़ गई हैं, ले सुलझा दे तो, बेटी!' मैं अपनी आँखों से आँसू रोक ही नहीं सकी, दीवार की ओर मुँह फेरकर मैंने आँखें पोंछ लीं और कहा—'अम्माँ, उन्हें बुखार आ गया था, इसी से नहीं आ सकी। कैसा जी है आज?' उदास डबडबाई आँखों से मेरी ओर देखकर अम्माँ ने रज़ाई खींच ली। महरी बताशो ने मुझे बाद में बताया कि भैया-भाभी तिवारीजी के साथ 'डैकोटा' में काश्मीर घूमने गए हैं। कहने लगी, 'बिटिया, तुम्हारे भैया ने तो अम्माँजी की ओर से आँखें ही बन्द कर ली हैं!...ऐसा भी क्या बहू का दुलार कि प्राण रहते ही अम्माँजी को पिंड दे

दिया। ब्याह किसका नहीं होता पर जिस महतारी ने गरभ में रखा उसी की यह हालत करता है कोई!' सच कहती हूँ, अम्माँ की हालत देखी नहीं जाती, शोभा। मैंने कई बार कहा भी, 'अम्माँ, अब हमारी बदली हो गई है, चलो हमारे साथ।' पर मानती ही नहीं।...शोभा, यदि तुम उस दिन इतनी कायर नहीं बनी होतीं तो यह सब नहीं होता।''

''पागल हो मंजरी!'' शोभा शान्त स्वर में बोली, ''मौसी आज जीवित तो हैं। यदि मैं उस समय तुम्हारा कहना मानती तो वे क्या इस भयंकर आघात को सहन कर सकतीं?—क्षणिक आवेश में की गई उस क्षति की पूर्ति क्या मैं कभी कर सकती थी? तुम्हारी वह विशाल हवेली बिक जाती, भारत के एक भावी राजदूत तुम्हारे परिवार के चिर शत्रु बन जाते। फिर मौसी को जो मैं वचन दे चुकी थी, उस विश्वासघात का गुरुतर बोझा मैं कैसे वहन कर सकती? मंजरी, तुम्हारे भाई को सदा सुख और वैभव में रहने का अभ्यास है, मुझसे विवाह कर उन्हें चिर-दारिद्र्य, लाँछना और अपमान वरण करने पड़ते। अच्छी नौकरी यदि उन्हें न मिलती तो? और आज मुझे न पाकर भी वे क्या अधिक सुखी नहीं हैं? तुम स्वयं ही तो कह रही हो मंजी, कि अपने असीम वैभव, ऐश्वर्य और सुख में वे अपनी माँ को भूल बैठे हैं। यदि अपने मोह के दुर्बल क्षणों पर मैं विजय न पाती तो परिस्थितियाँ मुझे आज तुम्हारी दृष्टि से भी गिरा देतीं।'' सदा की मितभाषिणी शोभा अचानक मुखर हो उठी थी, उत्तेजना से उसकी आँखें डबडबा रही थीं। उस त्यागमयी सरल बालिका के पवित्र मंजुल मुखड़े पर एक़ अनोखी आभा झलक रही थी। कितना सत्य था उसका कथन! अपने भाई के दुर्बल हृदय पर स्वयं मंजरी को भी तो विश्वास नहीं था।

''दीदी!'' शिवकली का कंठ-स्वर सुनकर दोनों चौंक पड़ी।

''सरकार आपको चाय पर बुलाता है, आपकी बहन को भी।''

दोनों जब चाय की मेज़ पर पहुँचीं तो रानीजी उन्हीं की प्रतीक्षा कर रही थीं। राजा साहब भी वहीं बैठे थे। शोभा और मंजरी ने अभिवादन किया। मन्द मुस्कान से रानीजी बोलीं, ''बैठो बा, बहुत अच्छा किया, अपना बहिनी को ले आया। हमको रात-भर फिकिर के मारे नींद नहीं आया, जब तुम्हारा फोन आया तब शान्ति हुई।''

शोभा सिर झुकाकर चाय पीने लगी, पर मंजरी राजा और रानी साहबा का निरीक्षण कर रही थी। बीच-बीच में चाय की चुस्कियाँ लेती वह रानी

साहबा की बातों का निस्संकोच उत्तर भी देती जा रही थी। तो ठीक ही कह रही थी शोभा, स्वभाव और रूप के साथ-साथ रानीजी की वाणी भी मीठी थी। स्थूल शरीर होने पर भी उनका गौर वर्ण स्फटिक के समान था, उनके अंग-अंग पर हीरे झलझला रहे थे। उनकी मधुर मुस्कान भी उनके शरीर का एक अंग-सी थी। अपनी मुक्ता-सी स्वच्छ दन्तावली दिखाती, वे सोने-चाँदी की तश्तरियों में सजे मेवे और मिष्ठान्न बड़े प्रेम से शोभा और मंजरी की ओर बढ़ा रही थीं। राजा साहब सुदर्शन, लम्बे-चौड़े व्यक्ति थे, उनका रंग रानी साहबा के समान गोरा न होने पर भी स्वास्थ्य की लालिमा से पूर्ण था, सारे शरीर का रक्त जैसे गालों पर ही आ गया था। लाल गालों को फुला-फुलाकर वे भूखे शेर की भाँति खाद्य आदि निगले जा रहे थे।

"लाली, चाय बनाओ।" वे गुरु-गम्भीर स्वर में ऐसे गरजे, जैसे किसी ने लट्ठे का थान फाड़ा हो। 'लाली' रानीजी का नाम था। उन्होंने चाँदी के प्याले में चाय डालकर उनके सम्मुख रख दी। एक ही साँस में बिना दूध की चाय गटककर राजा साहब ने पहली बार शोभा और मंजरी की ओर देखा, जैसे खाने के बीच उन्हें इधर-उधर देखना भी अच्छा न लगता था। उनकी व्याघ्र जैसी क्रूर दृष्टि मंजरी की दबी पर निर्भीक आँखों से टकराकर शोभा पर निबद्ध हुई। लज्जावती शोभा ने और भी सिर झुका लिया, वह भय से पसीने-पसीने होने लगी। रानी साहबा विनय के स्वर में बोली, "सरकार, आज क्लब में जाना होगा आपका?"

"हूँ।" सर्प की सी फुत्कार में उत्तर देकर वे उचककर पकौड़ी की प्लेट गोद में लेकर 'कचर-कचर' शब्द के साथ खाने लगे। उनके स्वभाव का प्रत्येक गुण उनकी गतिविधि से ज्ञात हो रहा था। प्रथम दृष्टि में वह व्यक्ति जितना ही सुदर्शन लगा था, धीरे-धीरे मंजरी को वह अत्यन्त कदर्य लगा।

"लाली!" वह फिर गरजे।

"जी सरकार!" रानी साहबा का चाय में चीनी मिलाता हाथ काँपकर रह गया।

"आज रात को कर्मचन्द को भी डिनर पर बुलाना होगा। दो स्कॉच ह्विस्की और सोडा क्लब से मँगवा लेना।"

कर्मचन्द का नाम सुनकर शोभा के हाथ का प्याला काँप गया...

"हुकुम हुजूर!" कहकर रानीजी ने सिर झुका लिया। 'ख्व-ख्व ख्वाक-ख्वाक' करके घिनौनी मुद्रा से राजा साहब ने कफ खखारकर वहीं पर

धरी चाँदी की चिलमची में थूक दिया और बड़े जोर से कुर्सी धकेलकर बाहर चले गए। शिवी ने कुर्सी फिर यथास्थान रख दी और थोड़ी देर तक कमरे में सन्नाटा छाया रहा। फिर कमरे की निःस्तब्धता को भंग कर मृदु स्वर में रानी साहबा ही बोलीं—"आज भी बहिनी का संग रहना चाहती हो, मिस जोशी..."

"जी हाँ।" कृतज्ञ स्वर में शोभा ने कहा। कर्मचन्द के आने का समाचार सुनकर वह भय से अधमरी हो गई थी।

"यदि आप इसे तीन-चार दिन की छुट्टी दे देतीं तो मैं आपकी बड़ी आभारी रहती, रानी साहबा! मैं बहुत दूर चली जाऊँगी, न जाने कब मिलना हो।"

रानीजी कुछ सोच में डूब-सी गईं—"हमको तो कोई आपत्ति नहीं थी, पर राजा साहब कहेगा, बिना सेक्रेटरी के क्लब कैसे जाएगा।...कोई बात नहीं। तुम जाओ मिस जोशी, शिवी हमारे पास रहेगा..."

"मैं आपको किन शब्दों में धन्यवाद दूँ!" मंजरी की आँखें कृतज्ञता से पसीज-सी उठीं...

दोनों बहनों के मुँह पर सन्तोष की लहर देखकर रानी साहबा भी प्रसन्न हो गईं, "नहीं बा, कोई बात नहीं, तुम अपनी बहन को जरूर ले जाओ... माली से कहना, तुम्हारा बिस्तर और सूटकेस ले जाएगा।"

"जी।" कहकर शोभा उठ खड़ी हुई।

मंजरी ने कमरे में पहुँचते ही दरवाजा बन्द कर दिया और शोभा के दोनों हाथ पकड़कर बोली—"मार्बल, तू सब सामान रख ले, मैं तुझे अब इस शेर के पिंजड़े में नहीं आने दूँगी। रानीजी देवी हैं, मैं मानने को तैयार हूँ पर उस भूखे भेड़िये के पास तुझे रखकर मैं अपने को कभी क्षमा नहीं कर पाऊँगी। तू यदि उसकी ओर आँखें उठाती तो देखती, वह अवसर पाते ही तुझे निगल जाने को तत्पर था।"

करुण उदास स्मित सहित शोभा बोली—"मेरे भाग्य में सुख नहीं है मंजी! जहाँ जाए रूखा, वहीं पड़े सूखा। सोचा था, रानीजी की स्नेहमयी छत्र-छाया में मुझे अभय मिल गया है; किन्तु देख रही हूँ, यहाँ से भी भागना पड़ेगा।"

मंजरी ने जल्दी-जल्दी उसके कपड़े बटोरकर सूटकेस में रख लिए। रानीजी पूजा में बैठी थीं, उन्हें चौखट से ही प्रणाम कर वे दोनों जल्दी-जल्दी बाहर

निकल आईं। जब वे दोनों 'मेट्रोपोल' पहुँचीं तो अविनाश उनकी प्रतीक्षा में बाहर ही खड़ा था। उसे देखते ही शोभा का उत्साह एकाएक फीका पड़ गया, वह मंजरी की नई बनी गृहस्थी में बिना अविनाश की अनुमति के आ गई है, यह क्या उसने ठीक किया? रानीजी के यहाँ वह किस साहस से जाए? कर्मचन्द और राजा साहब नहला-दहला की वह क्रूर जोड़ी, स्मरण करते ही उसका कलेजा ठंडा पड़ गया। उसका सूखा-सा मुँह देखकर मंजरी बोली—"क्या हो गया मार्बल, तू तो चुप पड़ गई, चल चाय मँगवाएँ। सुनिए जी, ज़रा गरम चाय तो मँगवाइए।"

"जी सरकार," कहकर अविनाश ने घंटी बजाई। बेयरा आते ही बोला—"हुजूर, आपका फोन आया है।"

"मेरा?" अविनाश अचकचाकर उठ खड़ा हुआ।

"जी नहीं, इन बीबीजी का।" कहकर उसने शोभा की ओर संकेत किया।

"Hello" शोभा ने कहा।

"कौन, दीदी हैं, मैं हूँ शिवी...लीजिए सरकार को आपसे बात करना है।"

"जी", नम्र स्वर में शोभा बोली।

"मिस जोशी, I am so verry sorry—पर अब तुमको मैं छुट्टी नहीं दे सकता, राजा साहब को अभी नेपाल जाना पड़ेगा। अभी-अभी तार आया। पार्टी भी कैंसल करना पड़ा। वहाँ चीनी की मिल में ज़ोर का Strike हो गया, शाम को ही राजा साहब by air जाएगा, तुमको कल आना ही होगा मिस जोशी! मेरा तबीयत फिर खराब हो गया। वही हार्ट की शिकायत।" उनका स्वर हाँफ रहा था।

"जी हाँ, जी हाँ।" राजा साहब के जाने का समाचार सुनकर शोभा का मन-मयूर नाच उठा।

"मैं कल अवश्य आ जाऊँगी, आप कौरेमीन अवश्य ले लें।'

"Thanks मिस जोशी..."

मंजरी भी खड़ी-खड़ी सुन रही थी।

"रानीजी का फोन आया है मंजरी...राजा साहब जा रहे हैं। अब मैं निश्चिन्त होकर जा सकती हूँ।"...उसने शान्ति की साँस ली।

मंजरी ने अपनी बड़ी-बड़ी आँखें फैलाकर पूछा—"तो क्या फिर वहीं जाने का साहस कर रही हो? यदि राजा साहब लौट आएँ तो?"...शोभा हँसकर

बोली—"तो मेरे लिए द्वार तो खुले रहेंगे न? पर वे एक बार नेपाल जाने पर सहज में नहीं लौटते। हो सकता है उनके चरित्र के विषय में हमारी धारणा ग़लत हो। चलो, थोड़ी देर को तो संकट टला, तब तक मैं अन्यत्र भी चेष्टा में रहूँगी, और नहीं तो फिर—पुनि जहाज़ पै आवै।..."

मंजरी की आँखें भर आईं, वह बोली, "अब जहाज का पंछी कभी नहीं आएगा, शोभा! कभी आशा थी, पर वह तो अपनी ही इच्छा से बहुत दूर उड़ गया।"

शोभा मंजरी के पास बैठ गई और स्नेह से उसके गले में हाथ डालकर बोली, "मंजी, तू तो देख ही आई है, प्रत्येक वस्तु के लिए रानीजी मुझी पर निर्भर रहती हैं। उनके ममत्व की डोर कैसे काट दूँ?"

"हमारी डोर तोड़ने में तो ऐसी चिन्ता नहीं हुई तुम्हें, शोभा!" उपालम्भ के स्वर में मंजरी बोली, "चोर की भाँति दबे पैरों हमें ठुकराकर चली आई थीं, मार्बल, तब नहीं सोचा था?"

'चोर' का नाम सुनकर शोभा का चेहरा सफेद पड़ गया, वह जो सतीश के पर्स से रुपए निकाल लाई थी, कहीं उसने कह तो नहीं दिया? नहीं, नहीं, सतीश इतना ओछा नहीं है।

"बुरा मान गईं?" मंजरी ने उसे अपने पास खींच लिया...

"ओफ ओह, इस लाड़ के बीच बेचारे पति की क्या हस्ती! मैं तो कहने आया था कि चाय बेचारी ठंडी पड़ी है।"

दोनों हँसकर हाथ पकड़कर उठ गईं, इसी बीच दोनों के मन का मैल धुल गया था। "चल, आज बोटिंग को चलें, शोभा, सारा दिन मनहूस बीता है। आप कहीं और मत चल दीजिएगा, आपके मरीजों का तो अन्त नहीं है, कौन जाने एक-आध आ टपके।"

"बोटिंग?" अविनाश ने कहा—"मुझे तो कुछ आपत्ति नहीं है पर देख रही हो, बाहर बादल हैं। आप दोनों चलिए, मैंने आज सतीश से कहा है कि 'बोट हाउस' क्लब में मिलूँगा।"

सतीश का नाम सुनते ही शोभा का दुर्बल हृदय फिर भयाक्रान्त हो उठा। यह क्या, भाग्यचक्र उसे कहाँ लिए जा रहा है?

"चल शोभा, कपड़े बदल डाल, देर हो रही है।" मंजरी ने उसे झकझोरा।

शोभा अन्यमनस्क-सी उठी, उसका सूटकेस खोलकर मंजरी उसकी साड़ियाँ निकालने लगी..."यह पहन शोभा, कितनी सुन्दर है Golden yellow

कांजीवरम; यह नाइलोन, जौर्जेट तो मुझे फूटी आँखों नहीं सुहाते। दक्षिणी सिल्क की कोई बराबरी नहीं कर सकता, क्या Fall आता है Silk का!''

शोभा साड़ी बदलने चली गई, मंजरी बाल बनाने लगी...

अविनाश सिगरेट की राख झाड़ रहा था। शोभा साड़ी बदलकर आ गई। अविनाश को कमरे में ही देख वह संकुचित हो उठी।

''वाह!'' प्रशंसा के स्वर में अविनाश बोला—''हमारी मार्बल तो रानी साहबा के साथ रहकर वास्तव में Royal हो गई हैं। अब तो मुझे भी कपड़े बदलने पड़ेंगे, नहीं तो सचमुच तुम्हारा कुली लगूँगा, मार्बल!'' लजाकर शोभा ने दृष्टि झुका ली।

तीनों जब फ्लैट पर पहुँचे तो सीज़न की रंगबिरंगी रामधनु-सी भीड़ नैनीताल के वक्ष पर छिटकी थी। कटे बाल, अश्व-पुच्छ, ऊँचे-नीचे जूड़े, केश-विन्यास के नाना रूप भी दिख रहे थे, नए-नए डिजाइन के शौर्ट-लौंग कोट, सफेद टोपियाँ, काली अचकनें सभी का मजमा देखने योग्य था। भीड़ ऐसी थी कि कन्धे से कन्धा छिल रहा था। बोट हाउस में फिल्मी धुन बजाता बैंडमास्टर स्वयं भी झूम रहा था, उसके इर्द-गिर्द खड़ी भीड़ के बीच दो-तीन चनाजोर गरमवाले भी घूम रहे थे, कहीं गुब्बारेवाले हाँक लगा रहे थे तो कहीं से स्केटिंग की 'घर्र-घर्र' के बीच 'गरमागरम छोले, चटपटे मसालेदार' आदि का स्वर आ रहा था। 'ग्रैंड होटल' और 'मेट्रोपोल' जैसे खर्चीले होटलों में टिके रईस भी चाट के पत्ते चाट रहे थे।

''बोट होगा, मीम शाब, बोट होगा शाब, एकदम फस्टकिलाश, डबल बोट, सब मनिस्टर मेरा बोट में बैठता, हुजूर!''—चपटे मुँह और चपटे दराबी से बालोंवाला लड़का अपने पीले मैले दाँतों की बत्तीसी फैलाकर अविनाश का मार्ग रोककर खड़ा हो गया, ''आइए, हुजूर, सिरफ छह आना,'' फिर वह लड़का भीख माँगते-से स्वर में बोला। इतने ही में एक मोटा-ठिंगना, बदसूरत, लुंगी पहने नाववाला उस लड़के को पीछे ढकेलकर बोला—''अरे हट बे छोकरे, पहले नाक पोंछ आ, तब हुजूर को नाव में बिठाना, आइए हुजूर, मेरी बोट में बैठिए। बाईस साल से बोट चला रहा हूँ, ताल की मछलियाँ भी मुझे पहचानती हैं, इस कदर बदनाम हूँ हुजूर कि किसी से कहिए, बोटिंग, तो कहेगा, रहमान बोटवाला लीजिए। आइए, हुजूर, बैठिए।''

शोभा, अविनाश और मंजरी को अपनी बातों की डोर से खींचता-सा वह अपनी नाव पर ले आंया। उनके बैठते ही उसने नाव पानी में खोल दी।

हिलती-डुलती नाव सतर होकर फूल-सी तैरने लगी। ताल का नीलम-सा शुभ्र जल चीरती नाव चली जा रही थी, आसपास और भी कई डोंगिया चली जा रही थीं। "वह देखिए, हुजूर," रहमान बता रहा था, "वह डोरोथी पीक है, वह रहा शेर का डाँडा, लड़िया काँटा, वह बिरला कॉलेज है हुजूर, यह रहा बोट हाउस क्लब, बड़े-बड़े हाकिम और लाट साहब सब यहीं रोज आते हैं।

शोभा ने ऊपर देखा, साथ ही मंजरी और अविनाश की भी आँखें उठीं। जिस वातायन से शोभा ने उस दिन क्षण-भर के लिए सतीश और सविता को देखा था, उसी पर आज सतीश खड़ा स्पष्ट दीख रहा था। शोभा ने आँखें फेर लीं, मंजरी ने रूमाल हिलाया, नाव चल दी। अविनाश ने कनखियों से शोभा की ओर देखा, उस अनुपम लावण्य की ओर क्या सतीश आँखें बन्द कर रह सकेगा...? तल्लीताल का फेरा लगाकर रहमान ने बोट मोड़ दी, बोट-हाउस की खिड़की पर अब सतीश नहीं था। वे तीनों नाव से उतर आए, स्केटिंग हॉल के पास ही सविता और सतीश खड़े थे।

"Hello, मार्बल, तुम यहाँ कैसे आ गई?"—सतीश ने बड़े स्वाभाविक स्वर में पूछा।

"भैया, शोभा तो यहीं है, नेपाल की रानीजी की प्राइवेट सेक्रेटरी है।" मंजरी ने कहा।

"Good, कब से हो यहाँ?"

"चार महीने पूरे हो गए हैं"—धीमे स्वर में उत्तर देकर शोभा मंजरी के पीछे हो गई। कुछ ही महीनों में सतीश में पर्याप्त परिवर्तन हो गया था, उसका व्यक्तित्व और भी निखर आया था, हाथ के पाइप की राख झाड़कर वह सविता से बोला—"तुम्हें मंजरी से कुछ कहना था ना?" सविता मंजरी के पास आकर बोली—"कल हमारे सम्मान में राजभवन में एक सहभोज है, आओगी मंजरी?—अविनाश को भी लाना, पिताजी कई बार तुम्हें पूछ चुके हैं।"

शोभा मंजरी के पास ही सिर झुकाए खड़ी थी। अपमान और अवहेलना से उसका मुँह काला पड़ गया। मंजरी और अविनाश दोनों के मुँह बन गए, शोभा वहीं पर खड़ी थी, सभ्यतावश उसे भी निमन्त्रण दिया होता। मंजरी रूखे स्वर में बोली—"मैं तो नहीं आ सकूँगी भाभी। शोभा को बड़ी कठिनता से एक दिन की छुट्टी मिली है। फिर परसों वह भी चली जाएगी...न जाने फिर कब मिलेगी। मेरी ओर से पिताजी से क्षमा माँग देना..."

सतीश हँसकर बोला, "अरे वाह, इसमें भी भला कोई तुक है! शोभा को भी ले आना।"

शोभा के माथे पर पसीना झलक आया। उसे लगा जैसे सतीश उसके लिए भीख-सी माँगकर दे रहा..."नहीं, नहीं," वह लज्जित स्वर में बोली, "मुझे तो कल सुबह ही जाना है मंजी, तुम चली जाना सहभोज में..."

मंजरी के उत्तर की प्रतीक्षा के बिना ही सविता सतीश की ओर मुड़कर बोली, "चलिए, Y.M.C.A. की एक Meeting में मुझे जाना है। आपको भी तो अपने कोट की Trail के लिए जाना है ना?"

सतीश के कुछ कहने से पूर्व मंजरी बोली—"भाभी, आज भैया हमारे साथ होटल में ही खा लेंगे, आप भी चलिए ना..."

सविता का मुँह क्रोध से लाल हो गया। लहू की घूँट पीकर बोली, "इनकी इच्छा, मैं तो नहीं आ सकती, मेरी Meeting है, कहा न मैंने इनसे। इन्हें जाना हो तो He can go"—कहकर वह मुड़ी और सपाक् से आगे बढ़ गई।

थोड़ी देर तक मंजरी हतबुद्धि-सी खड़ी रही, सविता का स्वभाव उससे अजाना नहीं था इसी से वही सबसे पहले हँसकर बोली—"भैया, भाभी का Temper विकट हो गया है, पर चलिए भी अब, आज हमारे साथ ही खाना खा लीजिए..."

सतीश ने हाथ की अधजली सिगरेट फेंक दी और बोला—"चलो, पर ज़रा जल्दी छुट्टी देना मुझे, भाई।" अविनाश ने उसके कन्धे पर एक थपकी देकर कहा—"जब ओखली में सिर दे ही दिया है, बन्धु, तो मूसली का क्या भय...चलो जरा बैंड ही सुना जाए।"

सीज़न की भीड़ छँट-छँटकर बैंड स्टैंड के पास जुट गई, मन्दिरों के घंटों की सुरम्य ध्वनि के साथ, चाटवालों की 'गरम-गरम छोले' सुरीली लय ताल-सी दे रही थी, बैंड मास्टर अपने चारों ओर खड़ी भीड़ से उत्साहित होकर बड़े वेग से हाथ की छड़ी हिला-हिलाकर 'कारे-कारे बादरा' बजा रहा था। काले लहँगे पहने, बड़ी-बड़ी नथ लटकाए, कुछ ग्रामीणाएँ खड़ी-खड़ी बैंड सुन रही थीं। उनके कानों के हिलते झल्लरदार झूमके, गले में पड़ी लाल-लाल प्रवाल-मालाएँ, हाथ के चमकते चाँदी के कड़े देखकर शोभा को सहसा अपने गाँव की स्मृति ने विह्वल कर दिया। कितनी भाग्यवती हैं वे! कहीं भी उनके सरल, भोले, निष्पाप मुखड़े पर चिन्ता की क्षीण रेखा भी नहीं थी। उनके साथ एक नवयुवक, जो सम्भवतः उन्हें नैनीताल घुमाने लाया था, गले में

लाल रेशमी रूमाल बाँधे खड़ा था।...युवतियों से वह बार-बार घर लौट चलने का आग्रह कर रहा था, पर आँखों ही आँखों में हँसतीं वे नाक की बड़ी-बड़ी नथों को हिलातीं, हठ कर अड़ी जा रही थीं। अब के स्वर को तनिक तीखा कर वह युवक बोला—"क्या घर चलोगी नहीं, आज तो तुम्हें नैनीताल की माया ने मोह लिया है। चलो घर, इससे भी अच्छी मुरली बजाऊँगा मैं..." सुन्दरी नवयुवतियाँ बड़ी अनिच्छा से एक हाथ से लहँगा थामे उसके पीछे-पीछे चल दीं।

"चलो न, भैया को देर हो जाएगी।" कहकर मंजरी भी शोभा का हाथ पकड़ उन्हीं के पीछे-पीछे चल दी। सतीश और अविनाश साथ-साथ हो लिए। गले में रेशमी रूमाल बाँधे नवयुवक ने पीछे मुड़कर उन्हें देखा। नवयुवतियों के दल की एक धृष्ट-सी सुन्दरी युवती ने उस युवक को ठसकाकर पहाड़ी में कहा—"अरे चन्दनियाँ देख, तेरे पीछे कैसी बान (सुन्दरी) आ रही है। कहीं तुझे डँस न ले रे।" साथ ही उसके दल की अन्य सुन्दरियाँ भी ज़ोर से हँस पड़ीं, उनके पीछे आती मंजरी और शोभा भी पहाड़ी हो सकती हैं, वे स्वप्न में भी नहीं सोच सकती थीं। चन्दन ने फिर मुड़कर पीछे देखा। पान से उसके दोनों ओंठ लाल थे। बालों से तेल चू रहा था। हाथ में मुरली थी। अस्तगामी सूर्य की अरुण रश्मियाँ शोभा के सुन्दर आनन पर पड़ रही थीं। कान पर हाथ रखकर चन्दन ने एक बार शोभा की ओर फिर मुड़कर देखा और तान छेड़ी :

'कैसी भली बान आहा
कैसी भली बाना।
धनि तेरी तो जवानी
धनि तेरी शाना।
तो रूप लै डसी हाल्यूं
न्है गई पराना।'

"कैसा रूप है तेरा, धन्य तेरी यह जवानी, धन्य तेरी यह शान, अरे रूपसी तेरे रूप ने तो मुझे डँस लिया है, मेरे प्राण जा रहे हैं।" उसका कंठ-स्वर इतना मधुर था और शोभा की ओर मुड़-मुड़कर उसके सौन्दर्य के प्रति अर्पित की गई उसकी सरल श्रद्धांजलि इतने पवित्र ढंग से प्रस्तुत की गई कि अविनाश के मुँह से निकल गया..."वाह पधान, एक और।"

शोभा की ओर वह फिर मुड़ा, कान पर हाथ रखकर झूमकर आँखें बन्द

कर उसने फिर गाया :

'तौ टिकुली तौ बिन्दा ओ छैला टिकुली तौ बिन्दा।
तौ घुघुटी झन टिपिए, सूरजी हो लो मन्दा।'

"अरी मेरी छबीली, तू कहीं घूँघट मत उठाना, तेरे रूप से सूर्य की आभा मन्द पड़ जाएगी।"

"वाह, क्या गला पाया है ठाकुर, खूब गाते हो"—अविनाश ने कहा। पान से लाल ओंठ प्रसन्नता से खिल उठे। जेब से एक चमकता रुपया निकालकर सतीश ने पधान के हाथ में रख दिया। चकित-सा वह रुपया देखता रहा, फिर बड़े अदब से उसने पूछा—"क्या ले आऊँ साहब?"

"अरे पागल, तुम्हीं रख लो, मिठाई खाना।" सतीश ने कहा। प्रसन्न होकर उसने रुपया जेब में रख लिया और फिर तान छेड़ी :

'रुपया तेरी माया भागी
रुपया तेरी माया।
न्हई जाली तौ जवानी
न्हैं जाली तौ काया।
रौली दुरभागी सनसारा
रुपया की माया।'

"रुपया तेरी माया, यौवन, काया सब चली जाएगी इस दुर्भागी संसार में। केवल रुपए की माया ही रह जाएगी।" वह कभी मुरली बजाता, कभी गाता आगे-आगे चला जा रहा था। पीछे-पीछे मन्त्रमुग्ध-सी नवयुवतियों का दल था। वे बार-बार जगमगाते नैनीताल के फ्लैट को मुड़-मुड़कर देख रही थीं, जैसे उस मायापुरी को छोड़कर उनके पैर अपने गाँव की ओर बढ़ नहीं रहे थे। पास ही पगडंडी से वे खुरपताल की ओर चले गए और शोभा, सतीश, मंजरी और अविनाश होटल मेट्रोपोल की ओर बढ़ गए।

अविनाश ने कहा—"चलो, आज और जो कुछ भी कहो, पधान तुम्हें खूब कम्प्लीमेंट्स दे गया शोभा!"

लजाकर शोभा फिर मंजरी के पीछे हो गई, किन्तु सतीश की दृष्टि से वह बच नहीं सकी। कुहरे से अधढँकी बत्ती के धुँधले प्रकाश में उसका लज्जावनत, सुन्दर, अस्पष्ट मुखमंडल देखकर सतीश ने मंजरी और अविनाश के अस्तित्व को भी भुला दिया।—नहीं, शोभा वैसी ही सरल, गम्भीर है, किन्तु अचानक उस दुबली-पतली-सी लड़की पर किसी ने जादू की सी लकड़ी फेर

दी थी! उसके सलोने मुखमंडल पर स्वास्थ्य की लालिमा थी। हाथ की घड़ी, सोने के कंकण, रेशमी साड़ी कुछ भी सतीश की दृष्टि से छुपा न रहा। किन्तु उसे सन्तुष्ट और सुखी देखकर वह मन ही मन खीझ-सा उठा। उसे न पाकर भी शोभा सुखी है! वह भी जो उसे अपने ऐश्वर्य में प्रायः भुला बैठा है, यह याद नहीं आया।

मंजरी अविनाश से बोली—''आप जरा ज़ल्दी, चार थाल खाना तो ऑर्डर कर आइए। मैं तब तक कपड़े बदलकर आती हूँ।''

शोभा अपने को सतीश के साथ अकेले कमरे में पाकर अपने दुर्बल चित्त पर विश्वास खो बैठी और हड़बड़ाकर उठकर बाहर जाने लगी।

''शोभा!'' सतीश ने भर्राए कंठ से कहा। उस स्वर की परिचित मार्मिकता ने शोभा को चौंका दिया। जब वह तीव्र ज्वर में बेहोश पड़ी थी, इसी कंठ-स्वर ने उसे पुकारा था, 'शोभा!'

''बैठ जाओ!'' सतीश बोला—''क्या मेरे साथ क्षण-भर बैठना भी तुम्हें इतना अप्रिय हो गया है?''

वह बैठ गई। सतीश फिर बोला—''तुम उस दिन चली नहीं आतीं तो...अब सोचना भी व्यर्थ है। मैंने तुमसे एक दिन कहा था ना कि तुम मुझसे भी बड़ी कायर हो...यही हमारी ट्रेजेडी रहेगी।''

वह चुप सिर झुकाए सुनती रही। हाथ के रूमाल से वह काँपते हाथों से खेल रही थी...बड़े प्रयत्न से अपनी दृष्टि झुकाए ही वह बोली, ''मैं आपके पर्स से रुपए निकाल लाई थी, वह भी आपसे बिना पूछे...।'' पर वह अधिक कुछ न कह सकी, उसका क्षीण कंठ काँपकर रह गया।

अब तक संयम से बँधा कंठ-स्वर सुनकर सतीश अपने को नहीं रोक सका। उठकर उसने शोभा का काँपता हाथ अपने हाथ में ले लिया। ''क्षमा तो मुझे माँगनी थी शोभा! मैं ही कायर था, उसी का फल तो भोग रहा हूँ। मेरी आँखों में देखो शोभा, तुम क्या सोचती हो कि मैं तुम्हें भूल गया हूँ?''

शोभा ने बड़े प्रयत्न से अपनी बोझिल पलकें उठाईं, उसकी डबडबाई आँखों में सतीश का उदास पीड़ित मुख तैर गया। एक अजब मोह से उसका हृदय भर आया, दूसरे ही क्षण उसने अपने को सँभाल लिया। तेज़ी से हाथ छुड़ाकर वह बाहर निकल आई। सतीश का स्पर्श उसे सर्वदा तीव्र जलधारा में तिनके-सा बहा देता था। सदा प्रफुल्लित रहनेवाली आनन्दी स्वभाव के मुखमंडल पर उदासी की गहरी रेखाएँ उभर आई थीं। मंजरी ने कहा था न

कि वह भी अब नियमित रूप से पीने लगा है। मंजरी के कंठ-स्वर सुनकर वह चौंकी—“अरे शोभा, आओ भाई, खाना लग गया है, ओफ ओ, न जाने कहाँ चली गई...!”

सतीश का उदास चेहरा देखकर मंजरी ने सन्दिग्ध दृष्टि से शोभा को देखा। ताजी धुली आँखों का इतिहास उससे छिपा न रहा। बुद्धिमती मंजरी समझ गई कि उसकी और अविनाश की अनुपस्थिति में शोभा और सतीश के बीच कोई ऐसी बात अवश्य हो गई है जिससे दोनों के हृदय का पुराना घाव फिर खुल गया है। कमरे में खाने की सुगन्ध भर गई थी। फूली-फूली पूड़ियाँ सतीश के थाल में डालती मंजरी ने कमरे की उदासी भंग करने का प्रयत्न किया। “भैया,” वह बोली, “आज राजभवन के खाने के सामने शायद हमारा खाना जँच नहीं रहा है, क्यों? आप तो खा ही नहीं रहे हैं।”

सचमुच सतीश खाने से खेल-सा रहा था।

“लगता है, क्लब में राह देखती मेम साहब का भय बहुत सता रहा है। अरे यार, खाना तो खा लो। देर हो गई तो तुम्हें खा थोड़े ही जाएगी!” अविनाश के स्वर की खीझ स्पष्ट थी। पर पिछले वाक्य पर वह स्वयं ही सहम-सा गया।

सतीश निःशब्द खाने लगा। बीच-बीच में मंजरी उसको कई बार छेड़ती जा रही थी पर वह जल्दी-जल्दी खाकर उठ गया। “देख तो आ मंजरी, कार तो नहीं आ गई, घर्र-घर्र की आवाज तो आ रही है।” उसने कहा।

“कार तो कब की आई खड़ी है, भैया!”

“बड़ी पगली है, मुझसे कहा भी नहीं!” कहकर सतीश ने जेब से रूमाल निकालकर मुँह पोंछा और अविनाश की ओर घूमकर बोला, “अच्छा भाई, मैं चला, Thanks।”

अविनाश के ओंठ व्यंग्य की हँसी में खिंच गए।...“यह भारत है मित्र, यहाँ बहिन के घर खाना खाकर धन्यवाद नहीं दिया जाता...Keep your manners for Govt. House।” (अपनी भद्रता राजभवन तक ही सीमित रखो)

शोभा हाथ धोने के बहाने उठकर गई थी, तब से लौटकर नहीं आई। सतीश की आँखें उसे इधर-उधर ढूँढ़ रही थीं।

“मार्बल, भैया जा रहे हैं।” धीमे पगों से आकर शोभा उसके पास खड़ी हो गई, सतीश कार में चढ़ गया। अन्धकार में खड़ी शोभा की शान्त सौम्य

मूर्ति की ओर एक बार देखकर उसने कार चला दी। थोड़ी देर तक हिलता झंडा अन्धकार में घुल-मिल गया।

मंजरी बोली–"अहा, आज तो लग रहा था, हम फिर लखनऊ पहुँच गए हैं। याद है शोभा, हम चारों किस आनन्द से ताश खेलते थे!"

अविनाश हँसकर बोला–"बाजी जीतनेवाले हम ही दो हुआ करते थे मंजी, शोभा और सतीश हमेशा पीसते ही रहते थे, इसी से अभी भी इन दोनों के पल्ले पीस ही पड़ी।"

भाई का प्रसंग उठते ही मंजरी पुनः उदास हो गई। सचमुच सतीश जीवन की बाज़ी हार गया था। उस रात को शोभा और मंजरी नित्य की भाँति बड़ी देर तक बातें नहीं करती रहीं, दोनों की आँखों में नींद नहीं थी। बड़ी रात गए मंजरी को नींद आई, शोभा चुपचाप बिस्तर छोड़ खिड़की पर खड़ी हो गई, पास के कमरे में किसी का बीमार बच्चा खाँसता रो रहा था।

उषा का मन्द प्रकाश छिटक उठा, खुरपताल के कन्धे में डंडे पर दूध की बाल्टियाँ लटकाए दूधवालों के कलरव से पगडंडी मुखर हो उठी। शोभा हाथ-मुँह धोकर बाहर निकल आई। हठात् उसका चित्त होटल से बाहर भाग जाने को व्याकुल हो उठा। मंजरी, अविनाश और सतीश से मिलकर इतने दिनों से स्थिर चित्त फिर अशान्त हो उठा था, उसे अब अविलम्ब रानीजी के पास जाना चाहिए।

"Hello early bird! (अरे भोर की चिड़िया!)" मंजरी ने उसे पुकारा। शोभा भीतर आई। अविनाश ट्रे में चाय बना रहा था।

"मंजरी, मुझे चाय पीकर आज फिर तुम्हारी भाभीजी का ब्लडप्रेशर लेने जाना है।"

"सुबह ही सुबह और कोई अच्छी बात नहीं है कहने को!" चिढ़कर मंजरी ने कहा।

शोभा बोली–"मंजी! मुझे भी अब जाना ही होगा। रानीजी का फिर फोन आया था।"

मंजरी का मुँह लटक गया–"तुम चली जाओगी, ये भी चले जाएँगे, और मैं?"

"मेरी बहुत-सी कमीजों के बटन टूट गए हैं, मोज़े फट गए हैं, और भी कई काम बता सकता हूँ, जूतियों में फफूँद लग गई है, उन्हें धूप में रखना..." अविनाश ने कहा।

"चुप रहिए।" गरजकर मंजरी बोली—"बेमौसम का मज़ाक करते हैं।" उसकी आँखें भर आईं। शोभा भी उसे छोड़कर जा रही है, इसी पर उसका मान-अभिमान सब था...रूठकर वह खिड़की से बाहर देखने लगी। शोभा उसके साथ पूना जाने के प्रस्ताव से सहमत नहीं हुई और फिर लौटकर जा रही है। शोभा उठकर उसके पास चली गई और बड़े स्नेह से उसका हाथ पकड़कर बोली, "मंजरी, मुझसे नाराज़ हो गई हो ना? पर तुम्हें कैसे बताऊँ, मंजी, तुम्हारे साथ मेरा जाना कितना असम्भव है!"

मंजरी ने आँसू पोंछ लिए और बोली—"मैं तुम्हें बाँधकर थोड़े ही ले जा सकती हूँ, पर तुम्हारा उस घर में रहना मुझे...अब क्या कहूँ...कँपा दे रहा है शोभा। इससे अच्छा तो तुम गाँव की पधान दादी के पास चली जाओ... साहस तो तुम्हारा कम नहीं है जो उस शेर की माँद में रहने जा रही हो!"

शोभा ने हँसकर कहा—"वह सब तेरी कल्पना है मंजी, अच्छा अब मुझे देर हो रही है, आज चलती हूँ। फ्लैट तो मैं प्रायः आती ही रहूँगी। जब भी आऊँगी, तुमसे बिना मिले नहीं जाऊँगी।"

"कृपा होगी आपकी।" रूठे स्वर में मंजरी ने कहा।

शोभा जब ईस्टलिन पहुँची तो शिवकली बेंच पर बैठी गन्ना खा रही थी। उसे देखते ही हाथ का गन्ना फेंक वह बच्ची-सी उछलती भागी, "Good, Good दीदी आ गया, बहिनी का संग रहकर खूब खिल गया, वाह!" प्रशंसा की दृष्टि से वह उसे सिर से पैर तक देखने लगी।

हँसकर शोभा बोली—"रानीजी कहाँ हैं, शिवी?"

"चलो दीदी, अन्दर गोल कमरा में सरकार चिट्ठी लिख रहा है।"

कुछ दिन से छूटा रहने पर ईस्टलिन आज उसे अत्यन्त प्रिय लगा। गोल कमरे की परिचित सुगन्ध से उसका हृदय प्रफुल्लित हो उठा। चश्मा पहने रानीजी कुछ पढ़ रही थीं, उसे देखते ही उनकी आँखों में प्रसन्नता की लहर-सी दौड़ गई।

"आ गया मिस जोशी, बहुत अच्छा, शिवी, कॉफी ला जल्दी।"

शोभा का हाथ पकड़कर उन्होंने स्नेह से खींचकर अपने पास बिठा लिया और उसका चिबुक स्पर्श कर अपने ओंठों से लगाकर बोलीं—"बहन का साथ रहकर बहुत फ्रेश लगता है, मिस जोशी। मेरा भी एक बहिनी थी..." कहकर एक लम्बी साँस खींच वे सहसा चिन्तन में डूब-सी गईं। अपनी

स्नेहमयी सहोदरा की स्मृति से उनकी आँखें चश्मे के नीचे ताल-सी डबडबा उठीं। शोभा ने शिवी से दूसरे दिन उनकी बहिन का करुण इतिहास सुना था। उनकी सुन्दरी बाल-विधवा तरुणी बहिन ससुराल-गृह के अत्याचारों से पीड़ित होकर उनकी आश्रिता बनने आई। उसे तब क्या ज्ञात था कि वह कुएँ से निकलकर खन्दक में गिरने जा रही है। राजा साहब की गिद्ध-दृष्टि ने उसे जकड़ लिया, वह विशाल महल में इधर-उधर छिपती रही। अन्त में एक दिन अचार के तेल में अफीम मिलाकर चाट गई। बहन की ही गोद में उसने प्राण त्यागे। उसकी सुन्दर काया विष की ज्वाला-सी नीली पड़ गई थी, बड़े कष्ट से मरते समय वह इतना कह पाई—"दीदी, मैं पवित्र हूँ। किसी ने मेरा स्पर्श नहीं किया, पर भय था...।" सब कुछ समझकर बहन ने उसका माथा चूम लिया था।

"मिस जोशी, आज मुझे संध्या को कीर्तन में जाना है, तुम मेरे साथ मत चलना, थक गई हो, पर मेरे आने तक मेरा बड़ा अलमारी का किताब-क्रौकरी जरा देखकर लगा देना।"

"जी," विनम्र स्वर में कहकर तन्द्रा में खोई-सी शोभा उठ खड़ी हुई।

ईस्टलिन में लौट आने पर वह जो क्षण भर को नवीन उत्साह से पुलकित हो उठी थी, वह जैसे उसे पुनः अकेली उदास छोड़ गया। रानीजी की अलमारी खोलकर वह पुस्तकों की धूल झाड़कर रखने लगी। कई पूजन की पुस्तकें सुगन्धित रेशमी वस्त्रों में लिपटी थीं, पर लगता था, कई वर्षों से उन्हें मनुष्य के हाथों ने स्पर्श भी नहीं किया।

रानीजी शिवी को लेकर कीर्तन में चली गईं। ईस्टलिन की विशाल कोठी अन्धकार में डूबी किसी बहुत बड़े चमगादड़-सी पर फैलाए खड़ी थी। कीर्तन में जाने पर रानीजी अधिकतर बड़ी रात बीते लौटती थीं। उनका खाना चाँदी के थाल में ढँककर नौकर रख गया और शोभा से बोला, "बीबीजी, सरकार का खाना कमरे में रख दिया है। आप यहीं खाएँगी?"

"मैं नहीं खाऊँगी, बहादुर!" शोभा ने कहा, "मुझे भूख नहीं है, तुम सब लोग खा लो, सरकार आएँगी तो मैं उन्हें खाना गरम करके खिला दूँगी।"

बहादुर के जाने पर शोभा ने अलमारी बन्द कर दी। फिर अपने कमरे में जाकर कपड़े बदलकर, ड्रेसिंग गाउन डाल वह कमरे में चली गई। यह कमरा उसे अत्यन्त प्रिय था। नीली बत्ती के सौम्य प्रकाश में लाल, भारी, मखमली पर्दे, बहुमूल्य चित्र, भारी कुरसियाँ और चमचमाते शीशे झक-झका

रहे थे। शोभा ने अधपढ़ी पुस्तक 'War and Peace' उठा ली, किन्तु पृष्ठ खोलते ही प्रिंस आन्द्रे के स्थान पर उसे सतीश की ही उदास आकृति दिखने लगी। ऊबकर उसने वह भारी पुस्तक सोफे पर रख दी और गुदगुदे चीनी कुशन को सिरहाने रखकर क्लान्त आँखें मूँद लीं।—कहीं शान्ति नहीं है उसके लिए।

"दीदी अभी जग रही हैं, सरकार।" शिवी का आश्चर्यपूर्ण कंठ-स्वर सुनकर शोभा हड़बड़ाकर उठ बैठी।

रानीजी सिर तक शाल ओढ़े मुस्कराती खड़ी थीं—"क्यों जागता रहा, मिस जोशी?" मृदु स्वर में वह बोलीं।

शोभा ने उनका बैग थाम लिया और बोली—"अभी दस ही तो बजा है। थक गई थी, इसी से जरा आँखें लग गईं।"

रानीजी का कोट उतारकर उसने हैंगर में टाँग दिया और फुर्ती से उनके बदलने के कपड़े ले आई। कहीं भी उनकी सेवा में कोई त्रुटि न रहे, इसका वह विशेष ध्यान रखती थी। फूल-सी शैय्या पर रानीजी कपड़े बदलकर बैठ गईं। शिवकली चाँदी के गिलास में पानी ले आई। शोभा हीटर में चाँदी की कटोरियों में सब्जी गरम कर देती जा रही थी। एक-दो ही पूड़ियाँ खाकर रानीजी बोलीं—"बस, अब रहने दो मिस जोशी, आज भूख नहीं है..."

"वाह, दो ही पूड़ियाँ तो खाई हैं आपने, एक कचौड़ी तो लीजिए।" अनुनय के स्वर में कहकर शोभा ने खस्ता कचौड़ी गरम कर उनकी थाली में डाल दी।

स्नेहमयी दृष्टि से शोभा की ओर निहारकर रानीजी स्निग्ध कंठ से बोली—"तुम कभी चला जाएगा बा, तो कौन मुझे ऐसे प्रेम से खिलाएगा।"

शोभा को सहसा वृद्ध जनार्दन का ऐसा ही परिचित कंठ-स्वर स्मरण हो आया : "बेटी, तू क्या सदा यहीं बैठी रहेगी? तू भी एक दिन चली जाएगी...इस बूढ़े बाप को छोड़कर...।"

थाली का बचा खाना ढँककर शोभा ने रानीजी को दवा पिला दी और बत्ती बुझाकर अपने कमरे में चली गई।

शिवी उसके जाने तक सो गई थी, शोभा कुछ देर तक पुस्तक पढ़ने का निष्फल प्रयत्न करती रही फिर न जाने कब उसे नींद आ गई।

दूसरे दिन वह नहा-धोकर रानीजी का पूजा का सामान ठीक करने जा रही थी कि हाँफती हुई शिवी उसे पुकारती आई, "दीदी, आओ तुम्हारा फोन आया है।"

शोभा ने हाथ की फूल की डालियाँ नीचे रख दीं और शिवकली के पीछे गोल कमरे तक आई। टेलीफोन उठाया...। "हेलो!" उसने कहा। "हेलो, मैं हूँ मंजरी...शोभा, तुम जल्दी नीचे चली तो आओ, रानीजी से पूछकर अभी आ जाओ..." व्यग्र कंठ से मंजरी बोली।

"ओफ, आखिर बात क्या है? कल ही तो तुमसे मिली थी मंजी, इसी बीच ऐसी कौन-सी बात हो गई?" मंजरी का स्वर जितना ही व्याकुल था, शोभा का उतना ही संयत और उत्सुकता-रहित।

"मैं फोन में कह नहीं सकती, बस इतना ही समझ लो कि यदि तुम अभी नीचे नहीं आओगी तो हम सबसे बिना मिले ही विदा दे देना..."

"विदा...कैसी पहेली बुझा रही हो?"

"सात समुद्र पार की विदा, हम सब जा रहे हैं शोभा...!" उदास कंठ-स्वर टेलीफोन में भी स्पष्ट गूँज उठा...।

शोभा क्षण भर चुप रही, जैसे अचानक वह कुछ समझ नहीं पा रही थी। फिर उसी संयत स्वर में वह बोली, "अच्छा मैं अभी एक घंटे में आ रही हूँ...।"

सुनते ही उधर मंजरी ने रिसीवर रख दिया।

रानीजी के पूजन का सामान लेकर शोभा पूजन-गृह में पहुँची। छोटे-से धूप-चन्दन से सुवासित कमरे में पूर्ण शान्ति थी। रानीजी अभी नहा रही थीं। संगमरमर की स्वच्छ चौकी पर बालगोपाल की सुवर्णजटित मूर्ति चमचमा रही थी। शोभा ने चन्दन घिसकर चाँदी की कटोरी में रख दिया। फूलों की डालियाँ यथास्थान सँजोकर रख दी। अँगूठा चूसते बालगोपाल की दिव्य मूर्ति उसकी ओर देखकर मुस्करा रही थी; भगवान की अलौकिक उपस्थिति में उसकी रात भर की चिन्ता क्षण भर में अलोप-सी हो गई। मंजरी कहाँ जा रही है, क्यों जा रही है, वह सब भूल-सी गई और एकाग्र चित्त से भगवान की पूजन-सामग्री सँजो-सँजोकर रखने लगी। रानीजी की खड़ाऊँ की खट-खट ध्वनि निकट आती गई और वे हाथ में रुद्राक्ष की माला लेकर कमरे में प्रविष्ट हुईं। शोभा ने उनके बैठने का कुशासन झटककर बिछा दिया। रानीजी पूजा में बैठने पर तीन घंटे तक पूजन करती थीं, यह सोचते ही शोभा मंजरी

से एक घंटे में अपने आने का वायदा-स्मरण कर उठी।

''सरकार!'' वह मृदु स्वर में कहकर रुक गई।

''क्या बा?'' रानीजी ने हिचकिचाती शोभा की ओर देखा।

''मेरी बहन का फोन आया है, वह शायद कल ही जा रही है। मैं उससे मिलने जाना चाहती थी...शीघ्र ही लौट आऊँगी।''

''यह भला पूछने की बात है!...जरूर जाओ, अगर वह कल जा रही है! You want to spend a day with her? Do so with pleasure : (यदि तुम आज वहीं रहना चाहती हो तो आनन्द से रह सकती हो!)''

''जी, थैंक्स!'' कहकर शोभा चली आई। उसके भीगे बाल अभी सूखे भी नहीं थे, उन्हीं पर कंघी फेरकर उसने साड़ी बदल ली। चप्पल पहनकर वह बाहर निकल ही रही थी कि शिवी दौड़ती आ गई...''ए दीदी, सुबह-सुबह बिना चाय पिए कहाँ जा रहा है, चलो चाय लग गया।''

शोभा जानती थी, शिवकली से तर्क करना वृथा है, इसी से वह चुपचाप खाने के कमरे में चली गई। ताजे भुने टोस्ट पर मोटी मक्खन की तह लगी थी। उबला अंडा नित्य की भाँति प्लेट पर रखा था। गाढ़ी क्रीम-डली कॉफी का गरम प्याला उसकी ओर खिसकाकर शिवी बोली, ''लो पीओ दीदी, भूखा कहाँ भाग रहा था इतनी जल्दी? सरकार, अगर जानता कि आप बिना कुछ खाए चला गया तो साला शिवी मरता।''

शोभा ने हँसकर टोस्ट उठाया, बोली, ''शिवी, तेरा वश चले तो मुझे खिला-खिलाकर मार डालती!''

"Oh my dear, I love you." कहकर शिवी ने चपटे मुँह को कान तक फैला दिया।

मुँह पोंछकर शोभा उठ गई और बोली—''शिवी, शायद आज मैं न लौटूँ, तू मेरा सब काम देख लेना...मेरी बहिन जा रही है, उसी से मिलने जा रही हूँ।''

''Oh my God'' कहकर अपने दोनों छोटे-छोटे जापानी पंखे-से हाथ आश्चर्य से फैलाकर उसने अपनी छाती पर रख लिए। यह उसकी प्रिय मुद्रा थी।

शोभा जब होटल पहुँची तो मंजरी अपना सारा बक्स खोले कमरे में बाजार-सा लगाए बैठी थी। घुटनों तक पैंट उठाए अविनाश अखबार पढ़ रहा था। ''चलो, मार्बल आ गई।'' कहकर मंजरी प्रसन्नता से उछलकर उठ खड़ी

हुई, पर दूसरे ही क्षण उसका उत्फुल्ल मुखमंडल उदास हो गया।

"क्यों, इतनी जल्दी जाने का प्रोग्राम कैसे बना लिया?" शोभा ने हाथ का बटुआ बिस्तर पर डाल दिया और मंजरी के पास मोढ़ा खींचकर बैठ गई।

"तेरे जाने के बाद ही कल भैया का फोन आया कि मैं और अविनाश अविलम्ब राजभवन चले आएँ। भागते-पड़ते वहाँ गए तो भैया ने बताया कि तिवारीजी बहुत दिनों से अविनाश को विदेश में छात्रवृत्ति दिलाने की चेष्टा कर रहे थे। वह रॉकफेलर छात्रवृत्ति इन्हें मिल गई है। हम दोनों को शीघ्र ही Fly करना है। आज ही ट्रेन पकड़कर दिल्ली पहुँचना है। पहले तो यह हजरत अड़ गए, बोले, "मैं किसी का दान नहीं लूँगा। पर रात-भर भैया ने समझाया, तब कहीं माने। मेरा भी मन अम्माँ को अकेली छोड़ जाने को नहीं कर रहा है, पर कर्तव्य से कभी स्नेह की डोर भी कट जाती है, शोभा!"

अविनाश अब तक चुप था, हँसकर बोला, "मार्बल, मैंने भी मित्र का अनुसरण किया। राजदूत महोदय की जय हो। क्यों, क्या कहती हो? जूलियस सीजर पढ़ा है न? What a fall it was?" (कैसा पतन हुआ था उसका) व्यंग्य से उसका स्वर इतना तीखा हो उठा कि शोभा ने सहमकर मुँह फेर लिया।...

"और सतीश भी तो कल जा रहा है। उसे काबुल में राजदूत के महिमामय कार्यालय में एक नवीन नियुक्ति का कार्य-भार वहन करना है। यह समाचार तो दिया ही नहीं, मंजरी, तुमने?"

"आप चुप रहिए।" मंजरी का स्वर कठोर तीर की भाँति पलटा।

"चुप तो खैर होना ही पड़ेगा, पर यह जो बाजार फैलाया है, भगवान के लिए इसे तो समेटो। डेढ़ बज गया हैं, तीन बजे बस-स्टैंड पर तिवारीजी आ जाएँगे, इसका भी ज्ञान है या नहीं?"

खीझकर कपड़ों को खींच-खाँच मंजरी ने बेरहमी से बक्सों में ठूँस दिया। शोभा हाथ पर हाथ धरे बेबस-सी बैठी थी...मंजरी, अविनाश, सतीश सब चले जाएँगे...यह सत्य वह किसी भाँति भी ग्रहण नहीं कर पा रही थी...

कमरे में बिखरे सामान को किसी भाँति सूटकेस में भरकर हाँफती मंजरी शोभा के पास बैठ गई, उसके दोनों हाथ पकड़कर वह काँपते गले से बोली, "शोभा, जाते समय एक भीख तुमसे माँगती हूँ, कभी समय मिले तो छुट्टी लेकर तुम अम्माँ से मिल लेना, उनका जीवन अब कच्चे धागे में झूल रहा

है, तुम्हारे प्रति अपने कठोर व्यवहार से वे स्वयं क्षुब्ध होकर अन्तर्ग्लानि से पीड़ित हैं। एक बार उनसे मिलना मार्बल, मिलोगी न?"

"चेष्टा करूँगी।" शोभा ने उसकी ओर बिना देखे ही उत्तर दिया।

"मंजरी, चलो कार आ गई है," अविनाश ने कहा..."शोभा, बस स्टैंड तक तो चलोगी ना?" उसने पूछा...। "मेरा अन्त तो देख लो।" फिर व्यंग्य के स्वर में हँसकर अविनाश बोला। मार्ग भर शोभा का हाथ मंजरी कसकर पकड़े रही, पर दोनों में से एक भी कुछ बोल नहीं पाई।

बस स्टैंड पर खड़ी भीड़ और झंडा फहराती कार को देखकर पहली बार शोभा को लगा कि उसके शेष अवलम्ब भी उसे अकेली छोड़कर सुदूर प्रवास को जा रहे हैं। तिवारीजी पुत्री-जमाता सहित स्टेशन पर खड़े थे। उनकी घनी मूँछें और भी घनी और भयावनी होकर हवा में फहरा रही थीं। खद्दर की बादामी शेरवानी से उनका तेजोमय बादामी चेहरा घुल-मिल-सा गया था। उनके साथ की स्वाभाविक भीड़ से नैनीताल का छोटा-सा बस स्टेशन भरा था। काले-काले कपड़ों में लिपटे, पहाड़ की दरिद्रता के प्रतीक, दीन डोट्याल कन्धे पर रस्सियाँ लटकाए मुँह फाड़े इनको देख रहे थे। शोभा को मंजरी के साथ उतरते देख तिवारीजी का मुँह क्षण भर को भारी हो गया। शोभा ने उनका अभिवादन किया और मंजरी के पास खड़ी हो गई। तिवारीजी अभी अविनाश से धीमे स्वर में बातें कर रहे थे कि किसी का तीखा कंठ-स्वर हवा में तैरकर स्पष्ट सुन पड़ा...

"राजदूत हैं यार, Hon. Ambassador अपनी पुत्री के ननदोई को विलायत भेज रहे हैं उच्च शिक्षा के लिए...'काश कि तुम मेरे लिए होते,' क्यों, ऐसा ही कुछ कहा है न गालिब ने?" तिवारीजी ने क्रोध से ऐसी दृष्टि से चारों ओर देखा, जैसे सम्भवतः परशुरामजी ने लक्ष्मण के तरुण कंठ से निकली व्यंग्योक्ति को सुनकर राजाओं की भीड़ पर दृष्टिपात किया होगा। ...दूसरे ही क्षण सुने को अनसुना कर वे मंजरी की बाँह स्नेह से थामकर बोले—"अब देर मत करो बेटी...समय हो गया है।" मंजरी ने झुककर तिवारीजी के चरण-स्पर्श किए, भाई और भाभी से विदा लेकर वह शोभा से लिपट गई। उसकी आँखों से बहते हुए आँसुओं को उस भीड़ का भी संकोच नहीं रहा, शोभा भी बड़ी चेष्टा से अपनी रुलाई रोक रही थी। तिवारीजी की क्रूर दृष्टि उसे घूर रही थी। मंजरी आँखें पोंछकर कार में बैठ गई। तिवारीजी ने देखा, शोभा सीधी रेखा-सी सतर खड़ी थी, उसकी आँखों में आँसू की

एक बूँद भी नहीं थी, किन्तु उसके हृदय में जो अथाह दुःख का सागर उमड़ रहा था वह राजनीतिज्ञ की पैनी दृष्टि भी नहीं देख पाई। धीरे-धीरे पेट्रोल का धुआँ छोड़ती कार चली गई, तिवारीजी, सविता और सतीश भीड़ के साथ ही साथ मुड़ गए। शोभा कुलियों की भीड़ और पेट्रोल के धुएँ से घिरी अकेली खड़ी रह गई। नीलम जल से लबालब भरा ताल हिलोरें ले रहा था, एक हाथ से ताल के चारों ओर लगी रेलिंग पकड़कर शोभा निश्चल खड़ी थी, स्फटिक-से श्वेत मुँह पर विषाद की घनी छाया थी, सुन्दर ओंठ निश्चलता से बन्द थे, गहरी आँखों की भव्य स्थिरता में अकल्प्य वेदना थी।

नमस्कार, कहिए आज यहाँ अकेली कैसी खड़ी हैं?'' रामी का उच्छ्वासित कंठ-स्वर सुनकर वह जैसे किसी दूसरी ही दुनिया से लौट आई। विषादपूर्ण मुख पर सरल मुस्कान छा गई...''मेरी एक मित्र जा रही थी, उसे ही छोड़ने आई थी।''

''चलिए ना हमारे यहाँ, दीदी बड़ी प्रसन्न होंगी।'' रामी ने उत्साहपूर्ण स्वर में आमन्त्रित किया। शोभा ने सिर उठाकर उसकी ओर देखा, उसका मैल से पीला कालर कोट से बाहर झाँक रहा था। मुख पर दिन-भर के ऑफिस-कार्य की गहन क्लान्ति थी किन्तु शोभा को अचानक देखकर उसकी प्रसन्नता उदासीनता पर विजय-सी पाकर फूटी पड़ रही थी। दुर्बल क्षीण शरीर, गहरे गड्ढे में धँसी आँखें किन्तु उनमें सहानुभूति और स्नेह की झलक से शोभा का हृदय अकारण करुणा से भर गया।

''नहीं, फिर कभी आऊँगी मामी से मिलने।'' वह मृदु स्वर में बोली, ''चलिए मल्लीताल तक रिक्शा कर लें।''

गिरिशिखर चूमकर सूर्य अस्तप्राय था, ताल की ठंडी हवा से किनारे पर लगे विलो-वृक्ष झूम रहे थे। रामी ने अपने चिकने बालों पर हाथ फेरकर गौरवपूर्ण स्वर में पुकारा—''ए रिक्शा।''

रिक्शा आते ही वह शोभा के पार्श्व में बैठ गया। क्षण भर के संसर्ग ने उसे प्राणों में अनोखी पुलक भर दी, किन्तु शोभा को जो एक अमानुषी गाम्भीर्य लक्ष्मण-रेखा की तरह घेर लेता था, उसे लाँघकर कुछ कहने में रामी सर्वदा अपने को असमर्थ पाता था। रिक्शा मल्लीताल आकर रुक गया।

शोभा उतरकर बोली, ''नमस्ते, अब मैं तो चलूँगी, अँधेरा हो गया है।''

''मैं आपको ऊपर तक छोड़ आऊँ?'' रामी सूखे मुख से बोला।

''नहीं, नहीं, मैं तो अकेली ही ऊपर जाने की अभ्यस्त हूँ।''

रामी के तीन-चार मनचले मित्र उसे एक सुन्दरी बाला से बातें करते देख वहीं पर आ गए और बड़े अधिकार से उसके कन्धे को थपथपाते, शोभा की ओर घूर-घूरकर देखते बोले—"कहो Dear रामी, क्या रस घोल रहे हो?"

शोभा उस अनिष्ट भीड़ से 'अच्छा चलती हूँ' कहकर वेग से निकल आई। वह द्रुत पगों से निकल तो आई किन्तु निर्जन पथ में धूर्त कर्मचन्द का भय उसे सहमाने लगा। फ्लैट में बत्तियाँ जगमगा रही थीं, चाट की दुकानों पर भीड़ जुटी थी। बैंड का स्वर मद्धिम पड़ गया था। एक पेड़ के नीचे खड़ी होकर वह सोचने लगी कि डाँडी कर ले या पैदल ही चली जाए...इस समय तो पथ इतना जनहीन नहीं है। सोचकर वह साहस कर पैदल ही चल दी। 'मेट्रोपोल' की बत्तियाँ देखकर उसका हृदय मंजरी की स्मृति से विह्वल हो गया। अब वह न जाने कब उससे मिलेगी। और सतीश? वह कल काबुल चला जाएगा...धीरे-धीरे उसके लिए वह एक विस्मृति मात्र रह जाएगी।

सूर्यास्त के पश्चात् हठात् नैनीताल की तीखी हवा बन्द हो चली थी। रात शान्त और ताजी लग रही थी। देवदार के वृक्षों को चीरकर द्योत चन्द्रिका खिल आई।

"शोभा!" सुनकर वह चौंककर ठिठक गई...

आगे बढ़कर सतीश ने उसके भय से सफेद चेहरे पर दृष्टि डालकर, हँसकर कहा..."डर गई क्या?" फ्लैट के तैरते प्रकाश में शोभा सतीश को देखकर अवाक् रह गई—"यहाँ कैसे?"

"चलो, तुमसे आज बहुत कुछ कहना है।" हँसकर सतीश ने उसका हाथ पकड़ लिया। वह यन्त्रचालित पुतली-सी उसके साथ चलने लगी। पगडंडी सँकरी होकर क्षीण रेखा-सी पेड़ों की छाया में मिल गई, देवदार के वृक्ष दैत्य-से एक-दूसरे से लिपटकर खड़े थे, बीच-बीच में जुगनूँ का प्रकाश चमक रहा था। शोभा ने हाथ नहीं छुड़ाया; यह भी नहीं पूछा कि वह उसे कहाँ लिए जा रहा है...वह चुपचाप ऐसे चलने लगी जैसे उसका निजत्व शेष हो गया है, वह रिक्ता है। चढ़ाई पर चढ़ने से वह हाँफने लगी, ललाट पर स्वेद की बूँदें झलक आईं। पगडंडी उन्हें अयारपाटा की अन्धकारपूर्ण सड़क पर पहुँचाकर ठिठककर रह गई। दोनों निरुद्देश्य पथ के यात्री सहमकर खड़े रह गए।

सड़क की बत्ती के धुँधले प्रकाश में सतीश ने देखा—क्लान्त उदास शोभा

का मुखमंडल एक दैवी तेज से देदीप्यमान था। उसे सहसा अपनी निर्वीर्य मानवता खोखली प्रतीत हुई, वह अधम दुर्बल-हृदय अपने को एक धोखा देनेवाला तुच्छ मानव-मात्र था। किन्तु त्याग की उस देवी से, जिसके जीवन-मार्ग को कंटकों से भरकर छोड़े जा रहा है, वह किस मुँह से क्षमा माँगे? पर वह इसी उद्देश्य से आया था। अपनी अडिग भव्य दृष्टि को उठाकर शोभा ने ही निस्तब्धता भंग की–"आपको मुझसे कुछ कहना है ना? मुझे देर हो रही है।"

अभी तक वह चेतना, विवेक खो बैठी थी, अब उसका ज्ञान लौटा। वह कितनी पागल है! इतनी दूर, इतनी रात गए वह सतीश के साथ चली आई है, कोई देख ले तो? छिः-छिः! साथ ही दूर से आते किसी पुरुष और स्त्री के कंठ-स्वर को सुनकर वह चौंककर पलटने लगी। सतीश ने शीघ्रता से लपककर उसे हाथ पकड़कर पास ही के पेड़ों के झुरमुट में खींच लिया और फुसफुसाकर कहा, "छिप जाओ, सविता आ रही है...क्लब से लौट रही होगी।" पेड़ों का झुरमुट इतना घना और अन्धकार में लिपटा था कि सड़क पर चलते राही को उन्हें देखना एक प्रकार से असम्भव ही था। कंठ-स्वर सविता का ही था...

"सुनते हो," उसने कहा, "मदन, यह पान तुम्हें खाना ही होगा, मैंने अपने हाथ से कस्तूरी बीड़ा बनाया है," मदन ने क्या उत्तर दिया, सुनाई नहीं दिया। द्योतित चन्द्रिका की किरणें क्षण भर को उसके विलासी ओष्ठ पर थिरकते स्मित पर पड़ीं।

चौंककर शोभा और पीछे खिसक गई। सविता एक हाथ से साड़ी कुछ उठाकर चल रही थी, पार्श्व में चलते नवयुवक के मुँह में उसने अपने हाथ से पान का बीड़ा भर दिया। धीरे-धीरे उनकी मन्द पड़ती पगध्वनियाँ शून्य में मिल गईं। सविता के साथ ऊँचा गठीला तरुण था। उसके सिर पर एक खादी की टोपी तिरछी पड़ी थी। हाथ में एक सिगरेट थी, पान से भरे दोनों गाल फूले थे।

मदन के विषय में शोभा मंजरी से बहुत कुछ सुन चुकी थी। वह वयस में सविता से दस वर्ष छोटा होने पर भी उसका कृपापात्र था। दिन-रात तिवारी-प्रासाद में ही रहता था, सविता की निरन्तर कृपा के फलस्वरूप उसे एक अच्छी सरकारी नौकरी भी उपलब्ध हो गई थी। उसे लेकर सविता के लिए नाना प्रकार की भद्दी बातें भी उड़ चुकी थीं, किन्तु नूतन प्रणय की

बाढ़ में बहती सविता, अपनी लज्जा, वयस, गौरव सब भूल बैठी थी। सतीश उसके लिए एक आड़-मात्र था। सविता की इसी अधमता ने उसे सतीश की दृष्टि में और भी क्षुद्र और निर्जीव बना दिया। दोनों एक-दूसरे के गले में बँधे गलग्रह से परस्पर अभिशाप की निरन्तर वृष्टि करते जीवन-यात्रा के अभागे सहयात्री थे।

"शोभा...!" व्याकुल कंठ से सतीश ने पुकारा।

उसकी पीली साड़ी के सुन्दर किनारे पर चन्द्रिका की रजत तरंगें थिरक रही थी, उसके घुटने पर रखे गोल हाथ के लालित्य को देखकर सतीश उन्मत्त हो गया। रात्रि की गहन गम्भीरता में उसकी अस्पष्ट मुखमुद्रा, उसके अखंड यौवन की पवित्र सौन्दर्य देखकर सतीश अपने को रोक नहीं सका। वह उसे सरलता से सुशोभित, परन्तु तेजोमय गौरवशाली अभेद्य दुर्ग-सी लगी। इतने निकट पाकर उसे प्रणय के ज्वर ने पागल बना दिया।

"शोभा, क्या अभी तक तुमने मुझे क्षमा नहीं किया?" अपनी तटस्थ दृष्टि उठाकर शोभा ने उसकी ओर देखा। उसके मुँह पर दयार्द्र आभा छिटक गई। उस तेज-पुंज को स्पर्श करने के लिए बढ़ा सतीश का हाथ स्वयं शिथिल होकर लटक गया।

"मेरा आपका ऐसे मिलना तो ठीक नहीं। यह नैनीताल है, छोटी-सी जगह है, इसी से लोग सदा ऐसी बातों का तिल का ताड़ बनाने को सर्वदा सजग रहते हैं। कल कहीं यही बात सविता के कान में पड़ जाए तो..."

"चूल्हे में जाए सविता।" कहकर क्रोध से सतीश ने पास पड़ी एक डाली को चरमराकर तोड़ दिया और हाथ बढ़ाकर शोभा को खींचकर हृदय से लगा लिया...बड़ी देर तक आँखें बन्द किए वह निश्चल उसके हृदय से लगी रही। सतीश के घन निःश्वास से उसके केशपाश काँप रहे थे। जब उसने आँखें खोलीं तो उसकी आँखों में आँसू थे। उसने उन्हें पोंछने का कोई प्रयत्न नहीं किया। न जाने कैसी अद्‌भुत अनुभूति के बीच वह क्षण भर को ज्ञानशून्य होकर शिथिल पड़ी रही। फिर सहसा उसके घर-मोहान्धकार में विद्युत-सी चमकी, उसकी बुद्धि सचेत हो उठी। अपने को सतीश के बाहुपाश से विलग कर वह लड़खड़ाती उठ खड़ी हुई। घास के तिनके उसके बालों पर चमक रहे थे, उसके भव्य ललाट पर पसीना बूँद-बूँद बनकर स्पष्ट चमक रहा था। सतीश उसे ऐसी दृष्टि से देख रहा था, जैसे भक्त अपने देवता की मूर्ति को देखता है। शोभा की यह तेजोमय मंजुल मूर्ति उसके लिए सर्वथा नवीन थी।

वह उठ खड़ा हुआ, हृदय में क्षण भर को आई वासना उसे स्वयं धिक्कार उठी।

"चलो! तुम्हें घर पहुँचा दूँ।" स्वाभाविक स्वर में उसने कहा और उसका हाथ थाम लिया। एकाएक उसका हृदय उद्वेगरहित और निश्चिन्त हो गया था। शोभा की अश्रुपूर्ण पवित्र आँखों का सन्देश उसमें दृढ़ता का संचार कर गया। निःशब्द दोनों सरल भोले बालकों की भाँति एक-दूसरे का हाथ थामे 'ईस्टलिन' तक पहुँच गए। निर्जन सड़क की बत्ती कुहरे के अस्पष्ट प्रकाश में जेली-सी काँप रही थी। लम्बे सनोवर पर चढ़कर चाँद घनघोर कुहरे के बादलों से घिरने लगा था।

"तुम्हें पता है, मैं कल जा रहा हूँ मार्बल, इसके बाद कभी तुम्हें देख भी सकूँगा, सन्देह है। मुझे दो वर्षों के लिए काबुल राजदूत के स्टाफ में भेजा रहा है, जिससे सविता स्वच्छन्द मित्र-मंडली में विचरण कर सके। काबुल जाने के लिए उसका स्वास्थ्य ठीक नहीं है, फिर वह निकट भविष्य में मेरी सन्तान की माता बननेवाली है।" घृणा और व्यंग्य-भरी करुण मुस्कान उसके चेहरे पर छा गई।

"कभी मेरी इच्छा होती है, उसका गला घोंटकर ताल में फेंक दूँ, इसी से मैं भागकर काबुल जा रहा हूँ...केवल तुम्हारी मंजुल मूर्ति को हृदय में लिए जा रहा हूँ, शोभा, यही मेरा पाथेय होगी। आज जब तुम अचानक बालों पर से तिनके झाड़कर उठ खड़ी हुई थीं, तभी मैंने तुम्हें पहचाना।"—शोभा के दोनों काँपते हाथों को अपने सशक्त हाथों में लेकर उसने अत्यन्त श्रद्धा से अधरों से लगा लिया। उसके ओस से भीगे बालों का शोभा के हाथों पर स्पर्श हुआ। शोभा सब कुछ देख रही थी पर उसे कुछ दिखाई नहीं दे रहा था। हृदय में वह अनुभव कर रही थी, अब सतीश को कभी नहीं देख पाएगी। उसके अधर काँपे, पैर काँपे। उसने पत्थर पर ही बैठकर दोनों हाथों से मुँह ढाँप लिया। हृदय की रुलाई फूट पड़ी। झुककर सतीश ने उसका अश्रुसिक्त मुख उठाकर देखा, वह उसे देवी लगी। यदि वह इतनी पवित्र, इतनी महान न होती...इस छोटी-सी लड़की के सामने स्वर्गीय आभा का एक घेरा-सा खिंच गया था। वह सामान्य लड़की नहीं थी, उसकी आँखों में अगाध गाम्भीर्य था, उसकी दुर्बल देह-लता में बुद्ध जैसा तेज था। जब वह अपने भविष्य का ध्यान करता, सविता के स्थान पर उसे सरल बालिका शोभा ही खड़ी दिखती। वह पानी में डूब रहा है, शोभा ही उसे खींचकर बाहर लाती

है...आज विदा का अन्तिम क्षण भी शोभा के ही दिव्य चक्षुओं से प्रेरणा प्राप्त कर वह गौरवान्वित कर सका है। इसी अश्रुसिक्त मुख की स्मृति हृदय में ग्रहण कर उसे जाना होगा...। झुककर उसने सुबकती शोभा का माथा चूम लिया और एक छलाँग मारकर वह बाहर हो गया। अन्धकार में दोनों हाथों से मुँह ढाँपे सिसकती शोभा पर सनोवर की पत्तियाँ टपकने लगीं। वह बड़ी देर तक पत्थर पर पत्थर ही बनी बैठी रही। फिर उसने अन्धकारपूर्ण ईस्टलिन को देखा, सब बत्तियाँ बुझ गई थीं, रात-भर तो वह यहाँ बैठ नहीं सकती। वह उठकर धीरे-धीरे भीतर गई, बहादुर शायद सिनेमा का सेकंड शो देखकर लौट रहा था...''ओ दीदी जी, बड़ा देर हो गया, आइए, आइए, मैं द्वार खोल दूँ।''

शोभा दबे पैरों अपने कमरे में जाकर कटे पेड़-सी अपने बिस्तर पर लेट गई। सुबह शिवी उसके कमरे में कॉफी की ट्रे रख गई। वह सोई नहीं थी, किन्तु शिवी की अनर्गल प्रश्नावली के भय से उसने नींद का बहाना कर लिया।...नहा-धोकर वह अपने नित्यकर्म में ऐसे जुट गई जैसे रात कुछ हुआ ही नहीं था। सतीश का प्रत्येक शब्द उसकी फड़कती कनपटी में बज रहा था। आज वह चला जाएगा? अब वह उसे कभी देख न पाएगी?—यही प्रश्न उसको विचलित कर रहे थे। रानीजी की तबीयत ठीक नहीं थी, इसी से वह कमरे ही में लेटी थीं, बड़ी देर तक शोभा उनके साथ बैठी रही। मंजरी के जाने का समाचार पूछकर रानीजी पुनः पुस्तक पढ़ने में लग गईं। उस रात भी शोभा बिलकुल नहीं सो पाई।

आज सतीश दिल्ली से प्रस्थान करेगा...दिन-भर वह किसी कार्य में मन नहीं लगा सकी। रात को नौ बजे सब कामों से निबटकर वह गोल कमरे में गई, रेडियो से समाचार आ रहे थे, 'हमें खेद है कि आज एक वायुयान-दुर्घटना में काबुल जाते समय राजदूत श्री तिवारीजी के जामाता बुरी तरह आहत हो गए, वायुयान के सब अन्य यात्री...।'' वह और कुछ सुन नहीं पाई...'खड़-खड़' के बीच फिर स्पष्ट सुन पड़ा...''तिवारीजी के जामाता को जो कि स्वयं ख्यातिप्राप्त सर्जन हैं, दिल्ली के अस्पताल में ले जाया गया है।'' शोभा उठ खड़ी हुई...दिल्ली में हैं, अभी जीवित हैं...वह जाएगी, अभी जाएगी...दौड़कर वह रानीजी के कमरे में गई...उनके पैरों में सिर रखकर वह सिसक उठी।

घबराकर रानीजी ने पुस्तक रख दी, उसे हाथ पकड़कर उठाती बार-बार पूछने लगीं : "क्या हो गया मिस जोशी, क्या बात है बा?"

"मैं दिल्ली जाऊँगी, अभी-अभी मेरे लिए एक टैक्सी मँगवा दीजिए, जैसे भी हो, मुझे आज ही पहुँचना है।"

सहसा रानीजी को शोभा की दृष्टि में उन्माद-सा लगा...कहीं बेचारी लड़की पागल तो नहीं हो गई है...दिल्ली, दिल्ली में इसका कोई सम्बन्धी नहीं है। उठकर उन्होंने द्वार बन्द कर दिया और शोभा का हाथ पकड़कर अपने बिस्तर पर बिठा लिया, उसका चिबुक स्पर्श कर उन्होंने अश्रुसिक्त मुख ऊपर उठाया—"बा, मैं तुम्हारी माँ हूँ, मुझसे कहो, तुम्हें क्या दुख हो गया है?"

शोभा का काँपता कंठ स्थिर हो गया...रानीजी से वह आरम्भ से अन्त तक अपना दुर्भाग्य कह गई...।

दूसरे दिन प्रातःकाल ही रानीजी स्वयं शोभा को लेकर दिल्ली गई। दिल्ली में राजदूत के जामाता के आहत होने का समाचार बिजली की भाँति फैल गया। रानीजी को एक भय हुआ, यह सरल बालिका उस अस्पताल में प्रवेश कैसे पा सकेगी? किसी भाँति उसे लेकर वे अस्पताल पहुँची। उनके रौबीले व्यक्तित्व से प्रभावित होकर किसी को उन्हें रोकने का साहस नहीं हुआ।

"आप क्या उनकी पत्नी हैं?" नवयुवक डॉक्टर ने शोभा से पूछा।

लजाकर शोभा लाल हो गई...।

"जी नहीं," रानीजी बोलीं, "मैं उनकी मित्र हूँ, यह मेरी पुत्री है...क्या हम उन्हें देख सकती हैं? Please, Doctor!"

"सुनिए..." वह बोला, "उनसे मिलना अब निरर्थक है। यदि आप उनकी मित्र हैं, तो राय दूँगा, और भी न मिलिए। जिस व्यक्ति को आपने कल तक हृष्ट-पुष्ट देखा है वह आज मांस का लोथड़ा मात्र है।"

शोभा ने गिरने से बचने को रानीजी की बाँह थाम ली। इतने ही में सतीश के कमरे का द्वार खुला और तिवारीजी बाहर निकले। उनके मुँह पर अवसाद की रेखा थी, वे सिर झुकाए चले गए। सुबह से शोभा ने चाय तक नहीं पी थी। उसकी पलकें सूज-सूजकर भारी हो रही थीं। आने-जानेवाले उसे बड़ी सहानुभूतिपूर्ण दृष्टि से देख रहे थे। वह नवयुवक डॉक्टर फिर वहाँ से होकर निकला।

''सुनिए।'' शोभा दृढ़ स्वर में उसका मार्ग रोककर खड़ी हो गई, ''मुझे एक बार भीतर जाने देंगे क्या?''

आश्चर्य से उसके उदास मुँह को देखकर वह डॉक्टर बोला—''आप अभी यहीं हैं, चलिए, किन्तु चुपचाप...''

वह धड़कते हृदय से उसके पीछे-पीछे चली। आइडोफॉर्म की महक से कमरा भरा था...सतीश निःशब्द बिस्तर पर लेटा था। वही मुख, वे ही आँखें, घुँघराले बाल, कितना झूठा था डॉक्टर...मांस का लोथड़ा...वही सतीश तो लेटा है। कंठ की रुलाई फूटकर बाहर आना चाहती थी। वह ऐसी मुग्ध दृष्टि से देखती रही कि डॉक्टर ने बाँह पकड़कर बाहर चलने का संकेत किया।

वह बाहर आई तो डॉक्टर से बोली—''चोट कहाँ है?''

''दोनों पैर एकदम'' हाथ से 'खतम' का संकेत कर वह बोला—''भय है गैंग्रीन का। दोनों पैर घुटनों से नीचे बुरी तरह कुचल गए हैं। जहाँ तक होगा, उन्हें बचाने का प्रयत्न कर रहे हैं। पर देखिए।...'' कहकर वह बाहर चला गया।

रानीजी ने अपना कला-कौशलमय शाल शोभा के सिर पर डाल दिया और निर्जीव गुड़िया की भाँति यत्न से शोभा को लपेटकर बोली—''चलो बा, रात-भर यहाँ रह नहीं सकतीं। कार बाहर खड़ी है, सुबह फिर आएँगे...धैर्य रखो बेटी...चलो।'' कहकर उन्होंने शोभा का हाथ थाम लिया। वे शोभा को लेकर कार में बैठ ही रही थीं कि बड़ी तेजी से एक और कार आकर पोर्टिको से आ लगी। उसमें से अस्तव्यस्त वेश में मंजरी उतरी और उसके पीछे एक हाथ में T.W.A. का बैग लिए अविनाश।

मंजरी ने शोभा को देखा और दौड़कर उससे लिपट गई—''कैसे हैं भैया, मार्बल? सच बता कहाँ हैं? होश में हैं?''

काले शाल से ढँके उस पीले कमनीय मुख को देखकर अविनाश को कुछ भी समझना बाकी न रहा...सतीश की अवस्था अच्छी नहीं है।

''चलो शोभा।'' कहकर मंजरी उसे खींचने लगी।

रानीजी की ओर अपराधिनी की-सी दृष्टि से देखकर शोभा बोली—''सरकार आप होटल चली जाइए, मैं मंजरी के साथ रह लूँगी। आप कहाँ तक रुकी रहेंगी...''

''अपना ध्यान रखना, बेटी।'' कहकर वे कार में बैठ गईं और फिर

बोलीं, "किसी वस्तु की जरूरत हो तो मैं अशोक होटल के सात नम्बर में हूँ, फोन कर लेना।"

शोभा का हाथ पकड़कर मंजरी उसे घसीटती भीतर ले चली। अटक-अटककर शोभा ने उसे सब बताया। मार्ग में ही सतीश के आहत होने का समाचार पाकर मंजरी और अविनाश उल्टे पाँव भाग आए थे।

अविनाश उसी नवयुवक डॉक्टर से बातें कर रहा था। साथ ही चिन्ता की घनी रेखाओं के जाल से उसका मुँह उदास हो गया। डॉक्टर तीनों को दबे पैरों फिर रोगी के कमरे में ले गया।...निश्चेष्ट सतीश को देखकर मंजरी अपने को रोक नहीं सकी, एक लम्बी सिसकी से निःशब्द कमरा सहम उठा, अविनाश उसे बाहर ले आया, मन्द बत्ती के प्रकाश में अकेली खड़ी शोभा फिर उस प्रिय मुख को निहार उठी। एक अज्ञात मोह से उसके प्राण सिहर उठे, जी में आया कि दौड़कर वह माथा अपनी गोदी में धर ले। 'इसी से दूर भागा जा रहा हूँ शोभा, तुम्हारी ही मंजुल मूर्ति मेरा पाथेय होगी।'—उसने कहा था। अब वह कहाँ भागा जा रहा है, कितनी दूर, काबुल से भी दूर, पल-पल, क्षण-क्षण वह उससे हटता जा रहा है, काश, वह बढ़कर उसका कुचला घुटना चूम सकती! एक बार वह होश में आकर उसे देख लेता!

डॉक्टर, मंजरी, अविनाश सब उसे छोड़कर चले गए थे, कितनी शान्ति! वह सतीश के साथ अकेली है। पर सतीश के पलक भी नहीं हिलते, वह जैसे लेटा था वैसे ही लेटा है...निश्चेष्ट, निःस्पन्द। पैरों के नीचे कैसी भयंकर पीड़ा है, जैसे कोई आरी चला रहा है, खड़-खड़ घड़-घड़। आग की लपटें, चालक की गम्भीर उदास स्वर में चेतावनी, यात्रियों की चीत्कार, दवा की दुर्गन्ध, पीड़ा, असह्य पीड़ा और प्यास...पत्थर पर बैठी शोभा का पवित्र माता मरियम-सा कमनीय सलोना मुखड़ा, सुबकती शोभा, पूजा के नैवेद्य का थाल लिए लाल साड़ी में खड़ी शोभा, अयारपाटा के घने जंगल में उसके हृदय से लगी भयभीत हरिणी-सी सरला शोभा...यह क्या, शोभा ही तो खड़ी है...काला शाल ओढ़े पवित्र 'नन' जैसी मंजु मनमोहिनी मूर्ति...आँखों को झपका-झपका कर वह उस स्वप्न को जितना ही भुला रहा था, वह मूर्ति उतनी ही निकट आती जा रही है...

"शोभा!" क्षीण स्वर में वह बोला।

घुटने टेककर वह बैठ गई और सतीश की छाती में माथा रखकर सुबक उठी। ठीक इसी समय पर डॉक्टर द्वार पर यमदूत-सा खड़ा हो गया..."यह

क्या हो रहा है? Really this is too much (सचमुच, यह तो ज्यादती है।) जरा बाहर आइए।''

लज्जित और भीरु पगों से वह बाहर निकल आई...मंजरी और अविनाश बाहर बैठे थे। ''होश में आए भैया?'' मंजरी ने पूछा।

सिर हिलाकर 'हाँ' कह शोभा उसी के पास बैठ गई।

डॉक्टर बाहर आकर बोला—''देखिए, रोगी को अब अधिक उत्तेजित नहीं होने दूँगा। आप लोग यदि एक-दो दिन उन्हें आराम ही करने दें तो बड़ी कृपा होगी। डॉक्टर मिश्रा यदि जान जाएँगे कि मैंने सम्बन्धियों को भीतर जाने दिया तो I 'll lose my job (मेरी नौकरी चली जाएगी)। आप बुरा मत मानिएगा, किन्तु मैं राय दूँगा कि आप सब कृपा कर दो दिन तक रोगी को देखने का अनुरोध न करें।...''

अविनाश, मंजरी और शोभा उठ खड़े हुए। न जाने क्या सोचकर डॉक्टर फिर मुड़ा, ''सुनिए, पास ही मेरा क्वार्टर है, मैं यहीं हाउस-सर्जन हूँ, मेरे पास एक कमरा है, आप चाहें तो वहीं साथ रह सकते हैं अब तो रात बहुत हो गई है, वहीं चलिए।''

मेहँदी की झाड़ियों से घिरा लाल ईंट का बना छोटा-सा बँगला था। एक स्वच्छ कमरे में एक तख्त और एक पलंग बिछा था, एक सोफा भी पड़ा था। वहाँ से सतीश के कमरे की बत्ती दिख रही थी। थककर तीनों चूर हो रहे थे। डॉक्टर उन्हें वहाँ पहुँचाकर तीन-चार कम्बल और तकिया ले आया और बोला, ''आप आराम कीजिए, मैं नौकर से कहता हूँ, वह बाजार से पूड़ियाँ ले आएगा। या पहले चाय पीजिएगा?''

''नहीं, नहीं।'' व्यस्त स्वर में मंजरी बोली, ''हम लोग कुछ नहीं खाएँगे ...आपकी बड़ी कृपा है जो कमरा दे दिया, रात में कहाँ भटकते, सुनिए, क्या मेरी भाभी—I mean (मेरा मतलब है) इनकी पत्नी नहीं आई? राजदूत तिवारीजी की पुत्री हैं वे।''

''जी नहीं,'' तिवारी कह रहे थे, उनके...It is her full time (वह शीघ्र ही माँ बननेवाली है), इसी से उन्हें सूचना नहीं दी गई। यह तो उन्हें पता है कि उन्हें चोट आई है, किन्तु Serious (खतरनाक) है, यह नहीं बताया गया।''

डॉक्टर चला गया, शोभा खिड़की पर ही खड़ी थी। मंजरी ने अविनाश से कहा, ''सुना आपने? चोट आई है जानकर भी भाभी नहीं आई, बेचारे

मदन को कौन देखता!...सुनिए, क्या पिताजी को तार दिया होगा किसी ने? आप ही ट्रंककॉल कर दीजिए न।...''

वृद्ध जर्जर पिता और पंगु माता क्या यह भयंकर समाचार सह सकेंगे? मंजरी घुटनों में सिर डालकर सिसकने लगी।

सुदीर्घ दग्ध रात्रि का अन्त हुआ। दूर कहीं मुर्गे ने बाँग दी। सोफे से सिर टिकाकर बैठा अविनाश, दीवार से लगी मंजरी और खिड़की पर खड़ी शोभा तीनों ने ऊषा की आगमनी सुनी। शोभा मंजरी के पास आकर बैठ गई। रात भर दोनों एक-दूसरे से नहीं बोली थीं। दोनों के हृदय में एक-सा घाव था और दोनों उसे बचा-बचाकर ऐसे चल रही थीं जिससे एक-दूसरे को ठेस न लग जाए।

द्वार थोड़ा-सा खुला...''चलिए।'' डॉक्टर का स्वर स्वयं मृत्यु का स्वर था।

''क्या, सब समाप्त हो गया?'' चीखकर अविनाश ने पूछा।

''प्रायः, जल्दी कीजिए।'' डॉक्टर ने कहा। तीनों के पैर काँपे, हृदय धड़के, किन्तु आशा जीवित रही। वैसा ही निश्चेष्ट...निः...चेतना लुप्त हो चुकी थी। तीनों प्रिय व्यक्ति खड़े थे किन्तु मृत्यु उन्हें दोनों हाथों से हटाकर आगे बढ़ गई। सिर से पैर तक वह परिचित अन्तिम ऐंठन, ठंडा पसीना।

मृत्यु भयावनी होती है, किन्तु अस्पताल में और भी अधिक भयावनी। लाल कम्बल, दवा की दुर्गन्ध, सफेद कपड़ों में लिपटी मृत्यु की प्रहरी-सी घूमतीं नर्सें।

''भैया, भैया!'' कहकर मंजरी मूर्च्छित होकर उसके पैरों पर गिर पड़ी। डॉक्टर ने बढ़कर मुँह ढँक दिया और अविनाश से बोला—''सब शेष है, इन्हें बाहर ले जाइए।'' छटपटाती मंजरी को कन्धे से पकड़कर अविनाश बाहर ले आया, पीछे-पीछे डॉक्टर-नर्स सब बाहर चले गए। अँधेरे कोने में खड़ी शोभा का अस्तित्व सब भूल गए। कम्बल हटाकर उसने देखा...कितनी शान्त-स्वर्गीय मुस्कान थी, कौन कह सकता है कि इस शरीर ने इतनी यातना पाई है। झुककर शोभा उस ललाट तक अपना मुख ले गई, ताजे ठंडे पसीने को उसने बड़े यत्न से आँचल से पोंछ लिया। थोड़ी ही देर में कमरे में फिर भीड़ लग जाएगी...एकान्त के ये अमूल्य क्षण चिरस्थायी नहीं रहेंगे, सोचकर वह सिहर उठी। कभी भागती ट्रेन में किसी ने उसके सुहाग के लिए दुआएँ माँगी थीं। उसके कानों में हजारों मधुमक्खियाँ-सी भिनभिनाईं। वह उसी

हिम-से शीतल ललाट पर झुकती गई...झुकती गई। मंजरी को चेत आया तो वह बोली।

"शोभा!"...

चौंककर अविनाश भीतर भागा, बेचारी लड़की को वह अपने दुख में बिलकुल ही भूल गया था।

वह धीरे से द्वार खोलकर भीतर गया। सतीश के मृत शरीर पर अचेत शोभा को देखकर वह सहम गया।

आगे बढ़कर उसने मूर्च्छित शोभा को धीरे से उठा लिया।

मित्र का शान्त मुँह मानो उससे कह रहा था...मत ले जाओ, उसे मेरे पास छोड़ दो...

मुर्गे ने फिर बाँग दी, रात्रि अँगड़ाई लेकर उठ खड़ी हुई। अस्पताल की काँच-लगी खिड़की से दिखती दिल्ली की विशाल मायापुरी विडम्बना का अट्टहास कर उठी।

●●●